Los niños de Winton

Fabiano Massimi

Los niños de Winton

Traducción del italiano de Xavier González Rovira

Papel certificado por el Forest Stewardship Council®

Penguin
Random House
Grupo Editorial

Título original: *Se esiste un perdono*
Primera edición en castellano: octubre de 2023

© 2023, Longanesi & C.
© 2023, Penguin Random House Grupo Editorial, S.A.U.
Travessera de Gràcia, 47-49. 08021 Barcelona
© 2023, Xavier González Rovira, por la traducción

© Diseño: Penguin Random House Grupo Editorial, inspirado en un diseño original de Enric Satué

Printed in Spain – Impreso en España

ISBN: 978-84-204-7625-4
Depósito legal: B-14749-2023

Compuesto en Arca Edinet, S. L.
Impreso en EGEDSA, Sabadell (Barcelona)

A L 7 6 2 5 4

Prólogo

Protectorado de Bohemia y Moravia
13 de mayo de 1939

El tren fue ganando velocidad en cuanto estuvo en las afueras de Praga, más allá de los tejados y las agujas de la Ciudad Vieja, más allá de los barrios bajos de la primera periferia y de las fábricas que se agolpaban a lo largo del río, y ahora corría decidido por la campiña bohemia, pasando entre bosques, prados, pueblecitos enclavados al pie de las colinas y granjas aisladas con corrales plagados de animales. Por las ventanillas del compartimento entraba un torrente ininterrumpido de sorpresas que los niños observaban maravillados, con las frentes apoyadas en el cristal y los dedos abiertos como pétalos.

Para muchos de ellos era el primer viaje sin sus familias, y todo resultaba tan nuevo que ya no pensaban en la vida que había quedado atrás, en las madres y padres que los habían acompañado hasta la estación, fingiendo serenidad para dejarlos en manos de desconocidos, en los hermanos y amigos que no habían encontrado sitio en el tren y que partirían, tal vez, en los siguientes. En las mejillas de los más pequeños, las lágrimas de la partida habían dibujado huellas oscuras, salinas, como sombras indelebles, pero sus ojos brillaban al observar el mundo que se desplegaba más allá del vagón, y el rumor de las ruedas sobre las vías los llenaba de entusiasmo. Al final del día verían el mar —¡el mar!— y se embarcarían rumbo a Inglaterra, un lugar remoto e inimaginable que, hasta entonces, solo había existido en los libros. El tiempo de la nostalgia llegaría más tarde. Ahora era el momento de la emoción.

Petra Linhart, en cambio, estaba preocupada. A sus veintitrés años, era una de las pasajeras de más edad del tren, encargada, junto con cinco compañeras, de atender las necesidades de los niños y asegurarse de que todo funcionara a la perfección durante las dieciocho horas que separaban Praga de Londres. Bajo su responsabilidad recaía no solo el vagón en el que viajaba —con treinta y seis pasajeros entre los cuatro y los once años, mitad niños y mitad niñas, casi todos ellos judíos—, sino de toda la expedición, que ella había ayudado a organizar. Desde la elección de los nombres hasta la obtención de los visados, desde el control de la única maleta permitida para cada niño hasta la preparación de las comidas para el viaje, desde la acogida a las familias bajo los arcos de la estación de Wilson hasta las relaciones con las autoridades nazis durante el trayecto: todo el peso de aquel cuarto convoy recaía sobre sus hombros. ¿Podría soportar la tensión hasta el final? Y si algo se torcía, ¿tendría la presteza necesaria para reaccionar? Ella no era Doreen Warriner, con su calma sobrenatural. No era Trevor Chadwick, capaz de reírse en la cara de las SS. A pesar de todo lo que había pasado, ella se sentía también como una niña. Indefensa, inconsciente, incapaz.

Cuando el tren empezó a aminorar la velocidad a las puertas de la frontera con Polonia —una etapa prevista, quizá la más delicada—, Petra se puso en pie de un brinco.

—Niños, sentaos bien y guardad silencio —dijo a los cinco que iban en el mismo compartimento que ella. Luego salió al pasillo y lo recorrió de punta a punta, deteniéndose en el umbral de todos los compartimentos para repetir las mismas instrucciones—: Sentaos bien. ¡Arriba! Y permaneced en silencio hasta que yo os lo diga.

El tren redujo paulatinamente la velocidad. Petra miró al exterior por una de las ventanillas más grandes, que la reflejaba transparentándola, y vio una larga valla que cortaba por la mitad un campo idéntico a ambos lados; una edificación baja, con un tejado inclinado y una especie de arcada, una plataforma de hormigón a medio metro de las vías. La joven suponía que alguien estaría esperándolos en la frontera para comprobar los visados, pero no había nadie y la estación también parecía desierta.

Cuando el tren se detuvo lanzando un pitido entre los resoplidos de vapor de los frenos, Petra abrió la ventanilla y asomó la cabeza. No se había equivocado: no había nadie por ese lado. Tampoco en la pequeña explanada de detrás del edificio, desde la que partía una pista de asfalto que se perdía hacia el sur; no había coches, ni motos, ni cualquier otro signo de presencia humana. ¿Cómo era posible?

Cerró la ventanilla y se quedó reflexionando unos instantes. Dejar la frontera sin vigilancia era impensable. Checoslovaquia y Polonia nunca habían sido enemigas, pero desde que Hitler había invadido Bohemia e izado la esvástica en el castillo de Praga, la tensión entre ambos países había aumentado. Muchos temían que la política anexionista de los alemanes, ávidos de *Lebensraum*, el espacio vital para el pueblo ario, no había hecho más que empezar y que, después de Austria y Checoslovaquia, vendría Polonia. Así que, ¿dónde estaban los...?

La puerta del vagón se abrió de golpe, con un estruendo metálico que la hizo dar un respingo. No era la puerta que daba a la estación, sino la del otro lado, y Petra se volvió justo a tiempo para ver al hombre que subía al tren. Era un alemán con uniforme gris. Tropas regulares, no un SS, pero su mirada era la misma que la joven ya había visto en varias ocasiones en los últimos meses, fría y aburrida. La ametralladora que llevaba en bandolera la aterró.

—¿Qué...? —empezó a decir ella.

—Buscamos a una niña —dijo el alemán. El duro acento del norte convirtió la frase en una bofetada—. Tiene unos diez años. Ojos claros. ¿Hay alguna así en este vagón?

Petra no respondió.

El soldado avanzó por el pasillo. Le sacaba una cabeza de altura, y la ametralladora le bailaba sobre el hombro, apuntando al primero de los compartimentos.

—Las queremos a todas fuera del tren, ahora mismo.

Petra seguía sin entender lo que estaba ocurriendo.

—¿Qué pretenden...?

En ese instante se les unió un segundo soldado, más bajo, más delgado, con unas gafitas redondas de contable. Sin mediar palabra, se deslizó entre los dos y los adelantó. Entró en el primer compartimento, se detuvo unos instantes a estudiar a los seis niños presentes, luego salió para entrar en el segundo.

El otro soldado lo imitó con el tercero, dejando atrás a Petra, paralizada por el terror.

En el cuarto compartimento, el soldado de las gafitas encontró a Elsie, de once años y ojos verdes. Con una dulzura inesperada le pidió que se levantara y lo siguiera, y Elsie, una niña inteligente, obedeció sin rechistar. El soldado de las gafitas se la entregó al de la ametralladora.

—Llévasela —dijo, y el otro asintió.

Petra intentó oponerse:

—¿Qué van a hacer? ¡Solo es una niña! —Pero fue empujada con brutalidad, su espalda golpeó contra la ventanilla mientras se llevaban a la pequeña por el pasillo y la bajaban del tren.

El soldado de gafitas siguió la búsqueda por los últimos compartimentos y encontró a otra pasajera que cumplía los requisitos: Annika Mahler, de nueve años y medio, ojos gris claro. Le pidió también a ella que bajara del tren, no sin amabilidad, y la acompañó él mismo en persona, inclinando incluso la cabeza a modo de saludo al pasar por delante de Petra.

En cuanto salieron del vagón, un llanto desolado surgió del tercer compartimento —debía de ser Tomaš, el más pequeño del grupo—, lo que sacó a Petra de su aturdimiento. Con paso decidido recorrió el pasillo, llegó a la puerta abierta y se asomó para ver qué estaba ocurriendo fuera. Estaba resuelta a repetir sus protestas, a exigir explicaciones, pero lo que encontró frente a ella la dejó sin palabras.

Inmóviles en medio de un campo, a unos diez metros del lateral del tren, trece niñas arrodilladas observaban la valla fronteriza bajo la vigilancia de dos soldados armados, mientras el hombre de las gafitas se paseaba arriba y abajo por detrás de ellas. Estaban esperando algo, pero ¿qué?

Transcurrió un tiempo interminable, marcado únicamente por los pasos del soldado de las gafitas, antes de que el silencio del campo se viera invadido por un estruendo débil y lejano que se fue condensando a medida que se acercaba a gran velocidad. Un largo Mercedes con los cristales tintados llegó por un camino de tierra que discurría paralelo a las vías, pasó por delante de los ojos de Petra y se detuvo a un metro de la valla.

El soldado de las gafitas alcanzó la puerta con pasos rápidos, la abrió, saludó con la mano levantada.

Petra aguzó la vista, pero no hacía falta: del coche salió un hombre imponente, alto y ancho como una puerta, con la cabeza rapada brillando al sol y un parche negro sobre el ojo izquierdo.

—¿Las habéis encontrado? —preguntó con una voz grave que podía oírse incluso desde aquella distancia.

El soldado de las gafitas extendió un brazo para mostrar la hilera de chicas arrodilladas en el campo.

El gigante asintió y, tras haber echado una mirada distraída al tren, se encaminó hacia la hilera de las niñas. Al llegar delante de la primera, la hizo levantarse. La miró un momento, luego negó con la cabeza y pasó a la segunda. A esta la estudió durante más tiempo, acercando su cara a la de ella, cogiéndole el mentón entre los dedos para así girarla de un lado a otro, pero al final volvió a negar con la cabeza. A la tercera niña no le dedicó ni una segunda mirada. La cuarta pareció enfurecerlo, y Petra comprendió por qué: Agota aún no había cumplido los ocho años.

El gigante superó a la quinta y la sexta. A la séptima le preguntó algo, y la pequeña, asustada y temblorosa, dio dos vueltas sobre sí misma antes de ser descartada. Ahora ya no parecía una ejecución capital, sino una audición. Una selección.

La octava chica también quedaba fuera de la edad; la novena no acaparó la atención del gigante más que unos instantes. Sin embargo, la décima hizo que se iluminara. Le pidió que se pusiera de pie, la escrutó de cerca, giró a su alrededor. Tal vez fuera ella. Tal vez fuera ella.

El gigante le rodeó el cuello con su gran mano y apretó —Petra se asomó, alarmada—, pero algo en la carne de la niña, en su resistencia, o quizá en su falta de ella, no lo convenció. No, no era ella.

Decepcionado, pasó a la undécima, luego a la duodécima, luego a la última, y nada. La hilera se había acabado. La chica que buscaba no estaba entre aquellas trece.

Hizo una señal con la cabeza, molesto, e inmediatamente los dos soldados armados gritaron a las niñas que se levantaran y las empujaron hacia el tren.

—Lo siento —le dijo el soldado de las gafitas, agachando la cabeza.

El gigante gruñó.

—¿Estás seguro de que has buscado bien?

—Yo mismo he recorrido el tren de arriba abajo. No quedan más niñas que se correspondan con la descripción. Pero si cree...

—Muy bien —lo cortó el otro—. Volveremos a intentarlo con el próximo.

—¿Y este?

—¿Este qué?

—¿Dejamos que se marche?

El gigante se quedó en silencio un momento. Volvió a mirar al convoy y por primera vez se detuvo en Petra, a la que sonrió con malicia.

—Pueden llevarse a todos los judíos que quieran —dijo, levantando la voz para asegurarse de que la mujer del estribo lo oía—. Pueden organizar diez trenes al día. Cuantos menos queden, mejor. Pero ella no —añadió sombríamente—. Tengo una cuenta pendiente con ella.

Eso fue lo que dijo, luego volvió a montar en el Mercedes, que había permanecido con el motor encendido todo el tiempo y, en cuanto se cerró la puerta, dio la orden de ponerse en marcha de nuevo.

Diez minutos más tarde, todos los pasajeros estaban de vuelta en los compartimentos y el tren corría lanzado hacia el mar. El extraño incidente de la frontera ya se había olvidado, salvo para las trece niñas, que de todos modos habían entendido muy poco. Una confusión de identidad. Un peligro evitado.

En cuanto a Petra —en cuanto a mí—, nunca olvidaría la imagen del gigante que las examinaba una a una, haciéndolas girar sobre sí mismas, sujetándolas por el cuello. Yo también sentiría esa mano sobre mi piel largo tiempo, tan candente como un hierro sobre un yunque, tan firme como una mordaza de acero.

Fue allí, aquel día, en la frontera polaca, donde por fin comprendí.

Primera parte
La Niña de la Sal

Noviembre de 1938

«*Corría el rumor de que Gran Bretaña estaba dispuesta a dejar entrar en el país a varios miles de niños, pero era difícil conseguir información. Mi madre y yo (mi padre estaba en un campo de concentración) decidimos que yo abandonaría el pueblo y que iría al consulado británico más cercano para intentar saber algo más. Ese viaje fue una decepción. Sí, existía tal operación, pero no tenía nada que ver con el Gobierno británico, y en el consulado no estaban al tanto de los detalles. Solo me aconsejaron que escribiera a un comité cuyo nombre y dirección me dieron. Regresé a casa profundamente abatido. Tenía trece años*».

1

La llamaban la «Niña de la Sal» porque todas las noches, cuando la oscuridad inundaba la ciudad, uno podía encontrarla a la entrada de un callejón —nunca el mismo dos veces, nunca a plena luz del día— vendiendo a los transeúntes unas bolsitas de tela azul en cuyo interior había un puñado de sal, algo que hacía tiempo que resultaba imposible de conseguir. En Praga nadie sabía su nombre ni de dónde venía. Nadie, sobre todo, tenía ni idea de cómo conseguía hacerse con aquella valiosa mercancía. La Niña aparecía tras la puesta de sol y se retiraba antes del amanecer, sin confiar en nadie. Una moneda, una bolsita. Eso era todo.

Muchos, tras buscarla a lo largo y ancho de los barrios al sur del río y volver junto a sus esposas con la cabeza gacha y las manos vacías, acababan convenciéndose de que solo era una leyenda: en el gueto estaba el Golem, y en la Ciudad Vieja, ella. En los tiempos difíciles, el pueblo se refugia en las historias.

Pero la Niña de la Sal no era una leyenda, existía de verdad, y yo puedo dar fe de ello porque la conocí en carne y hueso en el momento más importante de nuestra vida.

La primera vez que oí hablar de ella fue en noviembre de 1938. Acababa de cumplir veintitrés años, el mismo día en que Hitler, con el visto bueno de las demás naciones, había anexionado al Reich un trozo de Checoslovaquia, incluido el pueblo donde yo vivía. Mi marido, Pavel, un buen hombre con el vicio de la política, murió poco después en un enfrentamiento entre nazis y nacionalistas, y el impacto que me produjo su asesinato también resultó fatal para el niño que llevaba en mi vientre. Nuestro primer hijo. Lo perdí cuando estaba embarazada de cinco meses, y ahora ya ni siquiera puedo describir la rabia y la furia que ocuparon su lugar dentro de mí. Pensé que, con el tiempo, la hoja iría perdiendo filo, pero no fue así. Si no tengo cuidado, si me equivoco en un movimiento, incluso hoy se mueve y empieza a herirme de nuevo.

Sola, desesperada, hambrienta de justicia o al menos de revancha, tras un periodo de aturdimiento abandoné lo poco que me quedaba en el pueblo y me fui a vivir a la gran ciudad, donde nada me recordaría el pasado. A esas alturas, mi corazón se había secado y endurecido como una piedra al sol, así que decidí cambiar mi nombre por el de Petra, Petra Linhart. Así fue como me presenté en la pensión Urquell, con habitaciones decentes para mujeres solas a dos pasos del gueto. Así me llamaban los clientes de la cervecería Stifft, donde servía mesas con vistas al Moldava. Luego, una noche conocí a un húngaro que confeccionaba documentos falsos para el contrabando, y a cambio de un barril de cerveza me convertí en Petra también en los papeles. A finales de noviembre ya no quedaba nada de la mujer que había sido, y estaba lista para ponerme manos a la obra.

En aquellos días había miles de refugiados en Praga, la mayoría de ellos huidos de los Sudetes, como yo, y más numerosos todavía eran los disidentes y los judíos, que, tras la Noche de los Cristales Rotos, se habían dado cuenta de una vez por todas de que no estaban a salvo. Los que tenían los medios y los contactos se marcharon corriendo, a menudo sin nada de equipaje; los que no los tenían se esforzaban por encontrarlos. Abandonar el país se estaba convirtiendo en la primera preocupación para cualquiera que temiera hallarse en la lista de Himmler: intelectuales, periodistas, políticos, militantes, simpatizantes de grupos antinazis... Un pequeño ejército sin armas, consciente de que no había ninguna esperanza contra la Gestapo, y que se preparaba para un exilio voluntario.

El principal problema no era ni el dinero ni los documentos para marcharse, sino el destino. A esas alturas, Hitler tenía amigos en todas partes, y en toda Europa solo había un Gobierno dispuesto a conceder asilo a los refugiados: el británico. Pero los visados eran escasos y estaban muy solicitados, y, para un ciudadano checoslovaco, obtenerlos exigía esfuerzos titánicos. Sobre todo, era necesario conocer a alguien al otro lado del canal de la Mancha que moviera los hilos y ofreciera garantías. Una tarea casi imposible hasta que llegó a Praga Doreen Warriner, la mujer destinada a cambiar mi vida.

La conocí a través de otro cliente de la cervecería. Un día vinieron a almorzar dos soldados alemanes —aún no eran invasores, sino huéspedes no deseados—. Eran dos caras nuevas, y ya debían de haber bebido bastante antes de entrar en la cervecería. Se reían a carcajadas, se contaban anécdotas pasadas de rosca, mezclando el checo y el alemán, intentaban provocar a las camareras de todas las maneras posibles. Cuando me acerqué para tomarles el pedido, el mayor de los dos me agarró por la cadera e intentó que me sentara en su regazo.

—¿Qué dices, guapa, tenemos un bebé? Para fomentar la integración entre las razas...

El otro se echó a reír y empezó a dar manotazos sobre la mesa; los cubiertos cayeron al suelo, llamando la atención de todo el local. Yo me escabullí con toda la gracia posible, sonreí mientras lo recogía todo, luego volví a preguntarles qué querían, guardando las distancias. ¿Querían cerveza, algo más? Traje rápidamente dos jarras de *pils* fría, no sin antes haber escupido dentro.

No era propio de mí, y fui tan torpe al hacerlo que uno de los clientes habituales, un tal Werner, un suizo taciturno, se dio cuenta. Cuando vi que se había fijado, me quedé helada, pero hizo una mueca divertida y me guiñó un ojo: *Es lo que se merecen*. Le devolví la sonrisa, una sonrisa tímida, agradecida, y llevé las jarras a los dos alemanes, quienes se habían puesto entretanto a molestar a otra compañera y durante el resto de su estancia me dejaron en paz.

Después de almorzar, mientras estaba ordenando las mesas en la terraza barrida por la brisa otoñal, vi a Werner sentado a un lado, con su silla mirando hacia el castillo. Estaba tan callado que me había olvidado de él y, cuando me hizo su pregunta, me sobresalté.

—Petra, ¿has pensado alguna vez en servir a la causa?

Lo dijo en voz baja, apenas audible, con los ojos siempre fijos en la colina. Tal vez lo había imaginado, pero sabía que no era así.

—¿La causa? —pregunté como si no lo hubiera entendido a la primera. Como si no estuviera ya lo bastante inquieta.

Werner asintió sin darse la vuelta.

—Me parece que no te gustan mucho los teutones.

Miré a mi alrededor de manera instintiva, aun cuando sabía que estábamos solos.

—¿Cómo iban a gustarme? —respondí en voz baja.

Volvió a asentir con una mueca tensa en el rostro.

—Conozco tu historia. Lamento lo que has tenido que sufrir. Supongo que es duro volver a empezar después de un duelo semejante, en una ciudad nueva. Eres una mujer fuerte, Petra. Valiente. Por eso me he dicho: quizá pueda ser útil a la causa.

Otra vez esa palabra. Otra vez esa inquietud. Permanecí inmóvil, a la espera, como delante de un animal salvaje al que temes asustar con un gesto equivocado.

—Algunos dicen que estarán aquí antes de Navidad —continuó Werner—. Otros creen que esperarán hasta el año nuevo, o bien hasta el final del invierno. Pero vendrán, todos lo sabemos. Y entonces ya será tarde para muchos.

—No tengo intención de volver a huir —repliqué, apretando los puños.

Apartó los ojos del paisaje, se giró en su silla.

—Por supuesto, claro que no. Eres una mujer fuerte. Valiente —repitió—. Pero hay quien no puede permitirse quedarse, ya sabes a qué me refiero. Y ellos necesitan ayuda.

—¿Es esta la causa?

Werner sonrió.

—Algunos elaboran listas. Otros buscan documentos. Otros, en cambio, dinero. Sin embargo, para marcharse necesitan un lugar adonde ir, y eso solo hay una persona que pueda proporcionárselo.

—¿Una persona?

—La Inglesa.

Negué con la cabeza, como diciendo que no sabía nada.

—La llaman así porque es inglesa —explicó Werner, y se echó a reír. Al ver que no me unía a él, se puso serio de nuevo—. Acaba de llegar a la ciudad, pero ha estado ocupada desde el primer momento. Organiza las salidas, obtiene los visados, reúne los transportes. Y le vendría bien algo de ayuda. Una ayudante de confianza.

Un estremecimiento de excitación me recorrió de pies a cabeza.

Por fin había llegado mi oportunidad.

—¿Y yo le iría bien?

—Creo que sí. Tienes temperamento. Sabes desenvolverte. Eres de aquí, pero hablas inglés...

—Solo un poco. Lo que aprendí en la escuela.

—Te oí con esos turistas el otro día. Te las apañas. Y tienes carácter. —Werner volvió a reírse—. Creo que le gustarías. Aunque solo hay una forma de descubrirlo.

Se levantó, se desempolvó la ropa raída, luego me miró a los ojos con expresión maliciosa, como si estuviera a punto de pedirme una cita.

—¿A qué hora terminas tu turno aquí?

2

Me esperó hasta las cinco apoyado en la pared exterior de la cervecería, con la mirada perdida entre las nubes, y, cuando me vio salir por la puerta con mi abrigo de invierno puesto, la bufanda de lana gruesa subida hasta la nariz y las orejeras tapándome los oídos, me sonrió.

—Vestida así, pareces una espía —dijo, y se separó de la pared—. Creía que vosotros, los montañeses, erais más resistentes.

—Mi pueblo está en un valle. No estoy acostumbrada a este frío.

—Es por el río —dijo, encaminándose en la dirección contraria, hacia la Ciudad Vieja—. ¡Y ya verás cuando nieve! Si no quieres perder la nariz, te conviene dejarla en la habitación por la mañana...

Siguió hablando así, de esto y de aquello, bromeando como si fuéramos dos viejos amigos que pasean juntos por las calles del centro, y más tarde yo me preguntaría si no lo hacía a propósito, si no sería todo una comedia para los ojos de posibles observadores, de *espías*, como él había dicho, pero en aquel momento pensé que era extraño, incluso que tal vez estaba fuera de lugar. Desentonaba con la gravedad del trabajo para el que imaginaba que me había alistado.

Pasamos la plaza de Bethlémské y continuamos por una avenida iluminada hasta la plaza triangular de Uhelný. Desde allí, otra avenida nos condujo a Jungmannova, a los pies de la altísima iglesia de la Virgen de las Nieves, tan blanca e imponente como un castillo de hadas.

—Por aquí —me dijo Werner, cogiéndome con delicadeza por un codo, y se metió por un callejón arbolado a la derecha de la entrada del templo. A pesar de la hora y del frío, a lo largo de toda la acera había una hilera de hombres y mujeres esperando, una fila silenciosa que nos miró con recelo mientras pasábamos por delante. Mi acompañante no parecía preocupado por su opinión, ni siquiera se molestó en saludar con la mirada o con la cabeza. Me condujo hasta el final del callejón, donde a la izquierda había una puerta de madera custodiada por un anciano rubicundo, más ancho que alto. Al ver a Werner se iluminó.

—Hola, Bill —dijo—. ¿Qué has hecho de bueno en esta vida para ir siempre por ahí con mujeres tan guapas?

—Eso no es por lo que he hecho en esta vida —respondió—. Es por lo que hice en mi vida anterior. ¡Así que pórtate bien!

—¿Yo? —protestó el anciano—. ¡Si es como tú dices, en la próxima vida seré Rockefeller!

Werner se rio, y yo también sonreí, con los ojos de todo el mundo puestos en mí, a pesar de la tensión del momento y el cansancio del día.

—¿Vais a ver a Doreen?

—Sí. ¿Aún sigue en el despacho?

—¿Y cuándo no está en el despacho? Me dicen que duerme sentada a su escritorio.

—No te dicen la verdad —replicó Werner, empujándome hacia el otro lado de la puerta—. Doreen nunca duerme.

La risa del anciano nos siguió mientras nos adentrábamos en un hermoso jardín jalonado por árboles, setos bajos muy cuidados y huertecillos cultivados con hierbas medicinales. El aroma en el aire era penetrante: tomillo, lavanda, anís estrellado y menta componían un ramillete embriagador que, combinado con la penumbra y el silencio de aquel lugar secreto adosado al lateral de la gran iglesia, hizo que me mareara unos instantes.

—Los Jardines de los Franciscanos —me explicó mi guía, conduciéndome a un edificio bajo y cuadrado en medio de la vegetación, una especie de cobertizo hecho de ladrillo—. Forman parte del monasterio. En verano son el lugar más mágico de la ciudad. En invierno permanecen cerrados, y los monjes nos los han cedido para nuestras actividades.

Delante de la puerta de un cobertizo vi otra fila de hombres y mujeres, una media docena, que sostenían en la mano unos documentos, claramente impacientes por que llegara su turno. Una chica más joven que yo estaba sentada detrás de una mesita, calentada por un brasero encendido a su derecha. Estaba copiando una lista de nombres de una pila de documentos similares a los que llevaban en las manos las personas que esperaban. Cada vez que terminaba una línea, cogía el documento del que había copiado los datos y lo arrojaba al fuego; las chispas volaban hacia el negro cielo.

Werner se acercó a la mesa.

—Grete —dijo.

La chica ni siquiera levantó los ojos.

—Bill, ¿ahora qué quieres? ¿No te habías ido ya de una vez por todas?

—A mí también me encanta tu compañía y me moría de ganas de volver a verte —respondió Werner, o quizá Bill, como lo llamaba todo el mundo—. He de ver a Doreen.

Grete se encogió de hombros.

—Si no hay manera de evitarlo...—Luego, con toda tranquilidad terminó de copiar un documento, lo arrojó al brasero y se dispuso a coger otro de la pila.

—Grete —la llamó de nuevo Werner.

La chica puso los ojos en blanco.

—¿Y ella? —preguntó.

—Una invitada que es bienvenida.

—Puede ponerse a la cola.

—No está aquí para pedir nada. Está aquí para dar.

Grete se echó hacia atrás con la silla. Me observó con frialdad, como si estuviera tomándome medidas para un vestido. Luego suspiró, negó de manera casi imperceptible con la cabeza —pero asegurándose de que yo lo percibiera— y se levantó. Se fue hacia la puerta, la abrió y se metió dentro del cobertizo iluminado.

—¿No le caes bien? —aventuré.

—¿Quién? ¿Yo? Yo le caigo bien a todo el mundo —respondió Werner—. Es que a ella le gustaría que las cosas fueran a más.

La puerta se abrió de nuevo, Grete reapareció.

—Cinco minutos —dijo sin mirarnos siquiera mientras volvía a sentarse.

—Se pueden hacer muchas cosas interesantes en cinco minutos —afirmó Werner. Luego, sin esperar respuesta, me empujó hacia el interior del cobertizo.

Visto por dentro, se trataba de un espacio sorprendentemente grande. Había sitio para tres mesas, dos sillones y una estantería repleta de carpetas, archivadores, atlas y diccionarios. En una pared, un gran mapa de Centroeuropa lleno de chinchetas de colores marcaba la ubicación de los campos de refugiados alrededor de Praga y el avance del frente nazi por el oeste y el norte. Las líneas de ferrocarril hacia Alemania y Polonia estaban resaltadas en rojo. Las que iban a Austria terminaban en la frontera con una serie de cruces.

De pie, delante de la mesa más grande, casi oculta por montones de carpetas, vi a una mujer de unos treinta años, de facciones delicadas, pero con una expresión de acero en sus ojos claros y la tez pálida de alguien que no ha visto la luz del sol en mucho tiempo. Sobre sus hombros caía una espléndida melena morena, quizá el rasgo más memorable de su figura, por lo demás humilde.

—Doreen —la saludó Werner.

—Bill —respondió ella con tono distraído, inmersa en un documento mecanografiado.

—Te he traído a una persona. Un recurso —añadió.

Un recurso. Nadie me había llamado nunca así, y no me causó una impresión muy positiva.

Ella terminó de leer una línea, o tal vez un párrafo, luego inspiró profundamente, bajó el documento y volvió su mirada hacia nosotros. De repente me sentí golpeada por una luz potentísima, como una pequeña embarcación perdida en el mar y enfocada por el rayo de luz de un faro. Esa intensidad. Esa capacidad de concentrar su atención en una cosa, un asunto, una persona, haciendo que todo lo demás desapareciera a su alrededor. Han pasado décadas desde entonces, pero no he olvidado esa sensación. No la he olvidado, Doreen.

—¿Cómo te llamas? —me preguntó, estudiándome con una expresión neutra, ni interesada ni aburrida.

—Petra —dije tras pensarlo un momento—. Petra Linhart.

—Eres checa —dijo, y añadió en mi idioma—, pero no de Praga. ¿Karlovy Vary?

—No muy lejos.

Doreen asintió. Volvió a hablar en inglés, imaginé que como deferencia hacia Werner.

—¿Cómo es que me la traes?

—La chica es lista. Habla los dos idiomas y no le gustan los alemanes, digámoslo así. Podría echar una mano con ese proyecto.

Vi que la mirada de Doreen se oscurecía. Ese proyecto, probablemente, no era algo para discutir delante de desconocidos.

—Podemos confiar en ella —continuó mi defensor—. Lo he comprobado.

Doreen dejó el documento y caminó alrededor de la mesa, deteniéndose a un metro de mí. Escudriñó mi figura, luego mi cara, luego mis ojos, buscando algo, yo no sabía qué. Largos segundos, tal vez minutos, en los que me sentí más desnuda que en ninguna otra ocasión en mi vida, más que cuando me desnudé por primera vez delante de Pavel, más que cuando sus enemigos, después de haberlo matado, vinieron a buscarme y…

—¿Cuántos años tienes? —preguntó Doreen.

—Veintitrés. Recién cumplidos.

—¿Tan joven y ya alimentas un dolor tan grande? —No me dio tiempo a responderle—. Escucha —me dijo, cambiando de tono, pasando al modo franco y práctico que a partir de ese momento mantendría siempre conmigo, salvo en dos ocasiones—: lo que hacemos aquí no es ilegal, pero podría llegar a ser peligroso. Tenemos poco tiempo, por lo que no nos gusta perderlo. Trabajamos veinte horas al día, no nos pagan, nadie nos dará las gracias. Como ciudadana checoslovaca podrías meterte en problemas y, desde luego, no estarás protegida como Bill y como yo, que somos extranjeros.

—Siempre que no estalle la guerra entretanto —intervino él.

—Si no te sientes capaz de ayudarnos —concluyó Doreen—, nos despedimos ahora mismo. Si, por el contrario, te sientes capaz, empezaremos ahora mismo y ya no podrás echarte atrás hasta el final, ni hablar con nadie sobre lo que estamos haciendo aquí. ¿Entiendes?

Lo entendía. Hasta qué punto lo entendía.

—Ni siquiera te voy a preguntar por qué estás dispuesta a hacer esto —añadió en voz más baja mientras se acercaba a la mesa y rebuscaba algo entre las carpetas—. Se te puede leer en los ojos. —Encontró un grueso sobre que rebosaba de papelitos en precario equilibrio. Se volvió hacia mí—. Ten cuidado con esto: la ira, la cólera, la sed de justicia o de venganza son buenos combustibles, los combustibles más poderosos que existen. Sin embargo, casi siempre acaban prendiéndonos fuego a nosotros mismos.

Eso fue lo que me dijo, y me entregó el sobre.

—Niños sin padres. Nos informan de ellos desde los campos, pero no sabemos exactamente cuántos hay. Averígualo y hazme una lista, exacta, para ayer.

3

Las primeras noticias sobre la Niña de la Sal las tuve al día siguiente, cuando en nombre de Doreen fui a visitar uno de los campos de refugiados al norte de la ciudad. Werner pasó a recogerme a la pensión con las primeras luces del amanecer y, tras montarme en su Tatra azul lleno de golpes y arañazos, hizo dos paradas más, una en el gueto, en la Sinagoga Española, y otra en Kampa, en lo que descubriría que era la sede de los Caballeros de Malta en Praga. En ambos casos me dejó sola en el coche durante unos minutos antes de regresar arrastrando pesados sacos de arpillera que amontonó en los asientos traseros.

—Carbón —dijo al percatarse de mi curiosidad mientras reanudaba la marcha—. Hace frío en el campo.

Y hacía mucho frío, mucho más que en la ciudad, porque no era un campo de verdad, con vallas, chabolas, casetas y letrinas, sino un campamento de emergencia que crecía sin reglas en medio de un bosque, donde los más afortunados podían contar con una tienda improvisada y los demás, con lonas y mantas colgadas de las ramas de los árboles. Por todas partes, entre las pasarelas hechas con tablones y las mamparas de chapa de madera en los lados más expuestos al viento, se respiraba el humo que salía de decenas y decenas de bidones oxidados esparcidos aquí y allá, hogueras improvisadas que atraían a multitudes de niños y ancianos con caras de aturdimiento. Los hombres, sombríos y orgullosos, permanecían sentados más lejos, con los pies sobre piedras o cajas de madera para no tocar el suelo helado, mientras las mujeres trabajaban en grupos apretados, unas cosiendo, otras cocinando, otras ocupándose de los niños pequeños y sus llantos. Sobre todas las cosas gravitaba una capa de precariedad consolidada, como si hubieran ido a parar a un limbo que se anunciaba eterno, y contra el que no tenía ningún sentido luchar. Solo cabía soportarlo.

Cuando vieron a Werner, los niños y los hombres se le acercaron, colocándose en una fila ordenada. En sus ojos brillaba una digna ansiedad, no doblegada aún por el hambre que llegaría en los meses venideros. Desfilaron uno a uno por delante de los sacos de carbón y recibieron un trozo cada uno, los niños dos.

—De vez en cuando traigo algunos caramelos —me confesó Werner en un susurro—, pero los fondos empiezan a escasear, tenemos que emplearlos en cosas más *necesarias* —dijo esta última palabra en un tono despectivo, casi polémico. Como si, a sus ojos, nada fuera más necesario que darles caramelos a los niños.

Los sacos no tardaron en vaciarse, y al final de la fila hubo quien se quedó sin carbón. Sin embargo, no escuchamos ninguna queja. Nadie había hecho trampas haciendo cola dos veces o embolsándose más de lo debido. Sencillamente, el destino había querido que no llegara para todo el mundo. Las hogueras, al fin y al cabo, eran comunes, y los refugiados, una única gran familia. Se ayudarían entre ellos, como siempre han hecho los últimos del mundo.

Luego estaba el trueque, la forma más antigua de comercio, y presencié un ejemplo sorprendente justo mientras doblaba con Werner los sacos de arpillera vacíos: un niño de unos diez años, con los pies descalzos sobre los tablones ásperos de una pasarela, se acercó a una mujer que zurcía una manta deshilachada y le tiró del vestido decididamente, dos veces. Cuando ella se volvió para mirar, él se sacó del bolsillo las dos pepitas de carbón que acababa de recibir de nosotros y se las ofreció en las palmas de las manos, sin decir nada. La miraba a los ojos, expectante. La mujer ya debía de haber negociado algo con él, porque también sin pronunciar palabra asintió a su vez, dejó la manta y se levantó. De un bolsillo de su bata sacó una bolsita de tela azul y se la mostró. El niño asintió con decisión. La mujer extendió la palma de la mano y él le entregó las dos pepitas. Luego, tan rápido como si temiera perder su oportunidad, le arrebató la bolsa y dio un paso atrás. La mujer sonrió, negó con la cabeza y volvió a sentarse para coser la vieja manta. El niño salió corriendo aferrando la bolsita como si llevara su alma dentro.

—¿Has visto eso? —le pregunté a Werner intrigada.

—¿Qué?

—Ese niño. Ha intercambiado el carbón por una bolsita de tela.

A Werner pareció sorprenderle la noticia. Me miró.

—¿Una bolsita de tela?

—Sí. Se la dio esa mujer. —Se la indiqué.

—¿Azul? La bolsita, quiero decir.

—Sí, ¿por qué?

Werner sonrió.

—La Niña de la Sal. —Luego añadió—: Sígueme. —Y se encaminó hacia la mujer que estaba cosiendo—. Disculpe —le dijo cuando llegó a su altura.

La mujer volvió la cabeza sorprendida.

—¿Sí?

—Hemos visto el intercambio —le dijo.

—¿Qué intercambio?

—Con ese niño —respondí yo—. El carbón por una bolsita.

Se encogió de hombros.

—¿Y qué? El carbón era suyo y ahora es mío. ¿No querrán que se lo devuelva a ustedes?

—No, no queremos que nos lo devuelva —la tranquilizó Werner—. Pero esa bolsita... ¿contenía sal? ¿Era una bolsita azul?

La mujer lo miró unos instantes sin decir nada, sin mover ni un músculo.

—Estamos buscándola —prosiguió Werner—. La Niña de la Sal. ¿Sabe de qué le estoy hablando?

Silencio de nuevo. Luego, lentamente, la mujer asintió.

—Pero yo nunca la he visto —añadió—. La bolsita me la proporcionó un amigo. Y él no me dijo de dónde la había sacado.

—¿Tiene otra? Me gustaría verla.

—Esa era la única que tenía. Josef llevaba días dándome la lata. Vale más que dos trozos de carbón, en realidad. Pero los niños... —dijo, y no terminó la frase. Se limitó a encogerse de hombros.

—Gracias de todos modos —dijo Werner claramente decepcionado, y dejamos que la mujer siguiera con su trabajo.

El campamento era grande, calculé que al menos había unas dos mil personas, la mayoría de las cuales parecía proceder de mi zona. Refugiados de los Sudetes, huidos de la invasión nazi. No reconocí a nadie, pero pude ver a un centenar de judíos vestidos con trajes tradicionales y al menos a tres familias romaníes. En circunstancias normales no habrían convivido todos juntos, pero aquellas no eran circunstancias normales —no lo eran desde hacía mucho tiempo, y no lo serían hasta quién sabía cuándo—. Paseábamos por entre las hogueras y las tiendas, escuchando los diálogos en checo, eslovaco e incluso alemán —disidentes, imaginé, ciudadanos del Reich que habían elegido el bando equivocado y cuyas vidas ahora corrían peligro—, y mientras tanto yo iba pensando en la bolsita azul y en lo que Werner le había preguntado a la mujer. Al final me venció la curiosidad.

—¿Quién es la Niña de la Sal? —le pregunté.

Werner despertó de sus pensamientos y me miró sorprendido.

—¿No has oído nunca hablar de ella?

Negué con la cabeza.

—¿Cuánto tiempo llevas en Praga?

—Dos meses —respondí—. Pero, aparte de la pensión y de la cervecería, no he visto nada, no he hablado con nadie.

Werner asintió.

—¿Quién es la Niña de la Sal? —repitió—. ¡Quién sabe! Muchos piensan que es una leyenda. Sé de un par de hombres que dicen haberla conocido de verdad, pero, si los escuchas, la colina de Petřín está llena de duendes y en las mazmorras del castillo vive un dragón... Sin embargo, las bolsitas circulan por ahí, he visto varias, y tú también has visto una de ellas, ¿no? Así que alguien debe de distribuirlas. Prepararlas y distribuirlas.

—Pero ¿qué contienen? —pregunté bastante tontamente.

—Sal. Sal gruesa, de excelente calidad, nadie sabe de dónde la saca. La Niña la vende en las esquinas de las calles de la Ciudad Vieja, pero siempre cambia de sitio y sale de noche. Además, pide muy poco. Una moneda por bolsita.

Me quedé estupefacta. ¡Una moneda por bolsita, cuando la sal se había vuelto tan escasa! Tras la Conferencia de Múnich, el Reich requisó muchas minas y el producto se desvió hacia Alemania.

—Si la Niña existe —continuó Werner—, sería importante saber quién es. Llegar hasta ella y, a partir de ella, a la sal. Con la sal se pueden hacer muy buenos intercambios. Por eso la buscamos.

Asentí, pero no fue en las ventajas económicas en lo que pensé, sino en la cría que se escondía detrás de esa Niña. ¿Quién era, si es que realmente existía? ¿Dónde vivía? ¿Estaba sola? ¿O era como las personas sin familia que Doreen me había pedido que buscara, los nombres que iba a recopilar en mi lista?

Esto es lo que me preguntaba cuando oímos un gran clamor procedente del espeso bosque que había detrás del campamento. Gritos de hombres, gritos de mujeres: «¡Detente!», «¡Cogedlo!», «¡Corre, Milan!», «¡Por aquí!», «¡Malditos!».

Vi que Werner se ponía rígido al instante, con los ojos abiertos como una presa frente a su depredador.

—¿Qué ocurre? —le pregunté, pero me aferró del brazo y me arrastró con él hasta detrás de una lona que colgaba de una rama.

—¡Chis! —dijo, llevándose un dedo delante de la nariz.

Oímos más gritos, el eco de una explosión que puso en fuga a una bandada de pájaros, luego carreras de pasos, pesados, numerosos. «¡Vuelve aquí!», «¡Estás atrapado!», «¡Cogedlo!». Entonces, a través de un agujero en la lona, vimos a un hombre bajo y fornido, con un abrigo demasiado grande, que salía de la espesura de los árboles y avanzaba penosamente entre la nieve helada y las ramas bajas de un árbol caído.

—¿Quién es? —susurré.

Werner negó con la cabeza.

Por detrás del hombre aparecieron media docena de perseguidores, hombres con un uniforme que reconocí enseguida y que me dejaron sin habla.

—¿La policía?

—¡No puedes escapar! —gritó uno de los agentes, primero en checo y luego en un alemán chapurreado—. ¡No nos lo pongas más difícil!

Otra explosión, más fuerte, más cerca. Me fijé en la pistola que llevaba en la mano uno de los agentes, apuntando al cielo para asustar, no para herir.

—Lo quieren vivo —comentó Werner, estrechándose más contra mí para hacernos menos visibles tras la lona.

El hombre del abrigo jadeaba como un fuelle, con la cara amoratada y el pelo oscuro empapado en sudor. A estas alturas, su carrera era un balanceo borracho a través del fango del bosque, y la policía se le acercaba.

—¡Dejadlo en paz! —gritó una mujer a nuestra derecha.

—¡Corre, Milan, corre! —lo animó un anciano con el pelo al viento como telarañas.

Pero a Milan ya no le quedaban energías, y pronto un agente, el primero que habíamos oído gritar, estuvo lo bastante cerca de él como para dar un salto y agarrarlo por las piernas. Los dos cayeron juntos al suelo y rodaron por inercia, empapándose de nieve y llenándose de tierra, para acabar chocando contra un arbusto. El policía se sentó a horcajadas sobre el fugitivo y empezó a asestarle golpes con los puños apretados, produciendo un sonido sordo y líquido que me hizo revolverme.

—¡Este es por huir! ¡Este es porque no te detuviste! ¡Y este porque tendré que lavar toda esta mierda de mi uniforme! ¡Cabrón!

Al final, tras un larguísimo tiempo en el que todo el campamento permaneció en silencio, como suspendido, llegaron los demás agentes, pararon a su compañero —«Ya basta, ya basta»— y los separaron.

—Milan Kosma —declaró el policía de la pistola, sus palabras espaciadas por el jadeo de la carrera—. Quedas detenido en nombre del Gobierno. Si opones resistencia, empeorará tu situación.

—¡Dejadlo en paz! ¿Qué os ha hecho? —preguntó el anciano con las telarañas en la cabeza.

—Señores, por favor, retrocedan —respondió otro agente con la porra ya en la mano—. No es asunto suyo.

—¡Solo es un pobre diablo como nosotros! ¿No tenéis suficiente con haberlo echado de su tierra? ¿Ahora también queréis entregarlo al enemigo?

—Señores, por favor —repitió el agente en tono amenazador.

Entonces los otros pusieron a Milan Kosma de pie —su cara magullada como un animal en la carretera, el abrigo sucio de barro— y lo llevaron a empellones y sacudidas hasta una furgoneta aparcada a la entrada del campamento.

—Werner, ¿qué pasa? —volví a susurrar con la sangre hirviéndome en el cuerpo mientras recordaba a mi Pavel.

Entonces, por fin, me contestó:

—Política. Hitler da un nombre y el Gobierno entrega al hombre. Ahora el pobre Milan ya es carne muerta. Esto es lo que nos espera cuando el Reich tome Praga.

Apretó los dientes, las manos le temblaban, luego suspiró.

—Vamos —dijo—. Tenemos trabajo por delante, y cada vez queda menos tiempo.

4

Durante la primera semana trabajé de manera exclusiva en las listas de personas sin familia. Me enteré así de que Doreen había llegado a la ciudad a mediados de octubre como representante oficial de una organización no gubernamental dedicada a aliviar la situación de los niños en zonas de guerra, Save the Children. Posteriormente había asumido otros cargos y responsabilidades, colaborando con cualquiera que pudiera serle de alguna ayuda en su cruzada. En aquella época no podía, claro está, preguntarle qué la había empujado a dejar Londres para dedicarse a esa labor, pero años más tarde di con un escrito suyo donde lo explicaba con claridad:

> Empecé sin otra idea que el deseo desesperado de hacer algo para mitigar el desastre y, por lo que a mí respectaba, intentar borrar la traición de Múnich.

«Traición» era una palabra que circulaba profusamente entre sus compañeros de trabajo. Se habían dado varios casos de personas seguidas por Doreen, y cuidadosamente ocultadas a la policía checoslovaca, que habían desaparecido de la noche a la mañana, sin previo aviso. Cuando comenzó a rumorearse que habían sido trasladadas a la fuerza a Alemania, a los campos de trabajo creados por Himmler junto con los industriales alemanes más importantes, se empezó a sospechar que había espías entre las filas del BCRC, el Comité Británico para los Refugiados Checoslovacos. Werner me advirtió desde el primer día que tuviera siempre mucho cuidado con lo que decía y a quién se lo decía.

—A ese hombre lo han vendido —me explicó de regreso del campo de refugiados—. Es probable que hayan sido sus propios amigos para evitar que el Gobierno, al buscarlo, encontrara también otros nombres señalados. *Mors tua, vita mea.*

Era un concepto que yo conocía bien y, en cuanto a la prudencia, siempre elegía mis temas de conversación con mucho cuidado. Si hablaba con alguien, me limitaba a lo mínimo indispensable, incluso cuando tenía que repetir mi historia. Quería que a todo el mundo le llegara un único mensaje, muy sencillo: Petra Linhart no tiene pasado. Está aquí para trabajar con los niños de Doreen, y no importa nada más.

Pero acabé trabajando muy poco con los niños. Entre la ciudad y los campamentos simplemente había demasiados —según las estimaciones más conservadoras, se calculaban en unos treinta mil, entre un total de unos doscientos mil refugiados—, así que elaborar una lista se reveló muy pronto como algo inútil: ninguna organización, ningún país, tenía la capacidad de hacerse cargo de más de una decena. La Society of Friends enviaba dinero que utilizábamos para comprar calcetines de invierno, bufandas de lana, sacos de dormir. El *News Chronicle* recogía donativos de sus lectores y nos los entregaba semanalmente para la adquisición de mantas, carbón, botiquines de primeros auxilios, pero también libros y kits de costura, ya que no solo había cuerpos de los que cuidar, sino también almas.

Noruega aceptó a finales de noviembre acoger a quinientos refugiados, pero solo por tres meses, como etapa intermedia hacia Gran Bretaña o Canadá, donde los ferrocarriles estaban famélicos de nuevos clientes y habían presionado al Gobierno para que abriera las fronteras a los checoslovacos que huían. Poco después, Bélgica se ofreció a alojar a trescientas mujeres y niños en algunos pueblos de la costa, pero a condición de que los gastos fueran pagados por terceros. Holanda acudió en nuestra ayuda proponiendo sufragar los costes de comida y de alojamiento, dejando al Comité la tarea de pagar y, sobre todo, de organizar los transportes, algo fácil sobre el papel, pero complicado en la práctica.

Cuando la East London Mission to the Jews llegó a Praga para seleccionar a cincuenta niños, entre judíos y arios, y llevárselos consigo a Inglaterra, Doreen se encontró con grandes dificultades: reservar asientos en los aviones de línea, a esas alturas, era una labor casi imposible. Para encontrar algo había que reservar con al menos dos semanas de antelación, y los visados tenían que estar todos en regla, pero desde Londres los papeles siempre llegaban en el último momento, por lo que nos encontrábamos en un círculo vicioso que tan solo nos hacía perder el dinero de los billetes. La opción del tren era más práctica y, a finales de noviembre, empezamos a enviar a madres e hijos por la ruta Praga-Gdynia, de cien en cien, en un viaje relativamente cómodo de veinticuatro horas. Solo los niños más pequeños eran destinados a los aviones, gracias a un acuerdo especial con los holandeses de la KLM. Las otras compañías aéreas, sobre todo las vinculadas a Alemania por relaciones políticas o comerciales, no quisieron saber nada de apoyarnos u organizar sus propios vuelos, ni aunque se pagaran con recargos.

Poco a poco me fui convirtiendo en experta en cuestiones de logística, y me vi trabajando cada vez más en estrecho contacto con Doreen, que tenía una mente rapidísima y, por tanto, corría constantemente el riesgo de ir perdiendo piezas por el camino. Yo era la persona que comprobaba las listas, las reservas, los visados, las relaciones con las familias, los acuerdos con las agencias de viajes, los aeropuertos y los ferrocarriles. Pasaba doce horas al día entre archivadores y teléfonos, y en poco tiempo me encontré en el centro de toda la compleja maquinaria que permitía la expatriación de los refugiados. Hablar bien inglés resultaba útil, pero también ser mujer, y una mujer que había perdido un hijo. Todo el mundo daba por descontado que trabajaría el doble de lo que mis fuerzas me consintieran, y yo no los decepcioné.

A las tres semanas, además de la gestión de las familias, me asignaron la tarea, más delicada, de encargarme de los hombres. Así me enteré de que, aunque toda la atención pública se centraba en los menores, Doreen y el BCRC dedicaban la mayor parte de sus esfuerzos a la expatriación de los refugiados políticos: los comunistas, los socialdemócratas, los pacifistas, los judíos. Sus nombres, sus documentos, sus solicitudes de asilo, los formularios ya cumplimentados y los visados pendientes de sellar eran materiales peligrosísimos y por eso los guardaban en el lugar que se consideraba más seguro: la habitación de hotel de Doreen. Muy poca gente lo sabía, muy pocos tenían acceso. Al cabo de un mes de mi llegada, yo pasé a formar parte de esos poquísimos.

Fue así como descubrí las cartas.

Una mañana, Doreen había bajado al vestíbulo del hotel para recibir a un contacto del consulado británico y yo me encontraba sola en el escritorio de su habitación, rodeada de las cajas clasificadas que contenían la correspondencia entre el BCRC y sus miles de interlocutores: los organismos gubernamentales, las asociaciones de voluntarios, los benefactores privados, los periodistas de media Europa. Mi tarea consistía en separar las cartas en carpetas distintas y ordenarlas cronológicamente, una exigencia que se hacía cada vez más apremiante a medida que las promesas y los acuerdos hechos con este o aquel debían traducirse en acciones específicas: acoger a un número concreto de refugiados, pagar una suma determinada de libras esterlinas, interceder ante políticos, oficinas, personalidades diversas. Era un trabajo mecánico, incluso tedioso, pero había que hacerlo y, ante ciertos responsables —el alcalde de Londres, el director del *Times*, lord Grenfell, en un caso incluso el secretario del primer ministro—, mi atención se despertó de nuevo. Había echado un vistazo rápido al menos a una docena de documentos. De todas formas, quién sabe lo que me atrajo de las dos cartas que encontré metidas en medio de un borrador de la Lista Wallner, la que había recopilado la East London Mission to the Jews. Eran dos pequeñas hojas dobladas por la mitad, una amarillenta y la otra azul, y a primera vista podrían haber pasado por papel de desecho, pero algo me hizo sacarlas del sobre, ponerlas sobre la mesa del escritorio y abrirlas.

La primera carta estaba escrita con la letra fina y redonda de Doreen:

> Querido Mil. Voy de regreso a Praga, aunque había prometido no volver a hacerlo. No vuelvo por ti. Puedes creerme. Es que hay muchísimas cosas que hacer en mi querida Checoslovaquia, demasiado dolor, y la culpa es toda nuestra. Maldito Chamberlain. Maldito Hitler. Siento que debo ayudar, que debo poner la experiencia de estos *últimos* años al servicio de la paz. Por eso he dejado Londres, esta es la *única* razón. Ten por seguro que no te *buscaré* —sé cuál es mi sitio—, pero quiero que sepas que en los *próximos* meses estaré *aquí*, muy cerca de ti. He pensado que era mejor *decírtelo*. Si te cruzas conmigo por la calle, ignórame sin problemas. Yo *haré* lo mismo contigo.
>
> Con el cariño que tú sabes,
>
> D.

Al leer esas líneas tan cargadas de sentimientos, me quedé desconcertada: ¿Doreen, enamorada? ¿Doreen, la fría, Doreen, la máquina? Pero la respuesta estaba destinada a remover aún más mis certezas.

> Praga, 13 de octubre de 1938
> Secretaría General de la Cámara de Diputados
>
> Querida señorita Warrimer. Le devolvemos su carta aún sellada, dado que el destinatario indicado en el

sobre, el honorable Milan Hodža, ya no se encuentra en la antigua *dirección*. Tenemos entendido que en la actualidad se halla en el extranjero y no tiene planes inmediatos de regresar.

Atentamente,

El secretario

Milan Hodža. Tuve que releer el nombre tres veces antes de convencerme de que no se trataba de una broma de mi mente. El Honorable Milan Hodža. El antiguo primer ministro del país. Un hombre irreprochable, defensor de los valores antiguos, padre de familia, al menos veinte años mayor que Doreen. Y ella lo amaba, y probablemente era correspondida. ¿Por eso había vuelto a Praga para ocuparse de los refugiados en un momento tan peligroso? ¿Había algún motivo personal detrás de su tenacidad? ¿Estábamos ella y yo tan unidas, éramos tan parecidas?

Antes de que regresara de su reunión en el vestíbulo volví a colocar las cartas en su sitio y enterré la carpeta en el cajón, de donde era improbable que la recuperara. Volví al trabajo, más rápida y concentrada que antes, pero la revelación me mantuvo conmocionada durante el resto de la tarde.

Nadie es nunca lo que parece. Todos tenemos un punto débil, y a menudo es precisamente ese el fuego secreto de nuestras trayectorias, el núcleo del misterio en que acabamos convirtiéndonos, a los ojos del mundo y, a veces, incluso de nosotros mismos.

5

Por fin llegó Navidad, el día que había estado temiendo durante semanas.

Cuando era niña, mi padre trabajaba en la mina, con turnos tan largos que al final acababa viéndolo en contadas ocasiones. Si le tocaba el de día, salía de casa antes de que yo me despertara y regresaba cuando para mí ya era la hora de apagar la luz; si le tocaba el de noche, podía verlo, sí, pero dormido, asomándome por una rendija de la puerta de su habitación, que abría a escondidas, teniendo mucho cuidado de no hacer ningún ruido. Se suponía que los domingos eran días de descanso, para pasarlos en la iglesia y en casa, pero casi siempre se convertían en días de horas extras, porque éramos pobres y comer era algo que estaba antes que todo lo demás. De hecho, solo en vacaciones se daba la circunstancia de que mi madre, mi padre y yo nos reuniéramos los tres en una habitación, y entonces nos pasábamos mañanas y tardes y noches enteras contándonos historias, riendo, jugando, acurrucados como un único cuerpo frente a la estufa. El momento de la familia.

Y ahora era Navidad otra vez, y yo me había quedado sola en el mundo, sin mis padres, sin mi pueblo, sin Pavel, sin mi niño.

Doreen había volado a Londres para asistir a una cena con lord Grenfell, de quien esperaba obtener nuevos fondos, y Werner, la única otra persona del BCRC con la que había establecido una estrecha relación, había pedido tres días libres para asuntos propios que no había especificado. Me quedé sola en el despacho de los Jardines de los Franciscanos, me pasé todo el día ordenando los archivos, porque el trabajo tenía para mí un gran efecto lenitivo, pero, cuando la oscuridad invernal empezó a asomarse por las ventanas, la melancolía volvió a llamar a mi corazón. Intenté resistirme, pero la falta de aire casi me impedía respirar, por lo que al final me decidí: cerré los archivadores, cogí mi abrigo del perchero, apagué las luces y salí.

Se había hecho de noche, una noche fría, brumosa, con olor a viento y a madera quemada. La nieve, que había caído con insistencia durante toda la tarde, crujía bajo los zapatos con un chirriante y molesto estrépito, mientras los transeúntes, envueltos en sus bufandas hasta la nariz, con los sombreros calados sobre sus frías cabezas, pasaban a toda prisa, mirando hacia abajo para comprobar dónde ponían los pies. Lo único que me faltaba era resbalar y romperme un hueso en ese fin de año que ya se anunciaba nefasto.

A diferencia de los días anteriores, las calles del centro estaban oscuras; las plazas, vacías, aparte de los pequeños grupos de borrachos y vagabundos demasiado atontados por el alcohol y el frío para resultar molestos. Tenía hambre, pero las tabernas estaban todas cerradas y no encontré ni un vendedor de *trdelník*. No sabía si aquello era la norma en Nochebuena, o si el miedo a la guerra, que ahora ya se consideraba cercana, dictaba a los praguenses una mayor cautela en relación con el pasado. Vagué durante casi una hora, con un nudo en el corazón al que le costaba deshacerse, antes de cruzarme con un alma viviente, y el encuentro fue tan extraordinario que más tarde dudé incluso de que hubiera ocurrido.

Iba de regreso a la pensión, donde cenaría algo frío en mi cuarto —pan del día anterior y un par de manzanas—, cuando en la calle por la que caminaba, justo detrás del Teatro Nacional, se abrió un callejón oscuro en el que nunca antes me había fijado. Y esta vez tampoco me habría fijado de no ser por la diminuta figura que se encontraba en medio del pasaje, de pie, a un par de metros de la bocacalle, con una larga capa blanca cubriéndole la cabeza y el cuerpo, y una cesta de mimbre trenzado al brazo. Permanecía en la penumbra, inmóvil, y, cuando la miré mejor, me asombró comprobar que no era una mujer, sino una niña, y que la cesta estaba llena de bolsitas de tela azul.

La Niña de la Sal.

Durante unos largos segundos nos quedamos mirándonos de ese modo, sin gestos ni palabras, con el silencio blanquecino de la ciudad vibrando a nuestro alrededor. Entonces recordé quién era yo —mi papel, mi historia— y me acerqué a ella.

—¿Eres quien creo que eres? —le pregunté.

La pregunta quedó sin respuesta, pero por supuesto que era ella. Debía de tener nueve o diez años, pensé. Tal vez once mal alimentados.

—¿Me has oído? —pregunté, y di otro paso en su dirección.

Tampoco hubo respuesta.

—No quiero hacerte nada. Solo hablar contigo.

La Niña permaneció inmóvil. Sus ojos eran tan claros y luminosos que parecían dorados, y bajo el dobladillo de su capa se vislumbraban unos pesados zapatos de piel, que consideré incongruentes en una criatura semejante.

Una criatura, repetí para mis adentros. *Un ser mágico.*

—¿Te apetece hablar? —le pregunté de nuevo, ahora a pocos pasos de ella.

Entonces la Niña reaccionó por primera vez: lentamente, con firmeza, negó con la cabeza.

No hablas, pero no eres sorda.

—De acuerdo. Pero hace frío aquí fuera. ¿Quieres que entremos en algún sitio? —Señalé la calle en la que me encontraba, en dirección a mi pensión. Diez minutos a pie, una manzana para cada una—. Si tienes hambre, puedo prepararte algo.

La Niña volvió a negar con la cabeza y, cuando di otro paso, retrocedió. No me iba a permitir que me acercara más.

Ahora, en el suelo, entre la nieve, donde había estado hasta hacía unos instantes, destacaban dos huellas demasiado grandes para pertenecerle a ella.

Llevas las botas de otra persona. De una hermana mayor, de una madre. O bien de alguien que las dejó tiradas y tú las cogiste. ¿Eres una ladrona?, le habría querido preguntar. *¿Es así como consigues la sal?*

—¿Dónde vives? —fue lo que le pregunté, cambiando mi enfoque—. ¿Quieres que te acompañe hasta tu casa?

Por tercera vez, la Niña negó con la cabeza, pero esta vez añadió un gesto: ligeramente, pero lo suficiente para que yo me diera cuenta, levantó el brazo que sujetaba la cesta de mimbre.

—Ya, claro. Tienes que vender tus bolsitas.

Una obligación superior. Una maldición. Has realizado un acto sacrílego y este es tu castigo: vender sal en las noches de invierno, sola, en el frío, hasta el fin de los tiempos.

El frío me colmaba con ideas descabelladas. El frío, la Navidad, tal vez el hambre.

—Bueno, entonces ¿puedes venderme una? —continué.

Metí la mano en el bolsillo izquierdo del abrigo y empecé a hurgar. En los últimos meses, los pequeños que mendigaban en Praga se habían más que triplicado, y todos nos habíamos acostumbrado a ir por ahí con los bolsillos llenos de limosnas.

—Una moneda por bolsa, según se dice. ¿Es realmente así?

Mientras esperaba una respuesta, pasé a rebuscar en mi bolsillo derecho, con los ojos cansados por la escasa luz del callejón. Encontré llaves, caramelos, tarjetas de notas, un trozo de lápiz, dos horquillas y, por último, siempre en último lugar, la calderilla que recordaba haber recibido como cambio el día anterior.

—Aquí está —dije triunfante mientras la sacaba del bolsillo.

Pero cuando volví a levantar la mirada, mi triunfo se desvaneció como humo en el viento.

El callejón en penumbra, los oscuros edificios de ladrillo, la nieve en el suelo, las huellas demasiado grandes. Nada más.

La Niña de la Sal había desaparecido.

6

Doreen volvió al despacho el día después de Navidad con el rostro pálido y la mirada angustiada. Lo primero que hizo fue ir a su escritorio, abrió el cajón que siempre mantenía cerrado con llave y, sin importarle mi presencia —me había saludado con desgana—, sacó un vasito de cristal y una petaca de acero con sus iniciales grabadas, D. W. Se sirvió dos dedos de un líquido ambarino que yo sabía que era jerez y se lo bebió de un trago, luego se recostó contra el respaldo de la silla, con la cabeza levantada y los ojos cerrados. Inspiró profundamente.

—Pero ¿qué pasa? —le pregunté mientras me acercaba a su mesa.

Se inclinó hacia delante, los codos apoyados en la extensión de documentos que cubría la superficie de trabajo, y reposó la frente entre las manos.

—¿Doreen?

Me indicó con un gesto que no era nada grave, pero lo parecía, vaya si lo parecía: ¿tan mal le había ido en su viaje relámpago a Londres? ¿O es que había recibido malas noticias del consulado? Problemas con los visados, con los pasaportes, con las listas de disidentes que esperaban ser deportados... Las posibilidades eran infinitas, y Milan Hodža estaba entre ellas. ¿Tal vez Doreen había descubierto que su antiguo enamorado estaba exiliado en Londres? ¿Quizá se había reunido con él? ¿Quizá había hablado con él, descubriendo que...?

—Hubo un accidente —dijo de repente, interrumpiendo la corriente de mis hipótesis—. Mientras venía en taxi.

—¡Dios santo! ¿Estás herida?

—Yo no. Pero ese hombre... —Negó con la cabeza—. Estábamos casi en la estación, del lado de la carretera, donde los coches se detienen para recoger a los pasajeros...

—Wilsonova —sugerí.

Ella asintió.

—Había tres coches, uno al lado del otro, gente que cargaba y descargaba maletas, niños... Mi taxista frenó casi hasta detenerse y luego, para no quedarse atascado, giró de golpe a la derecha y no se dio cuenta de que había un hombre en medio de la calzada: estaba cruzando por el punto más peligroso, y miraba a la izquierda para comprobar si venían coches de ese lado. No pensó que la mitad de la calzada estaba obstruida, y que también debería haber mirado a la derecha.

—¿Lo atropellasteis? —pregunté llevándome las manos a la boca.

—El taxista lo vio en el último momento y clavó en seco el coche. Tenía buenos frenos, se detuvo casi en el acto. Pero por detrás de nosotros venía un Mercedes al que no le dio tiempo. Vio que nos deteníamos y, para no chocar con nosotros, nos adelantó por la derecha. El hombre estaba justo allí. Lo embistió de lleno.

Me senté.

—Pero ¿está bien? ¿Está vivo?

—No lo sé —dijo Doreen, y se sirvió otro dedo de jerez—. ¿Quieres un poco?

Lo rechacé.

—¿Cómo fue el golpe?

—No iba rápido, justo antes de atropellarlo debió de darse cuenta. Intentó frenar también, pero le dio de lleno y el hombre salió volando unos metros. Entonces todos bajamos de los coches y fuimos corriendo a ver cómo estaba. Sentado en medio de la calzada, se sujetaba la cabeza entre las manos. Consciente, aunque aturdido. Cuando me arrodillé a su lado vi que tenía un buen corte entre la frente y la sien izquierda. Muy grande. Se podía ver el blanco del hueso.

—Oh, Dios...

—Pero hablaba, estaba consciente. Al que lo había atropellado se le veía asustadísimo. Vino con una manta, se ofreció a llevarlo al hospital...

Aquí la voz de Doreen se quebró, y yo me di cuenta de que no era el accidente lo que la había afectado tanto, sino lo que había ocurrido después.

—Lo llevaría al hospital y prestaría una declaración veraz ante la policía, asumiría su culpa, pagaría el tratamiento... Al oír esas palabras, el herido levantó la cabeza y en sus ojos había puro terror, Petra. ¡Terror! Empezó a temblar como una hoja y a repetir: «No, por favor, no. La policía no. Por favor. No importa. Estoy bien, pero no llame a la policía».

—¿Tenía problemas con la ley?

Doreen me miró directamente a la cara con su mirada de acero fruncida por el dolor.

—Era un refugiado político. Como los que intentamos salvar aquí. Un socialdemócrata, huido de los Sudetes, exactamente igual que tú. Y le brotaba sangre de la cabeza, y tenía los pantalones desgarrados, seguro que algunas contusiones o algo peor, pero no quería ir al hospital porque tenía miedo, ¿entiendes? Miedo a que lo devolvieran. El hombre que lo había atropellado no lo entendía. Seguía diciéndole que se lo explicaría todo a la policía, que asumiría toda la responsabilidad y que no dormiría bien si no lo atendían como era debido. «No quiero ninguna ayuda», acabó diciendo el herido. Se puso en pie con dificultad, cojeaba, pero estaba decidido a irse por su cuenta. «La policía se vería obligada a mandarme de vuelta, con los nazis, y me matarían a palos. Dejen que me vaya. Dejen que me vaya». Y eso es lo que tuvimos que hacer. Nos quedamos allí mirando cómo se tambaleaba hacia la estación, regando de sangre toda la calle.

Cuando terminó la historia permanecimos un rato en silencio, cada una perdida en sus propias cavilaciones, e incluso, cuando retomamos el trabajo con las listas —era Navidad, sí, pero los engranajes de la guerra no se detendrían, no habría tregua alguna—, el ambiente siguió siendo sombrío en el despacho. La tarea era simplemente demasiado grande. Incluso con la ayuda de Werner y la mía, incluso con el respaldo de asociaciones y otras entidades, incluso con el dinero del *News Chronicle* y el apoyo de las gentes del lugar, Doreen era una, solo una, y el peligro de que acabara perdiendo las fuerzas iba creciendo día tras día. Ambas lo sabíamos.

Entonces, hacia finales de aquel terrible año que prometía tiempos aún peores, Nicholas Winton llegó a Praga, y todo volvió a cambiar.

Segunda parte
Si algo no es imposible

Diciembre de 1938

«*Abandoné el país con otros cientos de niños. Mi madre no dejaba de darme besos, y su insistencia acabó por irritarme. No me daba cuenta de que se trataba de una despedida. Después, muchas veces me pregunté qué debía de haber sentido ella ante mi impaciencia. Yo tenía once años*».

7

El avión aterrizó en el aeropuerto de Ruzyně a las cinco y veintitrés de la tarde, pero a finales de diciembre la noche caía temprano sobre Praga y, aunque había nevado durante días y la nieve recubría el paisaje hasta donde alcanzaba la vista, el cielo sin luna permanecía oscuro y denso como un mal presagio.

Nos esperaba más nieve aún, pensó Nicholas Winton mientras se asomaba por la escalerilla del avión cuatrimotor que los había traído desde Inglaterra. *Nos esperaban más vacaciones aún.*

Descendió los escalones metálicos con paso decidido y, una vez en suelo checoslovaco, se tomó un momento para mirar a su alrededor e inspirar aquel aire nuevo que olía a invierno y a queroseno. Los ojos se le llenaron de lágrimas, que se enjugó con los dedos. No había señales de Blake.

—Por favor, es aquí —le dijo un auxiliar de pista señalándole un camino iluminado que serpenteaba por el asfalto hasta un hangar bajo y alargado.

Nicholas se colocó la bolsa de cuero sobre el hombro y se encaminó hacia la zona de LLEGADAS.

Dos semanas en Suiza esquiando con los amigos, le susurró una voz en su cabeza, persuasiva y molesta. *Un chalet para nosotros.*

Al acercarse al hangar, más allá de la protección de los camiones cisterna y de los carros portaequipajes, el viento lo golpeó como una lluvia de alfileres en la cara. Nicholas se estremeció y se arrebujó mejor dentro del abrigo.

Cuatro sillones frente a la chimenea. Whisky del bueno, fondue, chocolate. El aroma de la madera añeja. La dulce fatiga de un día en las pistas. Y la Bolsa de Londres a miles de kilómetros.

Descanso.

Suspiró. En la melancólica oscuridad de la tarde, la voz lo tenía muy fácil: un extranjero en tierra extranjera, sin nadie que lo recibiera en la pista, con dudas sobre su papel mordiéndole los talones, acrecentadas por las palabras con las que su madre se había despedido de él en Londres.

—¡Santo cielo, Nicholas: eres judío! ¿Qué vas a hacer ahí, precisamente ahora? ¿Estás preparando el comité de bienvenida para Hitler?

Sonrió al pensarlo, y la sonrisa derritió parte del hielo que se le había metido dentro del corazón en los últimos minutos. Del resto se ocupó el hangar, iluminado y cálido como un día de verano. El aeropuerto era reciente, aún se encontraba en fase de finalización, por lo que muchas actividades se desarrollaban en estructuras satélites respecto al edificio central, lo que daba a las operaciones de embarque y desembarque un aire de provisionalidad. Al cruzar el umbral, Nicholas entrecerró los ojos para localizar a su amigo entre el exiguo gentío que esperaba a los recién llegados.

Nada.

Desvió la mirada hacia los mostradores de facturación, hacia las hileras de asientos de hierro trenzado y las mesitas del bar situadas al otro lado de la enorme sala.

Ahí tampoco, nada.

Nicholas volvió a suspirar. El viejo e incorregible Martin Blake de siempre.

Localizó un asiento libre no lejos de la entrada y ahí fue a sentarse, a la espera de su equipaje y del amigo que lo había convencido para deshacerlo y volver a hacerlo todo de nuevo para ir hasta allí.

Todo había sucedido muy rápido, en menos de un día. Nicholas se encontraba en Londres, en el apartamento semiamueblado en el que vivía desde que trabajaba como corredor de bolsa, y estaba preparando las maletas para las vacaciones de esquí que él y su mejor amigo llevaban meses planeando cuando el teléfono empezó a sonar.

—Nicky, viejo amigo, ¿aún estás en casa? —le preguntó Martin Blake.

—¡Por poco tiempo! El vuelo sale en dos horas. Elijo los últimos jerséis y cojo un taxi. ¿Cómo están las pistas allí en Davos?

—Olvídate de las pistas —respondió el otro con la adrenalina chisporroteando en la voz—. Ya no nos vamos a esquiar.

Nicholas permaneció inmóvil unos segundos con el auricular en la mano.

—¿Ah, no?

—No, anulado. Hay algo más importante que debemos hacer ahora.

Nicholas se pasó el auricular a la otra mano.

—¿Y qué podría ser más importante que nuestra semana de esquí? Llevamos hablando del tema desde marzo, y Dios sabe que nos la hemos ganado...

—Hay un problema en Checoslovaquia —replicó Blake—. ¿Qué sabes de la emergencia de los refugiados? —Entonces, sin esperar respuesta, le contó todo desde el principio—: Alemania pretende anexionarse toda Europa del Este, tal vez incluso Rusia. Hitler dice que necesita espacio vital para su pueblo, así que se ha puesto a robar el de los demás. Los políticos fingen que no es un peligro tan grande, pero la verdad es que existe el riesgo de que muera mucha gente, y adivina por quién se empieza.

Nicholas cerró con fuerza la mandíbula. Siempre ellos, por supuesto. Siempre los judíos. ¿Terminaría alguna vez esa historia?

—Mientras los estados charlan —prosiguió Martin sin ocultar su tono polémico—, en Alemania, Austria y Polonia las asociaciones ya han tomado medidas, al menos para los niños. Save the Children ha abierto oficinas en ocho ciudades y ya está confeccionando listas. Lo llaman «Operación Kindertransport»...

—Sí, algo he oído sobre el tema.

—Bien. Ahora escucha: Checoslovaquia aún no se ha movido, de momento, y el tiempo apremia. Podría ser la próxima nación en caer, y por lo menos hay veinte mil niños en peligro.

—¡Veinte mil!

—Por lo menos. Y no hay nadie que esté ayudándolos, Nicky. Judíos como nosotros. Casi todos menores de doce años. Las familias están desesperadas, buscan visados y vías de escape, pero no las encuentran. El Gobierno les dice que no se preocupen, que pase lo que pase se hallará una solución diplomática, pero tú ya sabes lo que piensa Himmler de los judíos. Se rumorea que tiene un plan para eliminarlos de toda Europa en un plazo de cinco años.

—Pero ¿cómo van a hacerlo, perdona? —preguntó Nicholas—. Somos más de diez millones...

—Fronteras. Al este, o al sur, en cualquier sitio, menos aquí. Hay un oficial de la Gestapo que propuso Madagascar. Madagascar, ¿entiendes? Están pirados y se están anexionando todo sin esfuerzo. Para muchos, la única esperanza es salvar al menos a los niños, y me temo que tienen razón. A mí no me apetece ir a esquiar a Davos en estas circunstancias. ¿Qué dices tú?

Así que Nicholas olvidó sus esquís y sus raquetas, sustituyó sus guantes y trajes de nieve por la ropa de invierno más abrigada que tenía y, con una llamada telefónica a la compañía aérea, consiguió que le cambiaran el vuelo. Nuevo destino: Praga.

Y ahora estaba allí, sentado en el principal aeropuerto de la ciudad, con una tarjeta numerada en la mano —el equipaje iba de camino, le anunció una mujer en el mostrador de facturación—, mientras esperaba a que Blake fuera a recogerlo y lo llevara al hotel. Se citarían para la cena, comerían y beberían mientras hablaban del pasado

—el internado, el ejército, la Bolsa de Londres— y volverían a reunirse al día siguiente, posiblemente no demasiado temprano, para empezar a hacer lo que habían ido a hacer allí. Salvar a los refugiados. Salvar a los niños. Salvar el país, tal vez.

Justo lo que te estaba esperando en Suiza, volvió a la carga la voz en su cabeza, y esta vez Nicholas asintió. Sabía que no era la amargura la que hablaba en su interior, sino la rabia. Rabia porque el mundo se iba al infierno por culpa de un puñado de criminales. Rabia porque le tocaba arreglarlo a él y a los que eran como él, y no porque fueran los más aptos, sino porque nadie más daría un paso al frente.

Rabia porque Blake, maldita sea, nunca llegaba puntual a una cita. ¿Sería posible que se hubiera olvidado de la hora de su llegada?

Con un gesto de impaciencia, Nicholas se levantó del asiento, se colocó bien la bolsa en bandolera y se encaminó hacia el encargado de los equipajes.

—El vuelo desde Londres —dijo en tono perentorio y le entregó la nota arrugada con el número de su maleta.

—Aquí está —respondió el otro después de rebuscar en un carrito que tenía a su espalda. Aferró el paralelepípedo de cuero del carro (al fin y al cabo, Nicholas era corredor de bolsa, y en la bolsa hasta las apariencias eran dinero) para luego arrojárselo desabrido a sus pies.

—¡Eh! —protestó Nicholas.

—¿Qué? —dijo el empleado con el rostro serio y la mirada dura—. ¿Pasa algo?

—Es frágil.

El hombre se encogió de hombros con una expresión desafiante en el rostro.

—¿Y qué?

—Podría haberla tratado mejor —replicó Nicholas, recogiendo la maleta y examinándola por todos lados en busca de abolladuras.

—También ustedes podrían habernos tratado mejor. Y, en vez de eso, nos han entregado al Tercer Reich. Ingleses —añadió con rencor, como si la palabra fuera un bocado amargo que hubiera que escupir cuanto antes. Luego se dio la vuelta y pasó a atender a otros pasajeros, dejando a Nicholas sumido en la perplejidad.

Salvar a los refugiados.

Salvar a los niños.

Salvar el país, tal vez.

Pero ¿y si el país no quería que lo salvaran?

8

Nadie se presentó en el aeropuerto para recibirlo, así que Nicholas llamó a un taxi para que lo llevaran directamente al hotel Šroubek, en la plaza de Wenceslao, donde viviría durante toda su estancia en la ciudad.

Pasaron dos días antes de que viniera a los Jardines de los Franciscanos para ver a Doreen. Al final de una mañana muy intensa, dedicada a discutir con un funcionario de la KLM no especialmente amable sobre asientos y tarifas de los aviones con destino a Holanda, vi entrar por la puerta del despacho a los dos ingleses: uno bajo y fornido, vestido con un traje de paño negro que parecía haber conocido tiempos mejores; el otro alto y delgado, envuelto en un abrigo de sastrería beis que me causó una viva impresión de lujo.

—Buenos días —los saludé saliendo a su encuentro mientras Doreen acababa una llamada telefónica con el consulado—. ¿En qué puedo ayudarlos?

—Martin Blake —se presentó el bajito, tendiéndome una mano enguantada—. Tengo una cita con la señorita Warriner.

Yo no tenía constancia de ninguna cita, pero no sería la primera vez que Doreen concertaba una sin ponerme al día. Volví los ojos hacia el otro visitante.

—Nicholas Winton —dijo, e hizo una especie de leve reverencia de besamanos que me pareció cómica—. Vengo con Blake.

—Ya lo veo —respondí.

—Estamos muy ocupados —dijo Werner, apareciendo a mi lado. El tono de su voz era serio, incluso duro—. ¿Están ustedes seguros de...?

—Déjalo —intervino Doreen, colgando el auricular en la horquilla. Sin levantarse de su escritorio, les indicó a los dos ingleses que pasaran—. Usted debe de ser el señor Blake.

—Exacto. Hablamos por teléfono el otro día.

—Sí, es verdad. ¿Ha traído refuerzos? —preguntó mientras observaba a Nicholas con un ápice de duda en la voz.

—El señor Winton está aquí para echar una mano —confirmó Blake.

—Por los niños —añadió Nicholas.

Fuera del despacho se oyó un grito, engullido inmediatamente por el silencio.

—Los niños —dijo Doreen.

Blake apoyó una mano en el brazo de su amigo y luego dio un paso hacia la mesa.

—Venimos de parte de lord Warble. Traemos dinero y nuestra fuerza de trabajo, ambas cosas sin condiciones. Sin embargo, sabemos que hay muchos miles de menores de edad en los campos de refugiados y que...

Doreen se levantó, un gesto imperioso, pero al mismo tiempo delicado.

—Lord Warble ya sabe cuál es mi opinión al respecto —dijo—. El Comité no está aquí para salvar a los niños, o al menos *no solo* a los niños. —Caminó alrededor del escritorio, acercándose hasta quedar a un metro de Blake—. El dinero es bienvenido. El trabajo, también. Pero nosotros decidiremos cómo utilizarlos. Y ahora mismo la prioridad son los hombres que se encuentran en situación de riesgo. Aunque quisiéramos, los niños son muy numerosos y no pueden viajar sin sus familias. Llevar a un niño al extranjero significa llevar a dos o tres personas al extranjero, y no tenemos medios suficientes para hacerlo.

Blake bajó los ojos, asintió rápidamente, pero se notaba que no estaba de acuerdo.

—Los menores, de todos modos...

—Hemos intentado hablar de ello con sacerdotes y rabinos, pero pocos se fían de nosotros. Somos extranjeros, no entienden por qué lo hacemos. Con los adultos resulta más fácil —concluyó Doreen.

—Yo he venido por los niños —declaró entonces Nicholas. Lo hizo en un tono amable pero firme, como un cliente razonable ante un pésimo servicio—. ¿No tienen un subcomité que se ocupe solo de ellos? Yo me dedicaría a ello con mucho gusto.

—Acaba de llegar y ya viene con exigencias... —murmuró Werner, cuya disposición hacia los dos ingleses no parecía ser la mejor. Además, últimamente me miraba a mí también de forma extraña. Empezaba a recelar de él.

—No son exigencias: son propuestas —lo corrigió Nicholas.

Doreen lo estudió unos instantes. Se conocían desde hacía solo unos minutos y ya se intuía la afinidad que los uniría en los meses venideros. Dos seres iguales en su diversidad.

—No, no tenemos un subcomité para los menores. Como ya le he dicho, hasta ahora nuestras prioridades han sido otras. En tiempos de necesidad es importante calcular bien las propias fuerzas, saber distinguir entre lo que es posible y lo que no lo es.

Nicholas se puso serio.

—¿Me está diciendo que expatriar a los niños sería imposible?

Doreen se tomó un momento para meditar la respuesta.

—Imposible no, pero casi.

—Si algo no es imposible —respondió Nicholas con una sonrisa socarrona—, entonces debe de haber una forma de hacerlo.

Werner resopló.

—¡A eso lo llamo yo una magnífica lógica inversa! —dijo, y comprendí lo que quería decir: quizá volar sin alas no sea imposible, pero eso no significa que no vayamos a conseguirlo alguna vez. Sin embargo, había algo en aquella afirmación, más el tono en que la pronunció que el concepto en sí mismo, que transmitía una sensación de apertura que me iluminó.

Lo mismo debió de ocurrirle a Doreen, porque la vi ladeando la cabeza, como si examinara a Nicholas desde otro ángulo.

—¿Tiene usted experiencia con niños?

—Ninguna.

—¿Y con la logística aérea?

—Tampoco.

—¿Contactos diplomáticos? ¿Canales políticos?

—Me temo que no.

—¿Al menos sabe usted checo? —le preguntó en un tono de alegre exasperación.

Nicholas negó con la cabeza.

—Anoche quería sopa para cenar. Me trajeron dos bistecs.

Me entró la risa. Aquel tipo era gracioso. Decidido y desarmante al mismo tiempo.

—De acuerdo —suspiró Doreen. Luego se dirigió a Blake—: El Comité acepta su dinero y su propuesta de colaboración. Usted nos apoyará a Werner y a mí en las operaciones que ya están en marcha, ¿entendido?

Blake asintió.

—El señor Winton, en cambio —añadió, volviendo a mirar a Nicholas—, puede intentar organizar su subcomité para los niños. Petra, lo apoyarás con el idioma.

Asentí, sorprendida ante el giro que habían tomado los acontecimientos: yo no estaba allí para dedicarme a los niños, y consideraba mucho más útil trabajar en estrecho contacto con ella.

—Si en una semana no obtenemos resultados —concluyó Doreen—, volveremos a nuestros orígenes: solo los hombres, como mucho sus familias. ¿Ha quedado claro?

Nicholas repitió su reverencia, esta vez sin besamanos, y respondió con una sonrisa:

—Ha quedado claro.

9

A lo primero que nos dedicamos Nicholas y yo fue a las listas. Doreen lo había dejado claro desde el principio:

—Sin una lista no se va a ninguna parte. Primero hay que saber quién necesita abandonar el país, cuántos son, qué prioridad otorgarle a cada uno. La lista es lo más importante.

Pero, naturalmente, fichar entre dos personas a todos los miles y miles de niños en peligro de la ciudad habría sido una empresa titánica, que nos hubiera llevado meses. Incluso sin el fantasma de una invasión inminente, Nicholas estaba atado a su trabajo en Londres y no obtendría más de dos, tal vez tres, semanas de vacaciones para pasar en Praga. Una primera dificultad que no le preocupó en exceso, como descubrí: ya tenía pensado un plan.

—Seguro que en la ciudad existen organizaciones que se ocupan de enviar a sus niños al extranjero —me dijo en nuestro primer día de trabajo—. Asociaciones judías, sindicatos, organizaciones benéficas... Si han elaborado listas, les pediremos una copia y las reuniremos. ¿No sería un buen comienzo?

Así que nos pusimos en contacto con sacerdotes, rabinos, secciones de partidos, asociaciones culturales, incluso institutos y universidades, que ya llevaban tiempo moviéndose con sus redes de contactos internacionales, y descubrimos dos realidades descorazonadoras: hasta aquel momento eran muy pocos los niños cuya expatriación se había hecho efectiva, menos de cincuenta entre todos los canales activos; a pesar de eso, ninguna de esas organizaciones se mostraba dispuesta a proporcionarnos una copia de sus listados.

—Es increíble —dijo Nicholas cuando le expliqué los resultados de mis llamadas telefónicas—. Pero ¿qué se piensan, que tal vez somos nazis disfrazados? ¿No han entendido que queremos ayudar, sin esperar a cambio ningún rédito político o económico?

Me encogí de hombros.

—Sí que lo entienden, lo entienden. Pero creo que nuestra propuesta no suena tan... ¿prestigiosa? ¿Autorizada? —Mi inglés era bueno, pero a veces se me escapaban algunos matices.

Nicholas frunció el ceño.

—¿Autorizada, dices? ¿Les proponemos salvar a sus hijos gratis y se detienen en cuestiones de forma?

Pero no era eso lo que yo quería decir, y él también debía de saberlo, porque se levantó de su escritorio, se disculpó y salió unos minutos. Cuando regresó había elaborado una idea.

—Lo primero que necesito es una secretaria. Petra, ¿tú te prestarías a esto?

—Claro —contesté, aunque hubiera preferido que me considerara una ayudante, como hacía Doreen.

—Bien. Entonces te pediría que me hicieras el favor de coger una hoja de papel nueva y... ¿Sabes escribir a máquina? No te lo he preguntado.

—Sé escribir a máquina —respondí.

—Perfecto. Entonces, un papel nuevo y a escribir.

En los diez minutos siguientes me dictó una carta del Comité Británico para los Refugiados Checoslovacos en la que se anunciaba oficialmente la creación de una Sección Infantil. Me pidió que acabara la carta con el nombre de Doreen y, luego, dando por sentado que era capaz de hacerlo, que falsificara su firma.

—A ella seguro que no le parecerá mal.

Yo obedecí, no sin mostrar mis reticencias, como consideraba apropiado, tras lo cual Nicholas me pidió que cogiera una nueva hoja de papel y empezó a dictarme otra vez.

—Por la presente, el Comité Británico para los Refugiados Checoslovacos-Sección Infantil designa para el cargo de presidente y responsable único como jefe de operaciones en Praga al señor Nicholas Winton...

Me detuve a mirarlo:

—¿Te estás autoproclamando jefe de la organización? ¿Sin consultarlo con nadie primero?

—Me la he inventado yo —respondió angelicalmente—. Bien puedo estar al frente de un producto de mi imaginación, ¿no? Si alguien protesta, crearé una organización también para él. Ahora concluye, pon a pie de página tres nombres...

—¿Cuáles?

—No lo sé. Inventa. Doreen Warriner, ese está claro. Luego, Bertrand Woolton, eso es. ¿Cómo te suena?

Volví a encogerme de hombros.

—Bertrand Woolton —continuó, como presa de una súbita inspiración—, vicepresidente de operaciones del BCRC de Praga, Círculo Segundo, y Amanda Sackville-Rambart, tesorera delegada. Sí, ambos suenan creíbles. ¿Lo has escrito?

Le enseñé la carta terminada.

—Perfecto. Haz tú las firmas de Doreen y Amanda, que sean diferentes, sobre todo. Yo me encargo de Bertie. Diez copias de todo y mandaremos una por asociación, envío urgente. Ya verás como mañana nos hacen caso.

Yo era escéptica, pero me equivocaba, como a menudo me equivoqué con los trucos de Nicholas. Por extraños y escandalosos que me parecieran, de hecho había algo en la seguridad inquebrantable con que los llevaba a cabo y luego los presentaba al mundo que hacía que tuvieran éxito. Al día siguiente, tal y como había previsto, nada menos que cuatro de las organizaciones con las que me había puesto en contacto telefónico sin suerte volvieron a comunicarse con nosotros, disculpándose por el hecho de no haber oído hablar nunca de una Sección Infantil del BCRC. Nicholas les respondió que no era culpa de ellos: el

Comité era reciente, y el apretado calendario de la tarea que se había marcado como objetivo no había permitido una información más detallada.

—Lo importante es que ahora no perdamos más tiempo: ¿podrían enviarnos durante el día de hoy las listas de los niños a los que representan ustedes? Con todos los detalles a su disposición: datos personales, fotografías si las tienen, contactos ya en curso...

Con gran sorpresa por su parte, todas las organizaciones, una tras otra, respondieron que no.

—No les daremos los datos de nuestros niños antes que a los demás —llegó a explicarnos un funcionario con traje gris grisalla que gestionaba los asuntos de la comunidad católica local—. Si los compartieran ustedes con nuestros competidores —así fue como los llamó, como si se tratara de un asunto de negocios—, podrían aprovecharse de ello y nosotros perderíamos relevancia.

Nicholas ni siquiera replicó, por mucho que esa forma de razonar lo hubiera descolocado. Al principio pensó que se trataba de un caso singular, pero, cuando los cinco grupos principales a los que nos dirigimos —judíos, católicos, comunistas, austriacos y periodistas políticos— mantuvieron la misma posición, se dio cuenta de que si hasta aquel momento no habían conseguido enviar nada más que a cincuenta niños al otro lado de la frontera era porque, en vez de aliarse o, al menos, de respetarse, habían acabado librando una especie de guerra de trincheras entre ellos.

—Es una locura, ¿entiendes? Para defender su territorio ponen vidas en peligro.

Me encogí de hombros. No era una locura que me sonara tan novedosa.

Sin embargo, gracias a su experiencia en el mundo de los negocios no tardó en encontrar una solución eficaz.

—Si el enemigo tiene muchas cabezas, decía un viejo colega mío, ¿sabes lo que tienes que hacer? Ponerlas unas en contra de otras. No luches tú: haz que luchen entre sí.

No entendía qué quería decir con exactitud y se lo dije. Sonrió y me contestó:

—Pon otro papel en la máquina de escribir. Luego me dictó esta carta:

Estimado presidente de la Asociación..................:

Tras la conversación telefónica de esta mañana, me veo en la obligación de informarle de que mi solicitud de recibir su lista de personas asistidas con el fin de facilitar su expatriación a cargo de la Sección Infantil del BCRC ya no es prioritaria. En efecto, después de nuestra conversación he recibido una lista de otro grupo que opera en Praga, por lo que me veo obligado a servirme de dicho listado en primer lugar, a menos que reciba de inmediato noticias de ustedes.

Cordialmente,

NICHOLAS WINTON
BCRC-Sección Infantil

También de esta carta, mecanografiada entre risas, Nicholas me pidió que hiciera diez copias, que aquella misma tarde entregamos en persona, cinco él y cinco yo.

Al cabo de tres días, todas las organizaciones activas en Praga nos entregaron sus listas completas, en limpio. Nuestros primeros quinientos sesenta niños.

10

A partir de ese momento, ya no paramos. Se corrió la voz y, muy pronto, ya ni siquiera tuvimos que ir a buscar a los niños siguiendo la lista: empezaron a venir ellos al hotel Šroubek para ver a Nicholas. A las siete de la mañana, el pasillo frente a la habitación 171 ya estaba abarrotado de hombres, mujeres y, a veces, menores, en una fila ordenada y silenciosa que empezaba a formarse en la plaza mucho antes del amanecer y, a través de un callejón de servicio, se metía en las cocinas del hotel y ascendía luego por una escalera interior hasta la primera planta.

Esto no era un hecho habitual, y tuvimos que parlamentar toda una mañana con el director Stolz para convencerlo de que nos dejara utilizar ese recorrido. La habitación de Nicholas también había sido elegida porque estaba al final de un pasillo, detrás de un recodo en forma de L que daba únicamente a las salidas de emergencia. De esta manera, argumentó él, su trabajo no causaría molestias a los demás huéspedes de la planta ni al personal, como habría ocurrido si, en cambio, las familias hubieran tenido que entrar por el vestíbulo, hacer cola ante el mostrador de recepción y esperar su turno como cualquier otro cliente. El director, un hombrecito rollizo sin un pelo en la cabeza, pero con dos patillas excepcionales, de todos modos, opuso poca resistencia: él también era padre y, cuando supo de qué clase de trabajo se trataba, se le humedecieron los ojos.

—Realmente es un mundo malo este en el que nos ha tocado vivir, señor Winton —dijo—. Un hombre acaba por acostumbrarse, pero los niños no. Los niños no pueden, ni tampoco deben.

Desde entonces, el acceso de servicio se había convertido en una tierra prometida para cientos de familias, que se pasaban la voz tanto en los campos de refugiados a las afueras de Praga como en los barrios acomodados de las inmediaciones del centro: en la plaza de Wenceslao hay un hombre que puede poner a salvo a nuestros hijos. Y así, pensando lo mínimo imprescindible en lo que implicaba esa promesa, las familias empezaron a hacer cola en la plaza, docenas y docenas cada día, desde las siete de la mañana hasta las siete de la tarde. Era una larga espera, pero nadie se quejaba. Era una espera agotadora, pero nadie se marchaba. Los que podían se llevaban la comida y la compartían con quienes no habían pensado en ello o no habían conseguido hacer acopio. Al pasar por las cocinas, los propios cocineros, apiadándose de ellos, repartían a los niños más demacrados lo que podían detraer de las ya menguadas provisiones: pan duro, restos de carne, la fruta ligeramente magullada que los clientes desdeñaban.

Un día, Stolz bajó a comprobar cómo iban las cosas y se le vio salir corriendo para encerrarse en su despacho, y había quien juraba haberlo oído sollozar al otro lado de la puerta. A partir de entonces, al pan endurecido, a los restos de carne y a la fruta magullada se les añadieron frutas confitadas y pasteles preparados para todos por su mujer. Nicholas me contó que, en cierta ocasión, durante un desayuno, había oído a un camarero quejarse al respecto con un compañero:

—¡Debería subirles el sueldo a los que trabajan, ese viejo tacaño! —Pero se trataba del mismo tipo que en otra ocasión había escupido al suelo y maldecido a esos mendigos judíos que el Inglés quería enviar al otro lado de la frontera, cuando habría bastado con esperar a que llegara Hitler y los mandara al más allá. En la ciudad también había gente que pensaba de ese modo.

En las tres semanas que Nicholas permaneció en Praga, la lista de niños destinados a la expatriación creció hasta alcanzar varios cientos de páginas, casi tres mil candidatos, una enormidad. Escuchamos las historias de todos ellos, más o menos abreviadas, más o menos exageradas, en los largos días del hotel Šroubek, y también a mí, pese a lo que yo había vivido, a veces me resultaban muy difíciles de digerir.

Anna Wislawa, de siete años, era huérfana de padre, muerto en un accidente laboral en 1933. Su madre, que la había tenido muy joven y a la que su familia había repudiado debido a ese embarazo, había tenido que criarla sola. Trabajaba todos los días y muchas noches en una hilandería clandestina y aún no disponía del dinero para la expatriación, «pero pronto lo tendré, de un modo u otro», aseguró con los ojos mortificados. Nicholas no se había sentido con fuerzas para preguntarle cómo.

El matrimonio Strahov tenía seis hijos de entre cinco y once años, pero no podían enviarlos lejos a todos. Debían elegir, y no sabían cómo.

—En su opinión, señor Winton, ¿tiene más posibilidades un niño pequeño o un chiquillo? ¿Una niña o un niño? Aquí están sus fotografías, mírelas: ¿no son todos guapísimos? Nosotros no conocemos los gustos de los ingleses. Ayúdenos usted a decidir por quiénes decantarnos...

Tereza Kayody se hizo pasar por adulta, pero en sus papeles ponía 31 de mayo de 1923. Aún no había cumplido los dieciséis años y apareció con una hermana de cinco que la abrazaba con fuerza, la cara apoyada sobre su pecho.

—Sin mí no quiere marcharse, pero yo soy demasiado mayor, ¿verdad? No me dejarán ir. —Nicholas tuvo que asentir, cerrando los labios con firmeza—. Podría dormirla —dijo ella entonces con la voz rota—. Darle algo con la leche, entregársela a ustedes, desaparecer. Cuando se despierte llorará un rato, pero ya será tarde...

Leo Havel vino sin su esposa, que no quería separarse de su hijito de seis años, le parecía un pensamiento inhumano.

—Pero yo se lo digo todos los días: nosotros no somos seres humanos, somos judíos. Hay ciertos lujos que no podemos permitirnos. Cuando llegue Hitler, irá a por todos nosotros, nos lo quitará todo, incluso la ropa, y nos arrojará a un pozo sin fondo. Lizveta cree que exagero, que los alemanes son enemigos, sí, pero que se apiadarán de un niño. Pero yo sé que no es así. Yo *lo siento*. Si se queda en Praga, Yakov está muerto. ¿Bastará la firma de uno de los padres para la expatriación?

Y luego estaban los que venían solos y lloraban todo el rato, mojando los papeles, emborronando la tinta; y también los que acudían con sus hijos y se esforzaban por parecer serenos, joviales, incluso alegres. Algunos que fingían que el viaje a Inglaterra era una excursión, unas agradables vacaciones.

—Tú tranquilo, Micha: mamá y yo nos reuniremos pronto contigo, ¿verdad? Dígaselo usted también, señor Winton. Los niños primero, los padres después. ¡Son las normas!

Había quienes buscaban nuestra aprobación con la mirada. *Es lo mejor, ¿verdad? Si no fuera lo mejor, no lo haríamos...* Había quienes mantenían la vista gacha y se retorcían las manos avergonzados, por miedo a que se les juzgara. *No soy un mal padre. Solo he encontrado esta solución, pero yo quiero a mis hijos. He encontrado esta solución porque los quiero.*

Una madre, al segundo o quizá al tercer día, permaneció en silencio todo el tiempo y, cuando llegó el momento de firmar, soltó:

—Pero ¡si no sé quiénes sois! ¡No os conozco de nada! ¿Cómo puedo saber que, una vez en Inglaterra, cuidaréis de mi hija? ¿Cómo puedo saber que llegará de verdad a su destino? A lo mejor sois como ellos, y me la arrebatáis solo para usarla luego como criada, como esclava, como... —Entonces rompió a llorar, y, a su lado, su marido, un hombre pálido como el trozo de papel que tenían que firmar, la abrazó con fuerza, uniéndose a su llanto sin decir nada.

Otra mujer se mostró fría y racional hasta el extremo, como nadie antes ni después de ella. Vino sola. Rellenó el formulario para su hijito de dos años. Entregó una fotografía de estudio y firmó la orden de custodia con mano firme. Ni un instante de vacilación. En ese momento me pareció tan despiadada que me resultó extraño. Si yo hubiera podido criar al hijo que perdí, mío y de Pavel, nunca me habría desprendido de él tan a la ligera. Eso es lo que pensaba. Luego, al final del largo procedimiento, la mujer se levantó, nos miró con expresión neutra y añadió:

—A veces pienso que debería matarlo. —Una pausa, como para escucharse de nuevo, y luego asintió—. Mientras duerme, sin que se dé cuenta. Cocinarle su plato favorito, leerle nuestro cuento, acunarlo hasta que cierre los ojos y luego acabar de una vez por todas. Primero él, luego yo. Porque, verá, si se queda aquí conmigo, no tiene futuro alguno. Los alemanes no vienen a gobernarnos, sino a exterminarnos. Pero, si se lo confío a usted, se salvará, sí, pero... ¿qué pensará luego? ¿Qué sentirá? Es demasiado pequeño para entender las cosas, y cuando se haga mayor no se acordará de mí, de cuánto lo quise, del motivo por el que estoy haciendo esto. Crecerá perdido, confundido, enfadado. Crecerá infeliz. Me odiará durante toda su vida, tal vez incluso se odie a sí mismo. Y esto una madre no debería permitirlo. ¿No le parece?

¿No le parece?

¿Qué dice usted?

Denos una opinión, señor Winton, un consejo.

Díganos qué es lo mejor, señorita.

Pero nosotros no sabíamos qué era lo mejor. Todos preguntaban lo mismo, aunque de formas distintas —unos acusando, otros rezando, unos afirmando, otros temblando—, y nosotros no teníamos respuestas definitivas que ofrecerles, tan solo preguntas, las mismas que ellos, y alguna más.

Si fueran mis hijos, ¿qué haría? ¿Los mantendría aquí conmigo, bajo mi atenta mirada, poniendo su vida en peligro, o los alejaría mientras haya tiempo, dejándolos en manos de desconocidos, en un futuro que nunca veré? Quedarse o partir: ¿por qué me decidiría?

Pero no eran nuestros hijos. No nos correspondía a nosotros la elección.

—Yo solo soy el guardián de la puerta —me dijo Nicholas una tarde—. No está en mi mano decidir quién debe atravesarla.

Esa era su aflicción, su aflicción y su suerte. Ese era su placer culpable.

El señor y la señora Kerenyi tenían dos hijas: una rubia, Lidia, de nueve años y rostro angelical; otra morena, Livia, de siete años y medio, y con el lado derecho de la cara desfigurado por un accidente cuando era pequeña, una olla de agua hirviendo olvidada en el borde de la estufa. Sus padres esperaban enviarlas a ambas a Inglaterra, tenían la suma necesaria y no querían separarlas, pero aún les faltaba una familia de acogida que se ofreciera a quedarse con las dos. Hasta ese momento, solo la fotografía de Lidia había despertado interés.

No poder decidir. No tener que decidir.

A veces era la única bendición.

11

Al final, Nicholas también conoció a la Niña de la Sal.

Había sido una jornada muy movida, con un ir y venir de decenas de familias: aumentaban cada día, a medida que se corría la voz sobre lo que estábamos organizando y el miedo a los movimientos de las tropas en los Sudetes se extendía en el corazón de los habitantes de Praga. En la habitación de Nicholas reinaba un silencio denso, ajetreado, interrumpido únicamente por el sonido de mi pluma al correr sobre el papel y el roce de los documentos apilados por triplicado. El pequeño hogar de la esquina llenaba el ambiente de una tranquila calidez que, unida al olor antiguo del mobiliario —un sofá y dos sillones de piel oscura, una librería de haya polvorienta, las cortinas de terciopelo verde—, producía una sensación que reconfortaba y aturdía a la vez, como si el tiempo discurriera ralentizado entre aquellas paredes forradas de seda. Por eso, cuando el reloj de pared dio la hora y el Fraile y la Muerte se asomaron por las ventanitas que había a ambos lados de la esfera —un pobre homenaje al reloj astronómico que adornaba desde hacía siglos el ayuntamiento de la Ciudad Vieja—, levanté sorprendida la vista de mi escritorio.

Nicholas también parecía impresionado.

—¿Ya son las siete? —preguntó al hombre silencioso que se sentaba delante de nosotros, un obrero de Karlovy Vary con el mono de trabajo hecho jirones y la cara de alguien que llevaba días sin dormir, quizá semanas. Respondió asintiendo. No hablaba ni inglés ni alemán, pero aun así entendió la pregunta. Al fin y al cabo, en la posición en que se encontraba, el tiempo era un factor vital.

Nicholas se dejó caer contra el respaldo de la silla con una expresión estupefacta en el rostro. Suspiró.

—Jamás podré salvarlos a todos —dijo a media voz.

El trabajador lo miró sin reaccionar, inmóvil y a la espera, como durante el resto de su conversación. Por suerte para él, era incapaz de entender aquella afirmación.

Sobre la mesa, a medio camino entre él y Nicholas, había una hoja mecanografiada con el nombre, apellidos, lugar de nacimiento y rasgos físicos de Mikulas Ferenc, un ciudadano checoslovaco de ocho años, seguidos de una larga declaración en checo:

> Yo, el abajo firmante, Gyorgy Ferenc, padre y tutor del niño Mikulas Ferenc, consiento por la presente que mi hijo sea confiado a Nicholas Winton y a sus delegados con vistas a la expatriación...

El formulario, que yo había rellenado tantas veces que podía reproducirlo de memoria, estaba escrito con letra minúscula y líneas apretadas, y continuaba a lo largo de toda la hoja, dejando espacio para dos firmas —tutor y delegado—, y un recuadro de tres por tres centímetros para la fotografía del menor.

Nicholas volvió a apoyar los codos en el escritorio.

—¿Me ha traído una foto de Mikulas?

No hubo respuesta.

Repetí la pregunta en checo y el trabajador se iluminó. Esbozando una sonrisa, metió en el bolsillo interior del mono de trabajo la mano derecha, a la que le faltaba medio meñique, y sacó una cartulina doblada en cuatro. Se la tendió a Nicholas, quien la cogió con delicadeza.

Cuando la abrió, una sombra se le dibujó en el rostro.

Suspiró, me pasó la cartulina para que yo también la viera. Era una fotografía, sí, pero mucho más grande de lo necesario —diez por diez, casi la mitad de la hoja— y demasiado vieja para nuestros propósitos: se veía al pequeño

Mikulas retratado como debía de ser tres o cuatro años atrás, no un chiquillo de ocho, sino un crío de cuatro.

—¿No tiene una foto más reciente? Esta es... —busqué una palabra fácil, pero no la encontré—. Engañosa.

El obrero frunció el ceño, extendió las manos y se volvió hacia Nicholas. No entendía ni el inglés ni el alemán, pero no era idiota. Volví a mirar la fotografía, los ojos vivarachos en el rostro redondo y pálido. Para el visado de expatriación no servía —si los nazis hacían un control, al niño lo dejarían en Praga—, pero para encontrarle un hogar en Inglaterra... No, no era idiota, en absoluto.

Le devolví la cartulina a Nicholas, transmitiéndole mi opinión con la mirada, y él dijo:

—De acuerdo. —Colocó la fotografía sobre el papel—. Por ahora puede servir. —Entonces se levantó con un último gesto, imitado de inmediato por el padre de Mikulas—. Pondré al niño en la lista —añadió, señalando el cuaderno lleno de nombres a lápiz que yacía abierto sobre el escritorio. En el último recuento, la noche anterior, eran mil doscientos seis, y esa misma mañana se habían añadido otros cuarenta y dos.

—La lista —repitió el trabajador, ensanchando la sonrisa y asintiendo varias veces.

Entonces le tendió la mano y, mientras Nicholas se la estrechaba, le dijo:

—Gracias. Gracias por ayuda. Es usted gran hombre. —Habló en un inglés inseguro que debía de haber ensayado quién sabe cuántas veces. Luego cogió la gorra de la silla, se la caló en la cabeza y con un último «gracias» dirigido a mí también, retrocedió hasta la puerta, la abrió y salió al pasillo.

Era la última petición del día, y el cansancio de ambos era tan denso como el ambiente de la habitación. Me levanté, me acerqué a una ventana y abrí una rendija para que entrara un soplo de aire fresco.

Nicholas, sentado aún a su escritorio, se pasó una mano por el pelo y por la nuca, masajeándosela con energía. Luego se aflojó la corbata, se desabrochó el cuello de la camisa, echó un vistazo a su reloj de pulsera: eran de verdad las siete pasadas. Un segundo suspiro, largo y afligido.

—Cuarenta y dos en un día, quedan pocos días. Mil trescientos niños, ¿y cuántos más habrá ahí fuera? —dijo como para sí mismo.

Asentí sin responder. ¿Y qué podría haberle respondido? Conocía muy bien esos números, tenía presentes todos los nombres, probablemente en aquel momento yo era quien más sabía sobre el tema. El alcance de la operación. La magnitud de lo que quedaba por hacer. Los plazos cada vez más breves.

Me senté ante el escritorio de Nicholas, en el sitio donde había estado un minuto antes el padre de Mikulas. Eché otro vistazo a la fotografía del niño. El chiquillo iba vestido de marinerito, con los pantaloncitos cortos y oscuros bajo una blusa blanca, un pañuelo anudado al cuello, una gorra de cuartel de la que escapaban rizos rubios como un *putto* renacentista. Los rasgos de su rostro eran marcados pero gráciles, y albergaban dos ojos de cristal iluminados por una sonrisa despreocupada. Era un niño precioso, la verdad, o al menos lo había sido cuatro años antes. Cualquiera sentiría ternura al verlo sonreír de aquella manera, y ¿no era ese precisamente el objetivo por el que Nicholas pedía una fotografía a todos los padres que llamaban a su puerta?

—Cuanto mejor sea la foto, mejor será el destino —le dije, repitiendo su lema. El padre de Mikulas debía de haber pensado del mismo modo. ¿Qué importaba si la foto elegida resultaba ser falsa? Una vez en Inglaterra, en el momento de presentarse a la familia destinataria, pocos tendrían valor para protestar —«¡El niño del catálogo era más pequeño!»—, y seguro que a nadie se le ocurriría devolverlo al remitente. A esas alturas, con fraude o sin él, Mikulas Ferenc ya estaría a salvo.

—Siempre que consiga llegar a su destino —respondió Nicholas como si me hubiera leído el pensamiento.

Un nuevo suspiro, más amargo; luego abrió el cajón del escritorio, donde se amontonaban las copias de todas las fotografías que habíamos recopilado hasta ese momento: niñas y niños, pequeños y grandes, con el pelo rubio, castaño, moreno o pelirrojo, con ojos claros y oscuros, narices francesas, aplastadas, puntiagudas... Había cientos de fotografías. Cientos de miradas que nos escrutaban —que nos suplicaban— cada vez que abríamos el cajón, y cada una correspondía a una historia, a una familia, a un sacrificio. A cada mirada —pero solo una, la única concedida a cada niño— se le confiaba un futuro, o la ausencia de uno.

Nicholas negó con la cabeza, colocó la foto del último en llegar encima de las demás y volvió a cerrar el cajón.

—Tarde o temprano habrá que hacer una selección —afirmó.

No añadió, porque ambos lo sabíamos perfectamente, que ese día él se encontraría lejos. Desde Londres ya le habían escrito pidiéndole que volviera al trabajo: la bolsa no podía esperar eternamente. Pero pensar que la elección le tocaría a otra persona, probablemente a Doreen, no aligeraba su carga: a todos aquellos niños, a la mayor parte de los cuales no conocería nunca en persona, los sentía como suyos. Me lo había confiado unos días antes, cuando supimos que Stolz, el director del hotel, los llamaba «los niños de Winton». En aquella ocasión, Nicholas se percató de que sí, de que así era exactamente para él: los niños de Winton. Atrapados entre los engranajes de la historia, rehenes de juegos políticos lejanos e incomprensibles, sin nadie que pensase en su bienestar, excepto él.

—Tiene que haber un modo de llevárselos a todos —siguió diciendo, y posó en mí sus ojos cansados.

Sonreí lo mejor que pude. No le dije lo que se me pasaba por la cabeza. No podía.

—Si hay una forma de hacerlo, la encontrarás —le respondí—. Pero ahora has de descansar.

Negó con la cabeza.

—No estoy cansado. Necesito dar un paseo. ¿Te vienes conmigo?

¿Te vienes conmigo?

Me lo preguntó de verdad, no es una invención de la memoria, y yo le contesté que no: tenía un compromiso. Pero a saber qué habría pasado si hubiera dicho que sí. Habíamos salido a pasear juntos otras veces después del trabajo. Ya era casi una costumbre. Esa noche, en cambio, dejé que se marchara, y así, por muy poco, me perdí su encuentro con el destino.

12

La Niña de la Sal elegía los callejones siguiendo la luz. Algunas noches prefería la Ciudad Vieja, donde las farolas bajas creaban lagunas de oscuridad perfectas para observar mientras permanecía oculta. Otras noches era el río el que la llamaba, con el resplandor escamoso de la luna reflejado en el agua. Aquel día, sin embargo, oscuros presagios que la habían puesto en guardia habían hecho mella en su corazón, no hasta el punto de pensar en renunciar a su misión, pero sí lo suficiente como para elegir una zona que hollaba con menos frecuencia, entre el gueto y el Moldava. Sabía que allí le resultaría más difícil cruzarse con quienes la buscaban, pero también —se dijo— con quienes no debían encontrarla. A medida que su fama crecía, sacarla de su escondrijo, romper su silencio, llevársela con ellos, se había convertido en un asunto de honor para algunos.

Por eso se desplazó hasta otro barrio, entre calles que ella misma conocía poco, y, como siempre, se puso a la espera. Desde allí, por lo menos, se vislumbraba el castillo, iluminado como un lecho de brasas en lo alto de la colina. A la Niña le gustaba mirarlo. Le recordaba los cuentos de su tierra, cuyos protagonistas eran reyes, reinas y princesas cuya vida carecía de sombras. Luego siempre ocurría algo terrible en aquellas historias —Maruška ofendía a su padre y la desterraban del reino, el rey Carlos se burlaba de un anciano y despertaba convertido en cuervo—, pero, en poco tiempo, justo el que duraba el cuento, todo volvía a ser como al principio. La luz del castillo nunca se apagaba.

Con aquella luz, aquella noche, la Niña había tenido suerte: en poco más de una hora había despachado seis bolsitas a personas adineradas, quienes, al verla en la penumbra, primero abrieron sus ojos como platos, luego sonrieron con dulzura —a una mujer, tal vez una madre, incluso se le escaparon dos lágrimas— y al final se le acercaron con la cabeza gacha, pidiendo sal, por favor, sal para su familia. Una bolsita, una moneda. Eso era todo. La Niña, por su parte, había sonreído, inclinando la cabeza, y el intercambio había terminado en unos instantes bajo la mirada benévola del castillo.

Allá arriba, decían otras historias, había un callejón todo de oro —de oro las piedras, de oro las casas, de oro las mesas, las sillas, las camas de las personas que vivían allí, de oro ellas también—, y la Niña habría dado lo que fuera por verlo algún día.

Empezaba a pensar que iba a ser una noche provechosa, la mejor del nuevo año, y que, si la cesta seguía vaciándose a ese ritmo, podría volver a casa incluso antes del amanecer, cuando delante de ella apareció una silueta alta y fornida, que hablaba con voz dura:

—¿Qué haces tú aquí?

Era un hombre enorme, vestido de negro, y pronunció su frase en alemán, un idioma que la Niña conocía incluso demasiado bien.

—¿No sabes qué hora es? —continuó el desconocido, que se cernía amenazador sobre ella tapando la luz ya escasa de las farolas y ocultando el castillo—. No deberías salir sola por ahí. Podrías tener un encuentro desafortunado —le dijo, y dio un paso hacia delante.

La Niña retrocedió, abrazó la cesta de forma protectora. Aquello fue un error, porque lo único que consiguió fue llamar la atención del gigante.

—¿Qué llevas ahí? —preguntó, avanzando otro paso.

La Niña retrocedió de nuevo sin abrir la boca.

—¿Entiendes mi idioma? Te he preguntado qué es eso —dijo el gigante, señalando las bolsitas de tela basta.

La Niña se encontró con la espalda contra la pared. Apretó las manos alrededor de la cesta hasta que esta crujió. Tenía los ojos tan anchos como la cara.

Entonces el gigante recorrió la distancia que los separaba y tendió una mano hacia las bolsitas, con violencia, con avidez. Cogió una y se la acercó a la cara para mirarla.

—¿Qué hay aquí dentro? —preguntó, pero era una pregunta dirigida a nadie, o quizá a sí mismo. Con dedos torpes desató la cinta que cerraba la bolsa, vertió el contenido sobre la palma de la otra mano—. ¿Azúcar? —Luego hundió el dedo índice en el montoncito de polvo blanco, presionó unos instantes y se lo llevó a la boca.

Sus ojos, cuando se dio cuenta de que no era azúcar.

Sus ojos, cuando se dio cuenta de lo que aquello significaba.

En Praga no se podía conseguir sal. Era imposible encontrarla desde hacía tiempo.

—Todas esas bolsitas... —empezó a decir el gigante, pero se detuvo. Otro pensamiento se había abierto paso en su cabeza. Miró a su alrededor, con el ceño fruncido, y luego volvió a mirar a la Niña, que intentaba mantener la cesta lo más lejos posible de él.

—¿No hay nadie contigo? —preguntó al final el alemán, en un tono diferente, muy diferente al de antes.

13

Aquella mañana, Iván, el portero del hotel Šroubek, le había transmitido a Nicholas los últimos rumores. Según sus fuentes —periodistas, diplomáticos, corredores de apuestas, mozos—, Hitler atacaría en el corazón del invierno, probablemente en febrero, como muy tarde. Quería disfrutar de la primavera a orillas del Moldava —ese era el chiste que circulaba—, junto con las demás nutrias.

—Para mí no va a cambiar nada —comentó Iván—. Todo el mundo está preocupado, pero nosotros somos una nación acostumbrada a servir, también sobreviviremos a esto. No es necesario huir a provincias ni almacenar alimentos. En el mercado negro ya no es posible encontrar armas, pero yo no lo entiendo: ¡que no es el fin del mundo! Y, ademas, ¿qué vais a hacer con un viejo fusil cuando os encontréis a los tanques de camino? Los alemanes vendrán y nosotros les serviremos, como a todos los que vinieron antes que ellos.

Había quien juraba que ya los había visto deambulando por las calles: agentes de paisano, funcionarios de la embajada con modales excesivamente marciales, avanzadillas de la policía secreta de Himmler que habían venido a preparar el terreno para la Wehrmacht. Ya se hablaba de listas de proscritos, de emboscadas, de incidentes en las calles por la noche.

Y tú sales de paseo por ahí como si nada, se dijo Nicholas dejando la plaza y enfilando Národní, la arteria comercial que llegaba hasta el río. *Un extraño sospechoso en una ciudad sospechosa. Tarde o temprano, alguien va a venir a agasajarte...*

Pero era un pensamiento entre muchos otros, no una preocupación real. Su madre, que le hablaba desde lejos. Él conocía el peligro —tenía casi treinta años, había estado en el ejército y viajado por el mundo— y sabía que debía asumir algunos riesgos. No podía quedarse atrincherado en su habitación hasta el final de su estancia allí: necesitaba caminar, moverse, sentir la sangre circular por sus piernas y sus brazos, respirar aire fresco para bajarle la fiebre a sus pensamientos y llenarse de energía. Aflojar un poco la tensión, que, por el contrario, iba en aumento.

Dobló a la derecha y recorrió toda Na Perštýně mientras pensaba de nuevo en cómo había cambiado su vida tras la llamada de Blake. Quizá algún día, si sobrevivía a todo aquello y le quedaban ganas de contárselo a alguien, se referiría a sus días en Praga como aventureros, sensacionales, románticos. Tal vez, como suele ocurrir con el paso del tiempo, realmente los recordaría de aquella manera, incluso sintiendo nostalgia por ellos. Pero la verdad del presente era que todos sus heroicos esfuerzos se reducían a permanecer encerrado en un hotel desde el amanecer hasta la puesta de sol, recibiendo a familias y más familias, y rellenando formulario tras formulario, con alguna que otra llamada telefónica a embajadas y a políticos locales para engrasar el mecanismo y romper una mínima parte de la monotonía. ¿Cuántas veces había salido en dos semanas? Menos de diez, y la mayoría de las veces se había limitado a dar una vuelta por la plaza, meterse en el Pasaje Lucerna, sentarse en un banco de los jardines frente a la estación. Lo cierto es que no podía decir que conociera la ciudad.

Así fue como, una vez recorridas Na Perštýně y luego Husova, sin un mapa con el que orientarse y confundido por la oscuridad, por la nieve, por la niebla, por las fachadas, todas idénticas, de las casas, acabó tomando una callejuela que estaba seguro de reconocer y que, en cambio, nunca antes había recorrido, hasta desembocar en una plaza oscura y desierta que veía por primera vez, y luego, pudiendo elegir entre otras tres callejuelas para salir de ahí, enfiló la que le resultaba más familiar y que, como se dio cuenta demasiado tarde, no le era nada familiar. Al final, cuando los ruidos del centro se desvanecieron de golpe y las luces de las farolas se volvieron demasiado débiles incluso para leer los nombres en los portales, llegó a la conclusión de que se había perdido.

De pie en medio de una callejuela anónima de un barrio desconocido, de golpe le pareció que la helada vespertina había aumentado y que la ligera brisa que hasta entonces le había acariciado las mejillas, y que soplaba desde el Moldava a través del denso laberinto del centro de la ciudad, amenazaba cada vez con más fuerza. Estaba solo, sin puntos de referencia, y ya no sentía la nariz, las puntas de los dedos, los pies por debajo de los maléolos. ¿Podía gritar? ¿Llamar a alguien? No en inglés, ni mucho menos en alemán. ¿Podía llamar a alguna puerta? Las ventanas de la calle estaban todas cerradas a cal y canto. No se filtraba ni un hilo de luz por las contraventanas.

Pero ¿qué haces tú aquí?, se preguntó abatido, y la pregunta se expandió por su pecho en círculos concéntricos, como las ondas provocadas por una piedra arrojada en un estanque. *¿Qué haces aquí esta noche? ¿Qué haces aquí, en general? ¿Tanto te aburrías en tu casa, en tu vida cotidiana, que tuviste que venir a Praga a hacerte el héroe y perderte?*

Pero estaba exagerando. ¿De dónde le salía esa autocompasión, por el amor de Dios? Era tarde, sí, y hacía frío, de acuerdo, y no sabía dónde se encontraba con exactitud, pero no iba a morir por tan poca cosa. No había ningún peligro real que lo amenazara. Solo tenía que espabilar y encontrar su calle.

Retrocedió unos metros hasta el cruce anterior, pero tampoco se topó con un alma y, pese a saber que acababa de pasar por allí, no reconoció ningún detalle. ¿Cabía la posibilidad de que se hubiera engañado a sí mismo?

El frío aumentaba, el viento le tiraba de las solapas del abrigo.

Mientras la melancolía le oprimía la garganta, Nicholas enfiló otro callejón con la seguridad de que nunca había pasado por ahí. Al cabo de unos veinte pasos —pasos que resonaban metálicamente a su alrededor, multiplicándose como si alguien fuera detrás de él, alguien que lo seguía, sin duda con malas intenciones—, reconoció una puerta, de color rojo intenso y con grandes tachuelas negras en forma de ramas. ¡Así que ya había pasado por allí! Sí, pero ¿cuándo? Por más que se esforzara en recordar, era incapaz de reconstruir su recorrido.

La situación empezaba a ser al mismo tiempo cómica e inquietante, como en los relatos de aquel escritor que le había recomendado Doreen, Franz algo. Pero aquello no era un relato: se trataba de su vida. Las decisiones no las iba a tomar otra persona en su lugar. Le correspondían a él.

Estaba a punto de ponerse a gritar «¡Socorro!» en inglés —mejor inglés que alemán, sin duda— cuando, mientras caminaba inseguro por el callejón y lanzando miradas a derecha e izquierda, oyó una voz a lo lejos. La voz de un hombre que hablaba en alemán.

Aguzó el oído para determinar la dirección exacta, y se sobresaltó cuando captó otra frase:

—¿No hay nadie contigo?

Por ahí, se dijo Nicholas aliviado, y se encaminó con rapidez hacia lo que él creía que era la salvación.

Bastaron unos pocos pasos para hacer que se lo pensara mejor.

—¡Dime dónde! —gritó la voz de antes. Y de nuevo—: ¡Habla o tendrás problemas! —Subió más el volumen. Ráfagas de truenos en rápida sucesión preparando la tempestad.

Una fría certeza partió en dos el corazón de Nicholas: aquel tono no era pacífico. Esas frases no pertenecían a una conversación entre amigos, o conocidos, o parientes.

El hombre que estaba al final del callejón estaba amenazando a otra persona, alguien tan asustado y débil que no encontraba la voz para defenderse ni replicar.

—¿Me has entendido? —volvió a gritar el alemán invisible, con una ira feroz que reverberó entre los compactos edificios y la nieve.

Entonces el miedo de Nicholas, que hasta el momento se había alimentado de su cansancio y su desorientación, cayó como el viento en ciertos días de verano, de forma repentina, dejándolo solo con su determinación.

¿Qué haces tú aquí?, volvió a preguntar la voz en su cabeza, pero esta vez acudió en su ayuda una respuesta.

Ayudo a quienes no tienen ayuda, se dijo Nicholas, y sin pensarlo más se apresuró por el callejón.

14

Doscientos metros más adelante, el callejón se ensanchaba ligeramente en el punto donde se encontraba con un segundo camino, más oscuro si cabe que el primero. Nicholas se detuvo de nuevo, sus oídos pendientes de captar aquella voz, pero sus ojos fueron más rápidos.

Poco después de la entrada del nuevo callejón, un hombre de casi dos metros de altura y con los hombros tan anchos como una mesa estaba inclinado sobre algo que era incapaz de ver, con los zapatos hundidos en la nieve.

—¡Habla! —gritó en alemán, y tras hacerlo extendió un brazo con violencia.

Un grito ahogado.

El gigante estaba aferrando los brazos de una figura más pequeña, vestida con una larga capa blanca, con las rodillas en el suelo. Una chiquilla, a juzgar por el grito. Una niña.

—¡Eh! —estalló Nicholas, apresurando el paso—. ¿Qué estás haciendo?

Habló en inglés de manera instintiva, pero el otro ni siquiera lo oyó. Seguía zarandeando a la niña como si fuera un objeto, despotricando órdenes.

—¡Eh! —repitió Nicholas en voz más alta—. ¡Alto!

Otro grito ahogado de la niña. En el suelo, esparcidos alrededor de sus rodillas y de las piernas del gigante, había un cesto de mimbre y una docena de bolsitas azules.

—¡Suéltala! —gritó Nicholas ya a pocos metros de distancia.

Por fin, el gigante pareció oírlo. De repente se detuvo, giró el torso y la cabeza hacia el recién llegado, con una expresión salvaje en el rostro.

—Piérdete —se limitó a decirle en un alemán cavernoso que sonaba como el aullido de un animal.

La chica intentó zafarse, pero la presión era demasiado fuerte. Se le escapó un grito de dolor.

—¡Suéltala! —repitió Nicholas, deteniéndose a unos metros de los dos, pensando vertiginosamente mientras recuperaba el aliento.

Te dobla en tamaño, no vas armado, no puedes contar con refuerzos. Es un suicidio, Nicky. Vete. Vete a buscar ayuda.

No voy a dejarla aquí, se respondió con desprecio, y recordando sus clases de lucha libre en Stowe, cuando era un estudiante flaco e indefenso, adoptó una postura desafiante, con los codos abiertos, la cabeza gacha y los pies clavados en la nieve helada.

—No te lo repetiré otra vez —dijo en alemán con la esperanza de sonar creíble—. Suéltala.

—Lárgate de aquí —gruñó el otro, y apretó aún más los brazos de la niña, que chilló de dolor.

—¿Qué te ha hecho? —preguntó Nicholas.

Ganar tiempo.

—No es asunto tuyo.

—Le estás haciendo daño.

Hacer que hable.

—Lárgate —repitió el gigante, volviéndose hacia él para hacerle frente mejor. Arrastró a la niña por la nieve como una marioneta y ella quedó tendida sobre su espalda.

—¡Socorro! —gritó entonces Nicholas con todo el aliento que tenía en el cuerpo, pero sin abandonar su posición de ataque—. ¡Socorro! ¿Hay alguien ahí?

Su adversario se rio, un sonido horrible que resonó en la calle desierta.

—¿A quién pides ayuda a estas horas de la noche en una ciudad de cobardes? Piérdete, antes de que te dé una lección.

Tiene razón, pensó Nicholas. El barrio estaba oscuro como si estuviera deshabitado, todas las ventanas cerra das a cal y canto. Quizá esa parte de la ciudad estaba muerta y abandonada. O tal vez eran los hombres y las mujeres que vivían allí quienes estaban muertos. Muertos de miedo. Y no iban a ayudarlo.

Pero no tenía intención de marcharse. No tenía intención de dejar a la niña bajo aquellas garras. Él no era un guerrero, no era un héroe. Era Nicholas Winton, un hombre corriente, con habilidades corrientes, y difícilmente podría plantar cara a un gigante enfurecido. Se llevaría la peor parte y, quién sabe, incluso podía dejarse el pellejo.

Iba a pasar dos semanas esquiando en Suiza, contaría su madre a sus amigos, *pero en vez de eso se fue a Checoslovaquia a morir en una pelea callejera.*

Tal vez sí. O tal vez no. Pero una cosa era segura: no iba a dejar a la niña allí, aquella noche, en manos de una bestia feroz.

A lo lejos, más allá de los edificios y de los tejados que observaban la escena con indiferencia, una campana emitió un único tañido desafinado, seguido de nada más.

Un suspiro, un instante de claridad absoluta, luego Nicholas tragó saliva.

—Ven aquí —le dijo al gigante.

15

Una ráfaga de viento sopló entre los dos hombres, levantando los faldones de sus abrigos y agitando la capa clara de la muchacha hasta dejar al descubierto su cabeza. Su pelo era tan rubio que parecía blanco, su piel tan clara que irradiaba luz, y sus ojos... Los ojos no podían ser realmente dorados —en la naturaleza no existían iris de ese color— y, sin embargo, ahí estaban, encendidos y cegadores como hierros en la fragua.

—Suéltala —repitió Nicholas—, le estás haciendo daño.

—No deberías preocuparte por ella —replicó el otro en tono despectivo, pero obedeció: dejó caer a la niña al suelo y, sin importarle su dolor, pasó por encima de ella para acercarse a su adversario—. Deberías preocuparte por ti mismo.

De golpe, el viento cesó. Como succionado por una ventana que se abriera de repente, desapareció por completo a su alrededor, dejándolos inmersos en una burbuja de silencio absoluto. Nicholas tan solo oía el retumbar de la sangre en sus oídos, el fuelle fatigado de su propia respiración.

El gigante dio un paso al frente, inclinando la cabeza y extendiendo los brazos, listo para atacar, y a punto estaba de abalanzarse —los músculos tensos como la cuerda de una trampa, los ojos bien abiertos y concentrados como los de un ave de presa— cuando ocurrió lo inesperado. Un golpe seco le dio de lleno en la pierna izquierda, desde atrás, una patada mal dada por la niña desde el suelo. No suficiente para hacerle daño, ni, por supuesto, para derribarlo, pero sí para distraerlo.

—¿Cómo...? —empezó a decir el gigante mientras se volvía para mirar a ese insecto que se había atrevido a molestarlo.

Y, en ese instante, el insecto reaccionó.

Por el suelo, esparcidas sobre la nieve, estaban la mitad de sus bolsitas y, de alguna forma, a la niña le había dado tiempo de abrir un par y llenarse las manos con la sal que contenían. Cuando el gigante se dio la vuelta, no tardó nada en lanzársela a los ojos, alcanzándolo de lleno.

El grito estalló como un nitrito, llenando el callejón desierto y el cielo despejado hasta las estrellas. El gigante se llevó las manos a la cara y cayó de rodillas, como los monstruos de los cuentos fantásticos, sus piernas de arcilla cediendo al primer contacto.

Nicholas no podía creer lo que estaban viendo sus ojos. Hasta un segundo antes había estado dispuesto a recibir una lección por parte de una furia invencible, y ahora esa furia estaba allí, reducida a un amasijo de carne dolorida que arañaba la nieve y se la aplastaba contra el rostro en busca de alivio.

Pero la sal derrite la nieve. Esos ojos van a arderle un buen rato.

Ese fue el primer pensamiento, un pensamiento de alivio, incluso de alegría. La eterna, la antigua historia de David y Goliat.

El segundo pensamiento, en cambio, fue para la niña. Nicholas volvió su mirada hacia donde se encontraba hasta un momento antes.

Ya no estaba ahí. Había recogido la cesta y las bolsitas y se había marchado.

No, se dijo Nicholas, maldiciendo su distracción. Miró frenético a su alrededor. ¿Cómo había podido desaparecer así? *No, no, no.* Tenía que saber más sobre ella. Quién era, cómo se llamaba, de dónde venía. Qué estaba haciendo sola en ese lugar, a esa hora.

Se alejó del gigante, que ahora rodaba por el suelo maldiciendo en alemán, frotándose los ojos con un frenesí desesperado, y buscó rastros de la chica en la nieve. No había huellas. Ni una sola.

¿Será posible?

Miró más atentamente a su alrededor y no, no había nada, como si la fugitiva no hubiera utilizado las piernas para escapar.

Una criatura alada.

Un pensamiento absurdo y, a pesar de todo, era así: en el suelo blanco estaban las huellas de su adversario, las señales de cuando había apresado a la niña y la había puesto de espaldas; se veían las marcas de la cesta y de las bolsas caídas, pero nada más.

Un poco más allá, el gigante dejó de maldecir por un momento y logró ponerse de pie, con los ojos cerrados y el rostro lleno de lágrimas.

—¡Ayúdame! —le ordenó vuelto en la dirección equivocada. También dio dos pasos hacia delante, pero resbaló de mala manera y se cayó de nuevo de espaldas.

El hielo, se dio cuenta Nicholas. *Si pesas poco y caminas sobre el hielo, no quedan huellas.*

Miró a su alrededor. En el punto donde el callejón se unía a los edificios, la nieve era más compacta, no estaba pisoteada, y había tenido tiempo de endurecerse. Llegó hasta ahí y se agachó para comprobarlo. No encontró huellas de ningún tipo, pero sí un rastro, débil.

Sonrió. *La sal derrite la nieve*, se repitió mientras observaba el rastro de minúsculos agujeros que marcaban el borde del callejón, alejándose de él. *Debe de habérsele abierto otra bolsita. Tal vez más de una, y los granos al caer derriten el hielo.*

Un rastro de sal para guiarme hacia ella.

—¡Ayúdame! —volvió a gritar el gigante desde el suelo, con los párpados hinchados como conchas y la voz ronca.

Pero Nicholas no le hizo caso, ni siquiera se dignó mirarlo por última vez.

Antes de perderla para siempre, se apresuró tras el rastro de sal en busca de la Niña.

16

Cuando lo vio pasar por delante de ella, unos minutos después de haber huido, la Niña de la Sal no dijo nada, no dio señales de vida. Sabía muchas cosas sobre aquel mundo incomprensible en el que le había tocado vivir, y una, quizá la más importante, era que no podía fiarse de nadie. Después del incidente, solo había podido contar consigo misma y, de alguna manera, eso le había bastado. Había logrado sortear un sinfín de dificultades y no dudaba que, del mismo modo que siempre se había salvado en cualquier circunstancia, también aquella noche encontraría la forma de librarse del gigante. Pero...

Pero la llegada del inglés la había sorprendido. No tenía por qué hacer lo que había hecho y, ante un peligro mortal —pues estaba claro que el gigante lo habría destrozado—, no se retiró con el rabo entre las piernas. Se quedó en su sitio, desafió el peligro por ella, a quien ni siquiera conocía.

Esto, para la Niña, era una novedad.

Así que, tras recuperar la cesta y las bolsitas, salió corriendo del callejón, pero no por mucho rato. No había ni recorrido cien metros cuando se encontró con un rincón oscuro entre dos edificios y se detuvo allí, a la espera de no sabía qué. Tal vez quería ver cuánto tardaría el gigante en recuperarse. Tal vez quería cerciorarse de que el inglés se había salvado. O, tal vez, simplemente, quería dejar de huir como desde hacía demasiado tiempo se había visto obligada a hacer.

Cuando Nicholas pasó por delante de ella, la Niña sintió una oleada de alivio en su interior. No le pareció que estuviera maltrecho. El gigante debía de haberse retirado, o tal vez aún se encontraba fuera de combate. En cualquier caso, el inglés seguía de una pieza, y la buscaba, en la dirección correcta, pero, sobre todo, con la mirada correcta.

Pasó de largo, casi la tocó, estaba a menos de dos metros de ella, y la Niña pudo leer sus ojos, y lo que leyó la tranquilizó: en ellos no había codicia ni la curiosidad morbosa que había visto demasiado a menudo en quienes iban en su busca por los callejones del centro. Muchos de ellos querían su sal, a veces sin poder pagar por ella. Otros querían *la historia* de la sal, siempre sin merecerla. Algunos, por último, querían a la propia Niña en persona para llevarse a casa un trofeo. Muy pocos eran los que se habían acercado a ella con respeto para comprender, para ayudar.

Salió de su rincón y empezó a seguirlo desde lejos, teniendo cuidado, como de costumbre, de no dejar huellas ni hacer ruido. El inglés caminaba mirando al suelo, siguiendo alguna pista que pudiera llevarlo hasta ella, pero la pista se había acabado y, al final se dio cuenta. Así que dejó de mirar hacia abajo y empezó a hacerlo a su alrededor: callejones, edificios, portales, patios. ¿Dónde se había metido?

Estoy aquí, justo detrás de ti. Tú crees que me sigues, y eres tú el seguido.

La imagen se quedó por un instante suspendida en su mente. Le pareció que contenía una determinada verdad más general, como si hablara no de ese momento —al menos, *no solo* de ese momento—, sino de muchas otras ocasiones, de muchas otras personas.

Seguir a quien te sigue.

Guiar pensando en ser guiado.

Pero era un pensamiento demasiado grande para ella, y el inglés había acelerado el paso. Sin duda temía haber perdido a su presa —no, no a su presa, él no era ningún depredador—, o tal vez sospechaba que él mismo se había perdido. La vieja ciudad era un extraño laberinto formado por capas concéntricas que parecían girar unas sobre otras, sin detenerse nunca. Para un forastero era fácil desorientarse: bastaba con permanecer demasiado tiempo en una capa para llegar a dudar de si las demás seguían ahí fuera.

De nuevo, una sonrisa se dibujó en el rostro de la Niña. Ese inglés tenía el don de ponerla de buen humor.

Mira qué preocupado anda. La cabeza levantada en busca de un punto de referencia, y no encuentra nada. ¡Si supiera que tan solo tiene que girar a la derecha en el siguiente callejón para encontrarse de nuevo en la plaza!

Así fue como se decidió. Llevaban ya un rato siguiéndose mutuamente. Él debía de estar cansado, y a ella le quedaba aún más sal que vender. Tenía que hacer algo que rompiera el hechizo que aquella noche en suspensión los había desviado a ambos de su camino.

Diez segundos más, pensó la Niña, quien en el fondo lamentaba tener que renunciar al nuevo juego, y empezó a contar.

Uno, dos, tres, mientras el inglés se detenía en una nueva bifurcación, volviendo la cabeza ora a un lado, ora al otro.

Cuatro, cinco, seis, mientras él se llevaba confundido las manos a la boca y se las soplaba para calentarse.

Siete, ocho, nueve, mientras miraba de nuevo a la derecha, luego a la izquierda, después negaba con la cabeza y tomaba la dirección equivocada.

Diez.

—¡Eh! —gritó la Niña de la Sal con voz clara.

El inglés se detuvo, se giró. Cuando la vio, su rostro se volvió de piedra y sus labios se entreabrieron en una O de estupor.

La Niña le sonrió, luego se escabulló a toda prisa por un pasaje a su derecha. Lo recorrió velozmente hasta llegar a los pies de Nuestra Señora de Týn, la gran iglesia gótica que velaba sobre Praga como un dragón sentado sobre su tesoro. Allí giró a la izquierda por los soportales donde se reunían durante el día los comerciantes, y en unos instantes llegó a un nuevo callejón, completamente a oscuras.

Solo cuando vio que el inglés la había seguido hasta la plaza —cuando supo que a partir de ese punto encontraría con facilidad su camino, fuera el que fuese—, la Niña se dio la vuelta y con pasos ligeros desapareció en la noche.

17

A la mañana siguiente llegué al hotel Šroubek con una noticia inquietante. De todos modos, para poder contarla tuve que esperar a que Nicholas me explicara todo lo que le había ocurrido la noche anterior, aún excitado, aún aturdido, ojeroso y febril. Aquella noche había dormido poquísimo, y no porque no estuviera cansado —de hecho, estaba agotado, exhausto por el frío, por el largo paseo, por el miedo primero a haberse perdido y luego a no salir con vida en su encontronazo con el alemán—, sino porque incluso después de regresar al calor y a la comodidad del hotel, incluso después de una larga ducha hirviendo y dos dedos de whisky para entrar en calor, incluso después de meterse en la cama entre suaves almohadas y mullidas mantas, el recuerdo de la Niña lo había mantenido despierto.

A saber quién era, en realidad. A saber dónde vivía. A saber si tenía a alguien esperándola en casa. A saber.

Había estado dándole vueltas a estas preguntas en su cabeza hasta que esta se apagó, luego se abrieron paso en sus sueños —sueños de caídas, de peleas, de persecuciones, de secretos terribles revelados a todo el mundo, de peligros mortales a la vuelta de la esquina—, sobreviviendo hasta la mañana. Al despertar, Nicholas se los encontró todavía allí, y no le sirvió de nada darse otra ducha —esta vez helada, como le habían enseñado en el ejército—, ni beberse otros dos dedos de whisky. La Niña había seguido obsesionándolo, como un fantasma en las historias de pesadillas, como un enigma sin resolver o como una culpa sin expiación, y era consciente de que habría seguido pensando en ella durante todo el día de no haber tenido cosas urgentes que hacer.

Me lo contó todo sin tomarse un respiro y, cuando me describió las bolsitas de tela azul, me estremecí, algo de lo que se percató. Así tuve que explicarle lo poco que sabía sobre la Niña de la Sal, incluida la visita al campo de refugiados que había hecho con Werner.

—Werner —dijo Nicholas al final de la historia—. El ayudante de Doreen, ¿verdad? ¿Y qué ha sido de él?

Después de las presentaciones con Blake en el despacho de los Jardines de los Franciscanos, me dijo, no había vuelto a verlo.

—Qué ha sido de él —repetí, volviendo en mi mente a mi noticia—. Pues precisamente de eso quería hablarte. Acabo de enterarme de algo sobre él. Algo terrible.

Nicholas se estremeció, como un reflejo de mi tono sombrío.

—¿Qué?

—Ha desaparecido. Me pasé por donde vive para ver por qué no habíamos sabido nada más de él, y la portera me dijo que hace al menos tres días que no se le ve por ahí.

—Pero ¿ya no trabaja con Doreen?

Me encogí de hombros.

—No lo sé. Tampoco he hablado con ella desde la semana pasada. Pero hoy tenemos que verla, ¿no? En el aeropuerto.

Nicholas asintió. Aquel era un día importante. El primer vuelo organizado únicamente para sus chicos saldría de Ruzyně a primera hora de la tarde.

—¿Tienes idea de por qué puede haber desaparecido? Yo no lo conozco de nada...

—Tengo una idea muy precisa de lo que puede haber ocurrido —respondí. Me detuve un instante solo para asegurarme de que quería hacerlo. Que realmente quería pronunciar esas palabras. Pero ¿acaso tenía otra opción?—. ¿Sabes lo de esas filtraciones de las que Doreen siempre tenía miedo? Las reuniones secretas descubiertas casualmente por la policía local... Los refugiados de nuestras listas que desaparecían de un día para otro...

Nicholas abrió los ojos como platos.

—¿Temes que también le haya pasado a él?

Suspiré. No era lo bastante cínico como para concluir por sí mismo.

—Me temo que ha ocurrido *por su culpa*.

El silencio que siguió a mi afirmación me aseguró que esta vez había captado el mensaje.

—Un espía entre nosotros —susurró Nicholas al cabo de unos segundos.

—Lo que temía Doreen, sí.

Me miró incrédulo, escandalizado, luego su expresión se congeló.

—Espera. ¿Qué sabía exactamente Werner sobre nuestros chicos?

—Oficialmente, nada. Pero ya sabes cómo son las cosas...

Negó con la cabeza como para rechazar una realidad que no le gustaba, como para borrarla.

—Dos espías son demasiados, no me lo puedo creer... —se limitó a responder, y yo estaba a punto de preguntarle qué quería decir con aquello cuando oímos que llamaban a la puerta de la habitación. Entonces miramos el reloj de la pared: las siete en punto. Era hora de recibir a las nuevas familias.

Dejamos de lado todas las demás preocupaciones hasta la hora de comer, cuando volvimos a hablar sobre Werner —no era posible, tenía que haber otra explicación— y luego sobre la Niña —¿cuántos años tendría?, ¿diez?, ¿once?—.

Pero antes de que pudiera llevar la conversación hacia esa misteriosa alusión a los dos espías, Trevor Chadwick pasó a buscarnos, veinte minutos antes del horario acordado. Llamó cuatro veces y entró sin esperar nuestro permiso con su acostumbrada expresión jovial bajo el corto pelo rubicundo. Trevor había llegado dos semanas antes de Inglaterra, donde trabajaba como maestro en una escuela gestionada por su familia. En calidad de tal, lo enviaron a Praga para seleccionar a dos niños en peligro y llevárselos para casa, donde serían adoptados por la escuela. Pero luego, cuando se dio cuenta de la magnitud de la emergencia existente, decidió volver de nuevo a Checoslovaquia a echar una mano, donde se ganó a todo el mundo en poco tiempo con su energía, su buen humor y su determinación. Que bebiera un poco en exceso y frecuentara las peores tascas de la ciudad después de su horario de trabajo no era asunto de nuestra incumbencia.

—Nicky, Petra. ¿Estáis listos?

Nicholas asintió, yo hice lo mismo a regañadientes. Terminamos lo que quedaba de nuestros bocadillos y nos levantamos de la mesa.

—El coche ya está en el callejón —dijo Trevor.

Nicholas me pasó el abrigo y el sombrero para luego ponerse los suyos.

Salimos por la habitación que comunicaba con la de Nicholas, en vez de pasar por la entrada habitual, porque había en el pasillo otras familias que esperaban y, aunque les habían informado de que ese día habría un descanso extraordinario entre la una y las cuatro, no nos apetecía pasar por delante de sus miradas preocupadas mientras nosotros nos tomábamos tres horas al aire libre, aunque no fuera por ocio, sino por trabajo.

—¿Cuántos hoy? —preguntó Trevor mientras bajaba las escaleras de servicio reservadas a los repartidores.

—Veintinueve —respondí.

—Maldita sea. ¿En una mañana? Vais ganando velocidad.

Nicholas suspiró.

—He de hacerlo. Ya solo me quedan unos días.

Era un asunto doloroso del que nunca hablábamos. Pero Trevor siguió con el tema despreocupadamente.

—¿Cuándo tienes el vuelo?

—Este domingo.

—Setenta y dos horas —calculó Trevor.

Vi a Nicholas apretar la mandíbula. Tres días eran setenta y dos horas, sí, pero dicho así parecían menos.

Salimos por la parte trasera del hotel, donde nos esperaba un Mercedes de color óxido aparcado de través en el callejón. Típico de Trevor: bullicioso y despreocupado.

Aquella tarde hacía frío, aunque el cielo estaba despejado y luminoso como una aguamarina, lavado a fondo por la nevada de los días anteriores.

—El clima ideal para una expedición —consideré con la nariz levantada.

—Estamos de suerte. —Trevor sonrió.

Nos montamos en el coche, con él al volante, y salimos quemando caucho hacia el final del callejón, donde doblamos a la derecha en Růžová para rodear el edificio de Correos. Al llegar al final de la calle, sin embargo, no giramos hacia la estación de tren, sino de nuevo a la derecha, pasando por delante del Museo Nacional que cerraba la plaza de Wenceslao por el sur y continuaba hasta Zitná.

Nicholas había visto poco de aquella zona de Praga en las dos semanas que había pasado en la ciudad, y noté su admiración por la elegancia del Nuevo Ayuntamiento y por la amplitud del parque de Carlos, que recorrimos en toda su extensión.

—Una ciudad de paz —murmuró—, no preparada para la guerra que se avecina.

Y allí estaba el Moldava, ancho y solemne, con las tres islas frente al Teatro Nacional y allá abajo, a lo lejos, pero inmediatamente reconocible por la doble hilera de estatuas que lo flanqueaban, el puente de Carlos. Una vista que siempre me ensanchaba el corazón, porque ese fue el primer lugar de Praga que visité con Pavel cuatro años antes, durante nuestra luna de miel.

Apreté los dientes, embridé los mordiscos de la conciencia. Todo aquello lo hacía por Pavel. Por Pavel y por nuestro niño. No habrían muerto inútilmente. Con mi trabajo los vengaría.

—Iremos por Lidická —dijo Trevor—. Así llegaremos antes.

Nicholas se encogió de hombros.

—Basta con estar allí antes de la una. ¿Ha llegado ya Doreen?

—Debería. —Una vez cruzado el río, las calles se volvieron más anchas y comunes, alineando edificios, almacenes, fábricas, inmuebles residenciales de ladrillos ennegrecidos—. Si todo va según lo previsto, serán treinta niños de una única tacada —añadió—. Crucemos los dedos.

—Crucemos los dedos —convino Nicholas, aunque los tres sabíamos que no compartía del todo ese entusiasmo. Treinta niños de casi tres mil. ¿Cuánto tiempo sería necesario para llevárselos a todos de ese modo? ¿Cuántos aviones que no teníamos?

La objeción le venía rondando desde que nació el proyecto, pero rara vez la había formulado para no parecer desagradecido o codicioso: treinta vidas eran mejor que cero, y nadie hacía más por el momento, al menos no en Checoslovaquia. Pero a Trevor podría haberle confesado sus dudas, y tal vez debería haberlo hecho.

—¿Sabéis lo que estaba pensando? —empecé a decir, pero me interrumpieron.

—Hemos llegado —dijo Nicholas, indicando con un gesto de la cabeza el gran complejo de edificios al final de la avenida—. El aeropuerto.

Me di la vuelta justo a tiempo para ver un gran cuatrimotor aterrizando en la pista de asfalto, con un pesado golpe seco que noté hasta en el corazón.

18

Aparcamos en una explanada a pocos metros de la pista de aterrizaje, con el olor a queroseno llenándonos la nariz y oprimiéndonos el estómago. Unos cien metros más allá, pasada una zona de césped en la que había abandonados de cualquier manera carritos, escaleras, banderas y extintores, una segunda pista albergaba unos cuantos aviones de tamaño medio, con las carlingas plateadas apuntando al oeste y sus grandes motores de hélice apagados.

—El nuestro es el segundo —anunció Trevor levantando la voz por encima del zumbido que procedía de dos hangares a nuestra derecha—. Nos esperan dentro de... —consultó su reloj— veintidós minutos.

—¿Y los niños? —preguntó Nicholas.

Los aviones parecían estar vacíos, todos menos el primero, desde cuyas ventanillas solo se vislumbraban sombreros de hombre y de mujer.

Trevor señaló un edificio bajo y cuadrado que separaba los hangares curvos.

—Nos están esperando allí dentro. Venid.

Llegamos juntos al edificio bajo, abrimos una puerta de metal oxidado en los bordes y al instante nos embistió una ráfaga de aire caliente y gritos infantiles. El vasto espacio desnudo —una hilera de sillas de plástico sujetas a las paredes, una larga mesa de aglomerado en el centro, mapas aéreos de Europa Central como única decoración— estaba lleno de docenas de niños de entre cuatro y diez años, sentados de cualquier manera en el suelo o sobre maletas de cartón tiradas por todas partes, hablando, gritando, quejándose, llorando.

—Cielo santo —dijo Trevor—. ¡Esto es un infierno!

Menos mal que eres maestro de primaria, pensé.

Doreen estaba en un rincón, arrodillada frente a una niña con trenzas que lloraba a moco tendido en la barahúnda general.

—No seas así, Helèna —le decía mientras le acariciaba las mejillas al rojo vivo—. Tus padres vendrán. Se reunirán contigo dentro de unos días.

—¿Por qué no está mi mamá? ¿Por qué no ha venido a despedirse de mí?

—Ya te lo he dicho: los padres no pueden venir al aeropuerto con vosotros. Ya os habéis despedido en el hotel.

Doreen hablaba con dulzura, sonriendo de manera convincente a pesar del cansancio y de la tensión evidentes en su rostro, pero la niña no parecía convencida. Negaba con su cabecita rubia, la mirada clavada en el suelo, un osito de peluche que colgaba boca abajo de su mano.

—Ya hemos llegado —dijo Trevor cuando estuvo al lado de las dos.

Doreen se volvió hacia mí, enfocándonos con las deslumbrantes luces de sus ojos.

—Justo a tiempo —respondió con urgencia y, poniéndose de pie, se acercó a Nicholas y lo cogió por un codo—. Tenemos un problema.

—¿Werner? —pregunté yo con el pecho encogido dentro de un corsé ortopédico.

Doreen se volvió hacia mí.

—¿Sabes dónde está? Hace días que no lo veo.

Tomé aire para contestarle, pero evidentemente Werner no era el problema que más la angustiaba en ese momento, porque se volvió de nuevo hacia Nicholas y le dijo:

—Podríamos tener dificultades con el despegue.

Él se alarmó.

—¿Han cambiado el vuelo?

—No, el horario está confirmado. Estamos esperando el visto bueno para el embarque.

—Pues ¿entonces?

—Los documentos de los niños. Hay un nuevo responsable. Se los ha llevado para verificarlos con la embajada.

La puerta principal volvió a abrirse en ese momento, y una ráfaga de aire frío se coló entre Nicholas y yo, que estábamos de espaldas a ella.

—Pero están todos en regla, ¿no?

Pasos pesados detrás de nosotros.

—Todos menos uno —respondió Doreen en un susurro, y luego levantó los ojos, por detrás de Nicholas, y puso su mejor sonrisa—. ¡Herr Vodnik! —exclamó en un tono que intentaba ser cordial y no delatar tensión—. ¿Va todo bien con los visados?

Nicholas se volvió para encuadrar al recién llegado y, al vislumbrarlo, palideció.

—Va todo bien —respondió el nuevo encargado, un hombre gigantesco, con un marcado acento alemán, que llevaba un parche con una esvástica sobre el ojo derecho y tenía el izquierdo inyectado en sangre, como irritado recientemente por un puñado de sal.

19

Nicholas se dio la vuelta de golpe con la esperanza de que el gigante no lo hubiera reconocido. Su encuentro de la noche anterior, en las callejuelas mal iluminadas del centro, había durado solo unos minutos, y él iba vestido de otra manera, con la bufanda subida alrededor del cuello, el sombrero bien calado en la cabeza. De hecho, se veía muy poco de su cuerpo: la nariz, los pómulos, los ojos a través de las gafas.

No abras la boca, se dijo. *Aléjate con calma y no te reconocerá.*

En el suelo, a unos pasos de él, estaba sentado un niño de unos cuatro años, con una mueca desconsolada bajo su gorra gris con rayas blancas. Cuando se dio cuenta de que lo miraban, el niño entrecerró los ojos y gimoteó:

—Quiero a mi mamá.

Nicholas lo aprovechó. Sin darse la vuelta, llegó a su lado, se agachó y lo cogió en brazos. Pesaba más de lo que cabría esperar de un ser tan pequeño.

—Venga, arriba —le dijo con el tono más paternal que le salió.

—Quiero a mi mamá.

—Venga, arriba —repitió Nicholas, dándole una palmadita en la espalda. No sabía decir mucho más en checo.

Por detrás de él, Herr Vodnik, el nuevo responsable, había llegado a la altura de Doreen.

—Uno de los visados tiene un sello borroso —le dijo con voz seria—. El mando sospechaba que era una falsificación.

—¡Una falsificación! —exclamó ella, fingiéndose sorprendida.

—Así es. Yo también lo he verificado y, sí el borrón es curioso. Pero el sello es demasiado perfecto para ser falso. En este punto hemos estado todos de acuerdo. Además, señorita Warriner, usted tiene una cierta fama...

—De donde yo vengo, eso no es algo agradable que se le pueda decir a una mujer, Herr Vodnik.

El gigante le respondió con una risa gruesa y maliciosa.

—Quiero decir que lleva usted en Praga unos años. Es una persona conocida —añadió—. Falsificar documentos no sería propio de usted.

—¡Ya puede decirlo en voz alta! —intervino Trevor, rígido y orgulloso como un paladín medieval.

Vodnik se volvió para estudiarlo, como si solo en ese momento se hubiera percatado de su presencia.

—Trevor Chadwick —explicó Doreen.

—Encantado de conocerlo —dijo el alemán con tono de indiferencia.

—Quiero a mi mamá —repitió el niño en brazos de Nicholas, pero para entonces los dos ya casi estaban en la puerta del hangar y Vodnik ni siquiera lo oyó.

—De todos modos —continuó, volviendo a centrar su atención en Doreen—, los documentos están en regla. Se los devuelvo, yo mismo en persona he firmado el visto bueno. Por esta vez, pueden embarcar.

Ella no le dio la satisfacción de haber captado la amenaza implícita.

—Se lo agradezco, Herr Vodnik. Si todos los funcionarios de este país fueran como usted, mi trabajo sería más fácil.

—No se preocupe —concluyó el gigante, justo cuando Nicholas abría la puerta y abandonaba el hangar con el niño en brazos—. Pronto todos serán como yo.

20

Fuera, el cielo aún seguía azul como una piedra preciosa y una ligera brisa agitaba las banderas sobre la torre de control. La visión animó a Nicholas, quien se apresuró hacia el avión parado en el centro de la pista, ahora el primero de la fila.

El niño intentó zafarse de él.

Nicholas lo hizo saltar un poco más sobre sus brazos, sujetándolo con fuerza para que no se le resbalara.

—Venga, arriba —le dijo.

Ignorando las protestas del pequeño, apresuró sus pasos hacia el avión, y solo cuando estuvo a unos diez metros de la escalerilla se atrevió a volverse hacia el hangar. Entonces se percató con alivio de que Vodnik había desaparecido, dejando libres a Trevor, Doreen y sus ayudantes, quienes guiaban a una fila casi ordenada de niños como si se tratara de un rebaño.

—¿Lo ves? —le dijo sonriendo al pequeño.

Fue en ese momento cuando una voz desconocida lo llamó.

—¡Eh, oiga! ¡A usted le digo, al que lleva a un niño en brazos!

Un escalofrío recorrió el cuerpo de Nicholas. ¿Qué más pasaba ahora?

Armándose de valor, giró los ojos hacia la voz y descubrió que una cámara de cine portátil lo enfocaba. Dos hombres que parecían tener su misma edad, entre los veinticinco y los treinta años, se dirigían hacia él. Uno manejaba la cámara; el otro, un larguirucho pelirrojo con aire escocés, llevaba un cuaderno en la mano.

—Discúlpenos —le dijo—, somos de la prensa. Estamos filmando breves entrevistas en el aeropuerto. Para captar el clima general.

—¿A qué cabecera pertenecen? —preguntó Nicholas mientras razonaba si podía tratarse de una trampa y si ese tipo de publicidad, aunque no fuera una trampa, podría ser útil a la causa.

—Somos autónomos —respondió el pelirrojo—. Vendemos artículos, fotografías y películas a las agencias, que luego los revenden a los periódicos. A menudo acabamos en el *Guardian* y el *Times*, pero a veces también en el *Herald*.

Ingleses y americanos, pensó Nicholas. *Perfecto*.

—De acuerdo —dijo—. ¿Qué quieren saber?

—¡Quiero a mi mamá! —gritó el niño, agitándose con violencia.

—Venga, arriba —repitió Nicholas, y le acarició la cara—. Mira cómo estos señores nos hacen una fotografía. ¡Sonríe!

El pelirrojo le dio un codazo a su compañero, más bajo y corpulento, que colocó la cámara en un trípode, la orientó y pulsó algunos botones.

—Grabando —anunció con acento del norte. Mánchester, o tal vez Blackpool.

—Solo le robaremos unos instantes —dijo el pelirrojo—. ¿Se va en ese avión?

—Yo no. Solo el niño. Junto con otra treintena de menores y dos ayudantes.

—¿Un viaje educativo? —aventuró el periodista.

—No exactamente. Soy el secretario del BCRC, el Comité Británico para los Refugiados Checoslovacos-Sección Infantil —dijo Nicholas, mencionando el cargo que se había autoasignado—. Como sabrán, este país corre actualmente un gran peligro. Se anuncia una invasión a gran escala desde el oeste...

—¿El Tercer Reich de Adolf Hitler?

111

—Exacto. Una agresión sin precedentes contra un Estado soberano, ante los ojos de la política y de la prensa internacionales. Y, naturalmente, cuando los alemanes tomen Praga, las familias que ya tuvieron que abandonar sus casas tras la cesión de los Sudetes y que vinieron aquí en busca de un refugio en la capital tendrán que encontrarse un nuevo destino. Ya hay varios campos de refugiados alrededor de la ciudad, decenas de miles de desplazados que viven en condiciones extremas, y los niños —añadió Nicholas, estrechando con más fuerza al que llevaba en brazos— son los primeros en sufrir.

—Así que, si le he entendido bien, su Comité y usted se ocupan de estos niños, y los llevan..., ¿adónde los están llevando?

Nicholas se giró hacia el avión. Doreen y los demás habían llegado a la escalerilla y estaban procediendo al embarque.

—Este vuelo se dirige a Inglaterra —respondió—, pero otros han tenido destinos diferentes, por ejemplo, a Bélgica, a Holanda, a Suecia.

—A Suecia —repitió el periodista impresionado.

—Sí, y no descartamos ningún destino. Puede que el mundo no lo haya entendido aún, pero en Centroeuropa se está produciendo una tragedia humanitaria sin precedentes, y es algo que va a empeorar muy rápido. Las condiciones de vida de millones de hombres, mujeres y niños corren un grave peligro debido a las convulsiones políticas de los últimos años.

—¿Cree que estallará una guerra?

Nicholas movió la mano como para ahuyentar un insecto.

—No me corresponde a mí opinar sobre un asunto tan delicado. Yo solo puedo decir que la tormenta va creciendo, y que mucha gente cree que es necesario socorrer ya a los refugiados, evacuando a los más débiles antes de que sea demasiado tarde. Expatriar a los niños es una medida de precaución. A algunos les podrá parecer excesiva, pero yo prefiero pecar por exceso que por defecto. El problema, como ya sabrá usted, son los visados de entrada: de momento, ningún país europeo, como tampoco Estados Unidos —añadió pensando en el *Washington Post*—, acepta refugiados de Checoslovaquia. Solo el Reino Unido y algunos países de la Commonwealth, como Canadá y, tal vez, Australia, conceden visados, pero siguen siendo pocos y muy difíciles de obtener. Así que nosotros hacemos lo que podemos, y tenemos la esperanza de que pronto sea posible hacer más. Escríbalo en su artículo. Esto es una emergencia, y todos los países pueden hacer más. Pregúntense: ¿y si la próxima vez nos tocara a nosotros, a nuestros hijos? —Eso fue lo que dijo, y lo hizo con una absoluta convicción a pesar de que no tenía hijos. Un vendedor perfecto—. Y ahora, discúlpeme, pero tengo que marcharme.

—Claro, claro —respondió el periodista—, gracias por su tiempo y sus... *inspiradas* palabras —añadió en un tono vagamente escéptico. Luego volvió a darle un codazo a su compañero, que pulsó otro botón, probablemente para apagar la cámara, y sacó de su chaqueta una diminuta cámara fotográfica Rolleiflex.

—Eh, pequeño —le dijo al niño—. ¿Me regalas una sonrisa?

—Quiero a mi mamá —fue la respuesta, y para la fotografía tuvo que contentarse con una mirada apagada y desolada, mientras Nicholas sonreía a la cámara con su pelo perfectamente peinado hacia atrás, el cuello almidonado y la corbata torcida.

—¿Va bien así?

—Muy bien. Le deseo la mejor de las suertes —respondió el operador sin sombra de ironía.

—Esperemos —respondió Nicholas con más energía de la necesaria. Luego se dio la vuelta y con pasos rápidos alcanzó el avión.

Yo había prescnciado toda la escena, y entonces salí a su encuentro, interceptándolo por el camino, con el pelo alborotado por el viento que barría la pista de despegue.

—Dámelo —le dije, tendiendo las manos hacia el niño.

—Quiero a mi mamá... —repitió, y el llanto ya se acercaba, como la lluvia después de muchos truenos. El sonido de su vocecita desconsolada se me clavó en las entrañas como el bisturí de un cirujano, provocándome un sutil dolor que aguzó mis sentidos y me sugirió la respuesta.

—Te están esperando en el avión —le dije con seguridad—. Vamos. —Y lo cogí de los brazos de Nicholas.

Ese peso tan vivo. Ese calor que ascendía en oleadas desde su piel perfecta. Ese olor pleno y dulcísimo, como a galletas recién horneadas, que nunca habría conocido en mi hijo.

Llegué a la escalerilla en pocos pasos y, sin titubear, le entregué el niño a una de las ayudantes de Doreen, una chica de rostro rollizo y brazos de obrera que no había sonreído ni una sola vez. El pequeño era el último nombre de la lista y, cuando él también estuvo a bordo, cerraron la puerta del avión y retiraron la escalerilla.

Entonces nos reunimos todos al borde de la pista, Nicholas, Trevor, Doreen y yo, y nos quedamos mirando cómo las hélices del cuatrimotor iban aumentando sus revoluciones y los niños mayores saludaban desde las ventanas empañadas. Entonces el avión se puso en movimiento, llegó a la pista de despegue a paso de hombre, unos cien metros más allá, y tras tomar posición y esperar la señal de la torre, aceleró bruscamente: corrió cada vez más sobre el asfalto y se alejó a toda velocidad ante nuestros ojos, hasta que la sombra se despegó del suelo. Un minuto después, el avión y su preciosa carga eran solo un puntito brillante en el azul del cielo.

21

—Y esto también ha salido bien —dijo Trevor con un gesto de satisfacción. Le dio una sonora palmada en la espalda a Nicholas, quien miraba al cielo vacío como si pudiera seguir la trayectoria de sus niños hasta el final, hasta Londres, hasta la salvación—. ¿Cómo estás? ¿Te sientes un poco aliviado? Treinta a salvo. Es un buen comienzo.

Nicholas no se sentía aliviado. Aquel primer vuelo organizado con tantos esfuerzos no le parecía en absoluto un buen comienzo, no con el poco tiempo que le quedaba antes de repatriarse él mismo, y treinta niños era un número ínfimo, irrisorio, comparado con la tragedia que estaba en marcha. Pero, sobre todo, seguía pensando en el pequeño Eric, al que había tenido en brazos hasta poco antes, y en su apremiante petición.

—Le has mentido —dijo girándose hacia mí, con un tono más acusatorio de lo que pretendía, y por el que más tarde se disculparía—. Sobre su madre. No va en el avión y no se reunirá con él dentro de unos días. Si las cosas siguen empeorando, puede que no la vea nunca más.

Respiré. Hice una mueca. Decir que me sentía amargada sería poco.

—Sí, le he mentido. Pero ¿habría subido al avión si le hubiera dicho la verdad?

Nicholas se lo pensó un poco, luego se dio cuenta de que no tenía respuesta y de que, al fin y al cabo, ni siquiera era importante responder. Lo que importaba era poner a salvo a los niños.

—Doreen —dijo volviéndose hacia la mujer que unos meses antes lo había empezado todo—. Esto así no puede funcionar. No es suficiente.

Ella se esperaba esa reflexión, se la esperaba desde el principio, por lo que respondió en tono tranquilo.

—Nicholas, tú sabes lo que cuesta organizar un vuelo como este. Podríamos haber puesto a salvo a treinta nombres de mi lista, hombres y mujeres a los que la Gestapo pronto vendrá a buscar. Hemos elegido utilizarlo para los niños. No me digas ahora que no estás contento.

—No quiero parecer insaciable ni desagradecido. Te agradezco la oportunidad, no me malinterpretes: un solo niño vale el mundo entero. Pero en mi lista tengo a casi tres mil, y está claro que nunca conseguiremos organizar cien vuelos.

—Con ese Vodnik por en medio —intervino Trevor—, con suerte podremos organizar otro.

—¿Y la vía sueca? —preguntó Doreen—. ¿Tu contacto no puede organizar otros?

Nicholas negó con la cabeza.

—No se puede repetir. Mi contacto era un espía.

—¿Qué? —soltó Trevor.

—Así es. Resulta que se ha descubierto que la querida Helga trabaja para la Gestapo. No se acercó ni para ayudarme con los niños ni porque estuviera fascinada por mi hermoso acento inglés. Estaba allí para controlarme.

—Pero ¡si se los confiamos! —dijo Trevor, blanco como la nieve a los lados de la carretera. Y yo también estaba muy sorprendida, ya que no sabía nada de esa Helga. De manera que Nicholas no me lo contaba todo. Solo entonces comprendí por qué había hablado de dos espías al mencionar a Werner.

—Sí, se los confiamos, e hicimos bien: llegaron sanos y salvos a Gotemburgo, no hubo nada raro. Pero Helga sigue siendo nazi, y aunque regrese a Praga...

—Pero ¿tú desde cuándo lo sabes? —preguntó Doreen con más curiosidad que preocupación.

—Lo descubrí dos días antes del vuelo. Me lo dijo un conocido mío del consulado danés, quien me sugirió que me la sacara de encima. Al principio pensé que estaba celoso de mi relación con ella. Ya sabéis, es una mujer muy hermosa. Pero luego me lo confirmaron también otros contactos, y el hecho de que una vez que se hubo marchado no volviera a dar señales de vida...

—Así que lo sabías antes de la partida y la dejaste actuar —volvió Trevor a la carga. Parecía perplejo, tal vez escandalizado.

Nicholas se encogió de hombros nuevamente.

—Me aliaría con el mismísimo Stalin si me dejara llevar a Rusia a esos niños. Eso no quita que ya no podamos fiarnos de Helga. Una cosa es concluir una expedición que está en marcha, pero darle ahora la lista ya no me parece de recibo. Tres cuartas partes de esos nombres son judíos, y ya sabemos cómo ven a los judíos en Berlín.

Otro avión rugió por la pista, devolviéndonos al tiempo y al lugar en que nos encontrábamos. Doreen consultó su reloj.

—Tenemos que volver.

Pero la discusión no había terminado. Dejé que el silencio nos escoltara hasta el coche, que Trevor se pusiera al volante y enfilara el camino de vuelta al centro, y entonces, antes de que nadie me arrebatara la oportunidad, dije:

—Helga no era la única espía.

Cuando estuve segura de que tenía la plena atención de todos ellos, les conté lo de Werner, cómo había descubierto su desaparición y las sospechas que empezaba a albergar. Sin embargo, a medida que avanzaba, me fue quedando claro que yo no era la primera en pensar esas cosas, y que ni siquiera Doreen había sido inmune a las sospechas sobre su fiel ayudante.

—Así que al final fue una suerte que no le diéramos acceso a los archivos —dijo como conclusión.

Nicholas y Trevor asintieron serios, preocupados, pero nadie añadió nada más al respecto. Más tarde ya revisarían sus papeles, reconsiderarían sus tratos con Werner, reflexionarían sobre qué y cuánto sabía acerca de lo que estaban haciendo, con qué grado de detalle, qué peligros había. Ahora la prioridad era otra.

—Entonces ¿qué hacemos con los aviones? —Nicholas retomó el tema mientras Praga se acercaba del otro lado del parabrisas, deslumbrante como una gema bajo el sol de invierno.

Doreen extendió las manos con el ceño fruncido.

—No tenemos otros con más capacidad. Aparte de intensificar el número de salidas, no veo ninguna solución. ¿Y tú?

Naturalmente, él podía verla. Se había preparado la respuesta, me di cuenta en ese momento: nos había llevado hasta esa pregunta para poder ofrecernos la solución preparada.

—Trenes —dijo—. Podemos usar trenes. Como para tus refugiados.

Doreen negó con la cabeza:

—Las familias están fuera de discusión, ya te lo he dicho...

—Y yo te repito que lo sé, y que no hablo de eso. Trenes de niños. Solo niños. Y algunos ayudantes, claro. Doscientos, tal vez doscientos cincuenta cada vez. ¡Agotaría la lista en un mes!

Con un giro brusco, Trevor llevó el coche hasta la plaza de Wenceslao:

—Pero ¿te das cuenta de las complicaciones? —dijo—. En avión se tardan dos horas en llegar a Londres. En tren eso puede llevar dos días, y etapas, y pasos fronterizos, y controles en las aduanas...

—... y los niños serían más numerosos, por lo que gestionarlos sería más difícil. Sí, claro que me doy cuenta de las complicaciones. Pero ¿qué alternativa tenemos? —concluyó Nicholas, con los ojos aún clavados en Doreen, mientras el coche se acercaba a su hotel, bordeando una cola de padres, madres y niños de casi cien metros de largo—. Míralos, mira cuántos son. Solo para llevarse a estos harían falta ocho vuelos. Pero en tren... —nos dijo, mirándonos por turnos a ella, a Trevor y a mí—. En tren, bastaría con un viaje para salvarlos a todos.

En la calle alguien nos reconoció, y el nombre de Winton se extendió entre la multitud en un instante, como una ola. Parecía que había llegado una estrella de cine.

—Pensémoslo —concluyó, abriendo la puerta.

Y, a partir de ese momento, no pensamos en otra cosa.

22

Esa misma noche, tras haber recibido a veinte familias más en su habitación mientras la lista iba alargándose sin piedad y las agujas del reloj seguían corriendo, Nicholas y yo decidimos sumergirnos juntos otra vez en la Ciudad Vieja, entre los oscuros callejones donde él se había topado con la Niña de la Sal veinticuatro horas antes.

Cuando salimos del hotel, el cielo estrellado nos vigilaba, un manto de terciopelo negro como la tinta con millones de diamantes engastados, y el aire nos ardía en la garganta de lo frío que estaba. Pasada la plaza de Wenceslao giramos a la derecha, hacia la torre de la Pólvora, y en el primer carrito nos detuvimos a comprar un *trdelník*. Nicholas no era goloso, durante los almuerzos únicamente lo había visto comer bocadillos y bistecs, más para alimentarse que para disfrutar de la comida, pero aquel bollo dulce con aroma a canela, asado en la calle en espetones manuales, había sido una revelación para él.

—Buenas noches —nos saludó el vendedor de *trdelník,* un hombre de mediana edad al que le faltaban un ojo y una oreja en los lados opuestos de la cabeza.

Nicholas le había comprado más de una vez a él, y más de una vez se había abstenido de preguntarle cómo había acabado así. La guerra, con toda probabilidad.

—Buenas noches. ¿Nos da dos sencillos?

—Lo sencillo siempre es mejor —respondió el hombre. Aunque ya tenía algunos preparados, cogió un rollo nuevo, aún crudo, y lo fijó en el espetón. Mientras giraba lentamente la manivela para tostarlo, preguntó—: Son ustedes ingleses, ¿verdad?

—Solo yo —respondió Nicholas—. De Londres. La señorita es checoslovaca.

El vendedor me miró y asintió, pero no estaba tan interesado en mí como en mi más exótico acompañante.

—Yo viví allí, ¿sabe? En Londres. Hace veinte años. Reconocí su acento. ¿Y qué hace un londinense en Praga en esta época?

Nicholas esperó un momento antes de responder. El carrito no quedaba lejos de su hotel y todo el mundo por allí sabía quién era y qué estaba haciendo en Praga. Se había vuelto famoso rápidamente, o detestable, según el punto de vista.

—Estoy aquí por trabajo.

—¿Trabajo? —preguntó el vendedor.

—Organizo viajes al extranjero —respondió Nicholas, haciéndose eco de su diálogo con los periodistas en el aeropuerto—. A Inglaterra. Para aprender el idioma.

—Vacaciones de estudios. Si no me equivoco, se llaman así, ¿no?

—Exacto.

El rollito ya estaba cocido, y el aroma a canela y azúcar recalentado se esparcía alrededor del carrito con una dulzura embriagadora. El vendedor levantó el espetón del fuego, sacó rápidamente la masa enrollada, la cortó en varios trozos de unos veinte centímetros de largo. Luego cogió una bolsa de papel y metió cuatro dentro.

—Aquí está.

—Le dije dos... —protestó Nicholas.

—Llévenselos. Son un obsequio —respondió el otro, mirándonos con el único ojo que le quedaba—. Organizar vacaciones de estudios es una tarea noble, y se queman muchas energías. La ciudad les agradece sus esfuerzos. ¡Siguiente!

Dejamos vía libre a los otros clientes y, masticando con gusto nuestro *trdelník*, llegamos al Ayuntamiento Antiguo, con su maravillosa fachada *liberty* coloreando la noche.

Desde allí nos abrimos paso por el dédalo de calles que serpenteaban alrededor de Staré Město, la Ciudad Vieja. Fue en uno de esos callejones donde Nicholas se había topado con la Niña y, como sabía que nunca la encontraría a propósito, había decidido buscarla perdiéndose, pero con método.

El director Stolz nos había proporcionado un mapa detallado del centro, y ahora Nicholas estaba decidido a explorar todas las calles, marcando con su estilográfica las ya recorridas. Un trabajo largo, que difícilmente iba a dar resultados en poco tiempo, aunque en vez de caminar juntos nos hubiéramos separado —lo que él nunca habría permitido, por caballerosidad—. Así que aquella noche nos pasamos dos horas deambulando entre edificios elegantes y algo destartalados que guardaban los secretos de los siglos, pasando por iglesias y sinagogas, cementerios y hospitales, tiendas de moda, talleres de artesanía, cafés franceses y tabernas a la antigua, y luego por teatros, cines, bibliotecas, monasterios, plazas arboladas o no, estatuas desnudas o vestidas, encontrándonos a menudo a orillas del río que fluía con placidez entre las islas. Esos eran nuestros puntos de referencia cuando nos perdíamos: el gran río, el puente de Carlos, la colina iluminada.

Cuando al final, al filo de las once, nos encontrábamos tan cansados que ya no podíamos seguir caminando, nos detuvimos delante del Klementinum, apoyados en un parapeto con vistas a la orilla opuesta del Moldava, con los edificios bajos que albergaban a artesanos y pescadores en la barriada a los pies del castillo. Aún nos quedaba un *trdelník* para cada uno, de manera que los sacamos y nos los comimos en silencio.

—¿Y si la Niña estuviera allí? —aventuró al final Nicholas, mirando hacia Kampa, al otro lado del puente.

Yo seguí su mirada, consideré la idea un momento. No vi ninguna razón para descartarlo y se lo dije.

Él suspiró como respuesta.

—Esta ciudad es demasiado grande. Ni siquiera sé por qué se me ha metido en la cabeza buscarla.

—¿A la Niña de la Sal? —le pregunté.

Asintió.

—Con todos los niños reales a los que hemos de salvar...

—Pero ella también es real —se me ocurrió responderle.

Asintió de nuevo.

—Sí, pero...

No añadió nada más. Volvió sus ojos hacia mí, como si quisiera terminar la frase con la mirada, y lo entendí, lo entendí a la perfección. Yo también había visto a la Niña. Yo también estaba obsesionada con ella después de esa primera vez. Quizá porque parecía muy sola. Quizá porque ni siquiera parecía una criatura terrestre. O quizá porque, entre tantos que pedían ayuda de viva voz, en dos ocasiones, conmigo y con Nicholas, ella había demostrado lo contrario. La única niña en toda Praga que no quería que la salváramos nosotros.

Permanecimos un rato más en silencio, perdidos en nuestros pensamientos, mientras el castillo, en lo alto de la orilla opuesta del río, resplandecía en toda su descarada belleza, inmóvil y mudo como una esfinge intemporal.

Entonces, el campanario de San Vito dio doce campanadas y Nicholas suspiró. Se levantó del parapeto, arrugó la bolsa de los *trdelník* y, con un gesto atlético, la arrojó a una papelera que estaba a unos metros de distancia. Luego miró a su alrededor una última vez y, para sí mismo, pero lo bastante alto como para que yo lo oyera, dijo:

—Antes de marcharme te encontraré.

Oculta en la oscuridad del callejón que bordeaba el Klementinum, a unas decenas de metros de nosotros, la Niña de la Sal oyó sus palabras y sonrió.

23

Otros días, otras familias, otros nombres, y cada noche una nueva expedición por la ciudad. A esas alturas, el mapa del director estaba lleno de señales; todas las calles y todos los barrios, borrados con trazos repetidos. Aquí y allá, la pluma había agujereado el papel, y los pliegues eran heridas a punto de rasgarlo. Para entonces, Nicholas ya había recorrido toda Praga, al sur hasta Vyšehrad, al norte hasta más allá de Letná. Al oeste había tocado la colina de Žižkov, y al este había cruzado el río varias veces, descubriendo los molinos de Kampa y los viñedos de Petřín. Lugares de paz que cada vez lo habían inquietado más, porque, por mucho que buscara, por más lejos que fuera, y por más que se adentrara en la ciudad, su promesa se iba apagando poco a poco. La Niña parecía haberse desvanecido en la nada, como los seres hechizados cuando llega el amanecer.

Pero lo esperaban otros encuentros. Encuentros desagradables, en modo alguno hechizados, que de buena gana habría evitado si hubiera estado en su mano determinar su propio destino.

La penúltima noche de su estancia en Praga, después de que la última familia de la jornada se marchara y yo me despidiera de ellos, Nicholas salió de la habitación sintiéndose afortunado. A esas alturas conocía ya la Ciudad Vieja palmo a palmo, calle a calle, y recorriendo mentalmente sus expediciones se había dado cuenta de algo sorprendente: a pesar de que había recorrido arriba y abajo metódicamente todos los caminos, nunca había regresado al lugar donde se había topado por primera vez con la Niña y el gigante. ¿Cómo era posible?

Había estado todo el día dándole vueltas al tema mientras recopilaba los datos de los últimos niños —la lista era tan larga que casi no tenía sentido seguir añadiéndolos, pero lo hicimos de todas formas—, y su conclusión fue que más que el deseo de encontrar a la Niña le había podido el miedo a darse de bruces con el gigante. Sin duda alguna, él también habría vuelto a buscarla, y habría empezado por el lugar donde lo había cegado, era la opción más lógica. Nicholas debía de saberlo desde el principio, e inconscientemente había decidido evitarlo.

Así que, mientras bajaba al vestíbulo y salía a la plaza, pensó en poner rumbo directamente a ese callejón, ahora que sabía lo suficiente sobre todos los demás como para localizarlo. Aquella noche no había niebla, y en medio del cielo sonreía socarrona una luna creciente que hacía que el callejón fuera más visible y menos amenazador que la vez anterior. Como si realmente esperara encontrar a la Niña aguardándolo, cuando llegó allí y lo vio desierto se sintió un poco decepcionado. Entonces regresó a la calle principal, confuso y abatido, y fue ahí donde se topó con Vodnik.

Lo vio desde lejos, con su inconfundible mole y, por suerte, fue él quien lo vio primero: el gigante le daba la espalda, encorvado hacia delante mientras hablaba con ardor con una figura más pequeña...

¡La Niña!

... que en un segundo vistazo resultó ser una anciana harapienta, probablemente una vagabunda. La mujer se sostenía con dificultad con un bastón y, aunque su tamaño fuera un tercio del de su interlocutor, se enfrentaba a él con la cabeza erguida, los ojos animados por un orgullo que Nicholas pudo percibir desde aquella distancia.

—No está permitido pararse a pedir limosna —atronó el gigante.

—¿No está permitido por quién? —respondió la anciana.

—¡Por las autoridades!

—Ah, vaya, ¿y dónde se encuentran esas autoridades? —dijo ella, volviendo la cabeza a izquierda y derecha en un gesto teatral—. Yo no las veo.

—*Yo* soy la autoridad.

Ella lo miró escéptica, en modo alguno impresionada.

—Este es mi sitio. Hace años que es mi sitio. Vengo todos los días, me quedo aquí todo lo que quiero.

—Pues ahora te vas a marchar —gruñó Vodnik— o te llevaré a rastras.

La anciana se encogió de hombros, como diciendo: *Si es así como tiene que ser...*

Nicholas se había ocultado pegándose a una columna del callejón, sin saber qué hacer: ¿intervenir de nuevo? ¿Buscar ayuda de otros, quizá de las autoridades de verdad? ¿O dejarlo correr, a ver qué pasaba? La anciana parecía saber qué se hacía...

En ese instante, un desfile de jóvenes llegó atronando por el lado opuesto de la calle. Vodnik se volvió de golpe, con expresión de sorpresa, y tal vez vio al inglés escondido tras la columna, o tal vez no. Lo que estaba claro es que no podía ignorar las decenas de manifestantes que marchaban con rapidez hacia él, compactos como soldados, aunque vestidos de estudiantes, los rostros orgullosos y radiantes de quienes se sienten comprometidos con una empresa crucial. Algunos agitaban pancartas, otros repetían consignas rimadas y otros, en fin, entonaban un poderoso cántico que transmitía una gran emoción. Por eso, pero también para escapar de la mirada de Vodnik, Nicholas se unió a la manifestación, que discurrió sin problemas calle abajo, pasó por delante del atónito gigante e incorporó a otros transeúntes más, sin dejar de gritar y de cantar a voz en cuello.

Al final, el avance implacable de la manifestación —debía de ser algo político, ¿tal vez una demostración de fuerza contra las pretensiones alemanas?— desembocó en una plaza triangular, donde un joven vestido a la francesa, con un abrigo de pelo de camello abierto sobre una camisa muy blanca y un largo pañuelo rojo anudado a modo de corbata, se encaramó sobre un cubo de basura y empezó a arengar a la multitud. Esta enmudeció al instante, como si fuera un único cuerpo y, en el nuevo silencio, las palabras del joven parecieron ráfagas de ametralladora, tan solo interrumpidas de vez en cuando por salvas de aplausos y algunos «¡Bravo!».

Nicholas miraba a su alrededor en busca de Vodnik, pero era evidente que el gigante no se había unido a la manifestación. ¿Acaso se trataba realmente de una protesta antinazi?

Entonces, un pitido agudísimo cortó por la mitad la arenga del joven del pañuelo rojo, y por las tres esquinas de la plaza llegaron a la carrera al menos una veintena de policías, con los silbatos en la boca y las porras en la mano, para disolver la concentración. En un instante, el cuerpo único de la multitud se desintegró en mil fragmentos que, como tantas mariposas, se dispersaron en todas direcciones. Otros silbidos, algún enfrentamiento, una docena de manifestantes detenidos y esposados por la policía, y la plaza se vació de nuevo ante los ojos de Nicholas, quien con una perspicaz intuición se había metido a toda prisa en una taberna abierta bajo los soportales del sur y había presenciado el resto de la escena detrás de la cristalera.

Solo cuando todo hubo terminado y los demás curiosos de la taberna abandonaron también la cristalera para regresar a sus mesas, Nicholas respiró profundamente y se dio la vuelta hacia el propietario, quien lo observaba con mirada curiosa desde detrás de la barra.

—¿Quiere tomar algo? —le preguntó en un inglés impecable.

—Ah —respondió Nicholas sorprendido—. Sí, claro. ¿Tiene whisky?

El tabernero asintió.

—Escocés. ¿Le vale?

—Me vale.

Nicholas se alejó de la cristalera, llegó hasta la barra y eligió un taburete. Estaba levemente mareado por la emoción: primero, el encuentro fallido con Vodnik; luego la manifestación; por último, la policía. ¿Qué más podía esperar?

—Se ha arriesgado usted bastante —dijo el tabernero mientras le servía dos dedos de la bebida en un vaso con formas romboidales.

—Me he visto ahí en medio sin quererlo —se apresuró a explicarle Nicholas—. Ni siquiera sé por qué se estaban manifestando.

—¿De verdad?

—No hablo el idioma. Me he imaginado que estaban en contra de esta situación. Contra la guerra inminente.

El tabernero se detuvo con la botella en el aire.

—Me está usted tomando el pelo —dijo.

—No, se lo aseguro. ¿Por qué, contra qué protestaban?

El otro negó con la cabeza. Una mueca divertida se dibujó en su rostro.

—Usted no es amigo de Hitler, ¿verdad?

—No, en absoluto —respondió Nicholas como reaccionando ante una ofensa.

—Bueno, pues entonces lamento informarle de que ahí fuera había una manifestación filonazi. Lo que gritaban... eran consignas contra los judíos.

Nicholas se quedó con la boca abierta ante aquella revelación.

—Tenga cuidado con la gente con la que se relaciona —concluyó el tabernero mientras acababa de llenarle el vaso—. Sin darse cuenta, puede usted encontrarse en el lado equivocado. —Luego lo dejó en la barra.

Al día siguiente, cuando Nicholas me contó la historia, tuvo que parar varias veces para recuperar el aliento, no paraba de reírse.

—¿Sabes? —finalizó, no sin cierto orgullo—, creo que soy el primer judío de la historia que se ha manifestado contra sí mismo.

24

Nicholas y Trevor se pusieron a trabajar en la organización de los trenes lo antes posible, pero pronto descubrieron que no iba a ser tan fácil como esperaban, y no porque faltaran los candidatos —al menos doscientas familias se manifestaron dispuestas a enviar a sus hijos solos al extranjero, y únicamente habíamos sondeado a un tercio de la lista— ni porque el viaje fuera demasiado caro o largo o peligroso. El verdadero problema era más concreto y menos controlable: no había trenes suficientes. Desde que bastantes vías de comunicación con el este y con el sur habían caído en manos de Hitler, el tráfico comercial ferroviario se había intensificado, mientras que los civiles que reservaban viajes solo de ida al extranjero se habían más que triplicado. Luego estaba el mercado negro, que acaparaba al menos una décima parte de los billetes disponibles para revenderlos incrementando los precios. A fin de cuentas, encontrar no doscientas cincuenta plazas por convoy, como era nuestra esperanza, sino incluso solo cincuenta —incluso nada más que treinta—, resultó ser una bondadosa ilusión.

Por eso, el sábado por la mañana antes de la partida de Nicholas, en el último minuto, nos reunimos en un despacho bajo y oscuro de la segunda planta de la estación de Wilson para hablar con Karel Tatra, director general de los Ferrocarriles de Bohemia. Conseguir una cita con este hombretón alto y enjuto, vestido con un traje de terciopelo verde ácido, no había resultado una tarea fácil. Tuvo que intervenir Doreen en persona, cobrándose favores no especificados.

—No tengo mucho tiempo —empezó Tatra cuando Nicholas, Trevor y yo entramos en su despacho. Luego levantó la vista del libro de contabilidad que estaba consultando y frunció el ceño—. ¿Siempre van ustedes, los del BCRC, de tres en tres?

Nicholas sonrió amablemente y me indicó con un gesto que tradujera.

—Solo cuando tenemos que reunirnos con personas de gran importancia, señor.

Al oír estas palabras, Tatra se quitó las gafas, recostó la espalda en la butaca.

—¿Es humor inglés? —preguntó—. ¿O me están tomando el pelo?

Trevor se echó a reír, algo que pareció agradar a nuestro interlocutor, quien sonrió a su vez y nos invitó con un gesto a sentarnos en las butacas situadas frente a su mesa. Luego volvió a ponerse las gafas.

—No sé cómo lo han hecho ustedes, pero esta mañana me he encontrado en mi agenda el nombre de su Comité. Algún ayudante de buen corazón, supongo, o tal vez intimidación —dijo mirando directamente a Trevor—. De todos modos, ya están aquí. Tienen cinco minutos. ¿Qué se les ofrece?

Por regla general, Nicholas no era un hombre que se perdiera en cumplidos, y con un interlocutor como Tatra debió de sentirse completamente a sus anchas.

—Doce trenes —respondió—. De doscientas cincuenta plazas cada uno. Dos por semana entre febrero y marzo. Todos para nosotros.

Nada se movió en el rostro de Tatra: ni un músculo, ni una arruga, ni una ceja.

Nicholas lo interpretó como si tuviera luz verde, así que pasó a la parte más complicada de la petición:

—Directos a Holanda. Únicamente niños.

Esta vez la reacción del director general fue más decidida: tras un instante de absoluta impasibilidad, estalló en carcajadas a pleno pulmón. Su voz atronadora hizo vibrar los cristales de las ventanas.

—Están locos... —dijo, y dio dos palmadas sobre la superficie del escritorio, como para subrayar la idea—. Locos como caballos o, mejor dicho: locos como caballos ingleses...

A Trevor le pareció divertida la reacción de Tatra: lo miraba con una sonrisa de oreja a oreja, y poco faltó para que sonriera a su vez. Nicholas, en cambio, permaneció observándolo angelicalmente todo el tiempo. Solo cuando el director general empezó a calmarse, Nicholas carraspeó y retomó el asunto donde lo había dejado.

—Por supuesto, pagaremos un depósito para reservar los trenes, y el resto de la suma se liquidará en el plazo que usted nos indique.

Tatra resopló divertido.

—También nos encargaremos de comprobar previamente los equipajes y los documentos —intervino Trevor—, para facilitar las operaciones de partida, y en cada vagón pondremos a una ayudante, bilingüe y completamente...

—Ustedes, los británicos, son increíbles —lo interrumpió Tatra, poniéndose las gafas y recuperando la seriedad—. Vienen aquí con peticiones absurdas y, antes de obtener la más mínima respuesta, sueltan todos los detalles. Una pérdida de tiempo impresionante, si me permiten que se lo diga. No se puede planificar un futuro inexistente. Lo siento, pero no tenemos trenes de sobra para ofrecerles. Ha sido un placer.

Hizo ademán de levantarse del escritorio y enseñarnos la puerta, pero Trevor fue más rápido: despreocupadamente se sacó un objeto de la chaqueta y lo arrojó sobre el escritorio, donde aterrizó a pocos centímetros de Tatra. Me incliné y lo que vi me dejó estupefacta: era una ficha redonda, con un borde ajedrezado a cuadros blancos y negros, y un número grabado en relieve en el centro: 1.000. ¿Una ficha de casino?

Tatra volvió a sentarse en su butaca y tendió una mano para coger la ficha. Se la pasó entre los dedos con agilidad y, se habría dicho, con voluptuosidad, adelante y atrás, adelante y atrás. Luego la apretó en la palma de la mano y levantó la mirada hacia nosotros. Ahora tenían una luz distinta.

—¿Cuántas? —preguntó.

Trevor se encogió de hombros. Se volvió hacia Nicholas, que hizo una mueca y extendió las manos.

—¿Dos por niño?

—Tres —replicó Tatra con los ojos entrecerrados por la codicia.

—Que sean tres —concedió Nicholas—. El dinero no supone un problema. —De su chaqueta sacó otra cosa que entregó al director general: no era una ficha, sino un sobre con membrete. Entrecerrando los ojos, conseguí leer las iniciales bajo el sello: L. S. E. London Stock Exchange—. Tenemos garantías suficientes.

Tatra estudió el sobre unos instantes, sin siquiera tocarlo, y luego dijo:

—Doce trenes son muchos. Y todos para ustedes, además... Debería hacer que los prepararan especialmente para el caso.

— ¿Y eso supone un problema? —preguntó Trevor.

—Normalmente, no. Pero en este momento en concreto...

—Es para una cuestión humanitaria —continuó Trevor, y el tono en que lo dijo me impresionó—. No tenemos pensado un viaje de placer. ¿Usted tiene hijos?

Tatra negó con la cabeza.

—¿Sobrinos?

Otra vez nada.

—¿Corazón?

Tatra se echó a reír.

—Es usted todo un personaje, ¿lo sabe? ¿Cómo ha dicho que se llamaba?

—No lo he dicho. Y no importa. Lo único que importa es que usted nos dé una garantía. Doce trenes. Tres mil niños. De aquí a marzo. Y nosotros le pagaremos lo justo.

¿Lo justo?, pensé. *Tal vez diez veces lo justo. Lo que es lo mismo que decir lo injusto.*

Mientras Tatra calculaba y sopesaba, alguien llamó a la puerta. Miré el reloj: nuestros cinco minutos habían pasado con creces. La secretaria que se coló en el despacho no parecía interesada en la agenda de esa mañana de todos modos. Tenía una expresión tensa en el rostro y un papel en la mano, que entregó a su jefe. Este apenas le echó un vistazo antes de dejarlo sobre el escritorio y volver a prestarnos atención.

—Les seré sincero —dijo—. No tengo ninguna certeza de que se pueda hacer lo que me están pidiendo, y no se trata de una cuestión de dinero, ni siquiera de corazón. Se trata de política, señores. Política internacional. Me están pidiendo un compromiso para los próximos dos meses, pero ¡en los próximos dos meses puede pasar de todo! Y mi palabra tiene valor. No estoy acostumbrado a darla para luego no cumplirla.

Se levantó, se acercó a la ventana, abrió una rendija por la que entró una ráfaga de aire frío que olía a grasa de frenos y metal oxidado.

—Esto es lo que voy a hacer. Les doy mi palabra de que *intentaremos* reunir los doce trenes. Pero si luego estalla la guerra, o nos anexionan al Tercer Reich, o nos convertimos en un protectorado soviético...—Abrió los brazos—. Me pagarán los trenes que hayamos conseguido organizar hasta entonces y, en cuanto a los que no se pueda, estaremos en paz.

—Causa de fuerza mayor —dijo Nicholas.

—Causa de fuerza mayor —confirmó Tatra—. ¿Tenemos un acuerdo?

Al oír esas palabras, los cuatro nos pusimos en pie como si se cumpliera una hora señalada, y los hombres se estrecharon las manos.

—¿Y para el anticipo? —preguntó Nicholas dispuesto a sacar la cartera de su chaqueta.

Tatra levantó una mano.

—El anticipo es mi buena voluntad.

Entonces, de repente, pareció acordarse de algo importante. Su rostro se ensombreció, rodeó el escritorio y levantó el papel que le había llevado su secretaria. Lo estudió un momento antes de mostrárnoslo.

—Ustedes no sabrán nada de esta niña, ¿verdad?

Miré el rostro dibujado a lápiz, encerrado en una capucha blanca y reunido en torno a dos ojos tan claros que parecían dorados, y dentro de mí algo cambió de lugar, como una sacudida repentina. No lo entendía. Me giré hacia Nicholas, pero él no hizo lo mismo. Fue Trevor quien interceptó mi mirada y respondió con una expresión interrogante, preocupada. Entonces negué con la cabeza, aunque me imagino que con escasa convicción, y él hizo algo sin sentido y brillante: me apretó el brazo.

—No —respondió Nicholas sin la menor vacilación—. Nunca la había visto. ¿Quién es?

Tatra negó con la cabeza.

—No lo sé. Pero hay un nuevo responsable en las aduanas, un tal Vodnik... Es de los Sudetes, pero trabaja para los nazis, una especie de voluntario local, y últimamente me ha dado algunos dolores de cabeza. El boceto viene de su parte: al parecer hay una recompensa por esta chica. El propio Vodnik en persona pagará a quien tenga información sobre ella. Me pregunto en qué estará pensando. Y desde luego —concluyó, bajando el papel y el tono de voz— no me gustaría estar en su lugar.

25

Nicholas pasó su última noche en Praga ordenando las fotografías y los documentos que se llevaría consigo a Londres, y preparando la maleta con la poca ropa que había utilizado durante esas tres semanas. Al otro lado de la puerta ya no quedaba nadie: habían abierto un despacho más adecuado en Voršilská, desde donde Trevor y yo continuaríamos el trabajo.

Cómo me gustaría poder quedarme yo también..., se dijo por milésima vez, y por milésima vez se preguntó qué era, exactamente, lo que se lo impedía. No tenía mujer ni hijos esperándolo en su país, y en cuanto a la bolsa...

Rebuscó entre los papeles que ya tenía en la maleta para exhumar la carta de su jefe en la Crews & Co., una carta que yo también había leído más de una vez, y que siempre me había disgustado:

Querido Winton:

He regresado hoy a la City tras unas agradables vacaciones en mi nueva villa en el sur de Francia. En el mercado sudafricano no se mueven mucho las cosas, pero preferiría que volvieras aquí cuanto antes, también para descansar, en vez de saber que estás realizando un trabajo de héroes por esos miles de pobres diablos que sufren por los pecados ajenos.

Esperemos que la visita del primer ministro Chamberlain produzca algo bueno y, de ser así, esperemos que puedas regresar al despacho ya el próximo lunes.

Con mis mejores deseos para un feliz año nuevo: ¡que te sea más provechoso que el anterior!

Esos miles de pobres diablos que sufren por los pecados ajenos, releyó Nicholas.

Que te sea más provechoso.

Un sentimiento de irritación le subió desde el pecho. Se esforzó para no romper la carta en pedazos.

Pero ¿cómo se puede escribir algo semejante? ¡La gente aquí se muere de frío y de miedo, maldita sea! ¿Y se supone que yo debería regresar a trabajar para ti?

Sin embargo, iba a regresar. Tenía un vuelo reservado para el día siguiente y, aunque solo pensarlo le remordía la conciencia, sabía que hacía lo correcto: no por su jefe, no por su propia carrera, sino por ellos. Por los niños. A esas alturas, la lista era larguísima, pero con la ayuda de Doreen ya se habían dado los pasos necesarios para preparar los trenes y los barcos que llevarían a los niños hasta Londres —un pequeño milagro organizativo—. Ni siquiera los visados necesarios para salir del país fueron un problema: Trevor había encontrado un tipógrafo en Malá Strana capaz de falsificarlos con absoluta maestría. Lo que faltaba era el apoyo del Gobierno británico, que aún titubeaba y concedía visados de entrada con parsimonia, y un número suficiente de familias de acogida dispuestas a asumir la carga de criar a perfectos desconocidos durante un tiempo indefinido. Quizá para siempre.

—Se necesita un hombre capaz de llevar las negociaciones en Inglaterra —había concluido Doreen en una pausa para el té dos días antes—, y ese hombre eres tú, lo sabes. Te echaremos de menos aquí en Praga, pero ahora eres más necesario en tu país.

Nicholas volvió a leer la carta —*esos pobres diablos*—, luego la dobló y la metió en la maleta. Se pasó una mano por el pelo, desde la frente hasta la nuca. Se quitó las gafas para frotarse los párpados cansados.

—Te echaremos de menos —repitió Doreen, tendiendo una mano para rozarle el brazo, un gesto que yo nunca le había visto hacer—, y me cuesta tener que insistir —con aquella sonrisa dolorida, aquellos ojos de acero—, pero eres nuestro mejor hombre para esta misión. Tienes que regresar a casa, hacer entrar en razón al Ministerio, encontrar otras familias. Y recibir a los trenes en la estación cuando lleguen.

El reloj de pared marcó las siete por última vez. Nicholas volvió a abrir los ojos y se puso las gafas. La habitación ahora estaba vacía y ordenada. Menos de doce horas y la dejaría para siempre, rumbo al aeropuerto. Su aventura en Praga terminaba ahí.

Se acercó a la ventana, descorrió las cortinas. La plaza de Wenceslao continuaba con su habitual carrusel de tranvías, coches, carruajes y transeúntes ateridos, indiferentes al final de su estancia, ajenos a su tristeza.

Quizá vuelva a verla dentro de unas semanas, se dijo una vez más, a pesar de saber que, si se marchaba ahora, no regresaría jamás. Hitler estaba listo para atacar, lo daban por sentado noticias de la embajada austriaca. A esas alturas ya no se trataba de si, sino de cuándo.

Quizá Europa alce la voz. Francia, Inglaterra e Italia se aliarán para detener la guerra, como ya hicieron en Múnich. Chamberlain, el primer ministro, obtendrá de nuevo la paz.

Pero sabía que se trataba tan solo de esperanzas. El Lobo de Berlín iba a masacrar a aquellas ovejas que balaban, incapaces de defenderse por sí solas, así que mucho menos actuarían por un puñado de niños extranjeros.

La amargura de Nicholas era tal que miraba la plaza sin verla realmente. Las luces de los vehículos discurrían por delante de él dejándole una vaga impresión, y la fachada del edificio de enfrente, con la ruidosa entrada del cine Lucerna, se había difuminado igual que en un sueño.

Por eso tuvo que pasar un rato para que se percatara de la presencia de una figura encapuchada, de pie en la penumbra del callejón, a unos pocos metros de distancia. Su capa era blanca como la nieve, y entre sus brazos sostenía una cesta de mimbre llena de pequeñas bolsitas azules.

Cuando Nicholas acercó la frente al cristal de la ventana, disminuyendo su reflejo para verla mejor, se dio cuenta de que la Niña de la Sal lo miraba desde lejos con sus ojos dorados.

26

Nicholas bajó corriendo a la calle lo más rápido que pudo, pero, cuando llegó delante del callejón, la Niña de la Sal se había esfumado de nuevo.

—No, no, no —se dijo, y enfiló el estrecho pasaje, dejando a sus espaldas las luces de la plaza.

Pronto la oscuridad cayó sobre él, mientras el sonido de su respiración jadeante se unía al eco de los pasos, los únicos ruidos que llenaban el mundo circundante.

—¿Dónde estás? —preguntó a media voz, una pregunta más para sí mismo que para ella. A su derecha, le respondió un chirrido.

Se detuvo, miró en aquella dirección: empotrada en la pared había una portezuela metálica. Se acercó hasta llegar a tocarla y descubrió que estaba abierta. La empujó. Las bisagras volvieron a chirriar. Al otro lado encontró un nuevo callejón, perpendicular al primero, inundado por la niebla. Sin embargo, una silueta se recortaba inconfundible en medio del pasaje, unos treinta metros más adelante: la Niña lo esperaba.

Nicholas caminó hacia ella, que se dio la vuelta y se puso en marcha para mantener la distancia. Cada vez que él se demoraba, ella lo esperaba. Cada vez que él se acercaba, ella aceleraba el paso. Cuando un callejón se terminaba, elegía otro, girando a derecha o izquierda como por capricho en el último momento.

Nicholas perdió pronto el sentido de la orientación. Bifurcación tras bifurcación, la niebla se iba haciendo cada vez más densa, y volvía irreconocibles los lugares por los que iban pasando. También el silencio, profundísimo, contribuía al hechizo. ¿Cómo era posible que no se cruzaran con nadie? ¿Adónde habían ido a parar todos los praguenses? A esas horas de la noche, tenía que haber alguno por ahí.

Por un momento tuvo la sospecha de que todo era un sueño. Entonces le asaltó otro pensamiento más sombrío: tal vez estaba muerto y no se había dado cuenta. Tal vez la Niña era un fantasma, una guía para las almas, y el laberinto indescifrable que estaban atravesando los llevaría hasta la Estigia.

Nicholas acabó perdiendo también el sentido del tiempo. Cuando levantó el brazo izquierdo para comprobar su reloj, descubrió que ya no lo tenía. Esto lo sumió en una profunda angustia —¿cómo era posible?, ¿quién se lo había quitado?—, hasta que recordó que él mismo lo había dejado sobre la cama, junto a la maleta, antes de ver a la Niña por la ventana. Había querido darle cuerda antes del viaje y, con las prisas, se había olvidado de ponérselo de nuevo.

Y ahora no sabes dónde estás, ni tampoco qué hora es. Estás fuera del tiempo y del espacio.

A su alrededor, evanescentes como espectros, los edificios parecían desiertos. Desde que se había puesto a seguir a la Niña, Nicholas no se había cruzado con un solo reloj, ni con un campanario o un transeúnte al que preguntarle la hora. A saber si su largo deambular no se reducía, en realidad, a unos pocos minutos. O bien, por el contrario, si no se estaba acercando ya el amanecer. Entonces descubriría que estaba demasiado lejos del hotel para poder recoger sus cosas y correr al aeropuerto. Se quedaría allí, en Praga, persiguiendo a la Niña para siempre.

Luego, de repente, sus pensamientos se quedaron paralizados, imitando a sus piernas, sorprendidas por el nuevo espectáculo que se desplegaba delante de él: el último callejón, el más neblinoso de todos, había desembocado de pronto en un espacio abierto, quizá una plazoleta, dominada por unas ruinas que Nicholas nunca había visto. De lo contrario, lo recordaría: con tres pisos de altura y tan ancho como el ayuntamiento de la Ciudad Vieja, tenía el aspecto de una escuela en desuso, con el tejado hundido y montones de escombros amontonados en el patio delantero, cerrado con unas rejas oxidadas. La antaño imponente cerca se inclinaba hacia el frente por culpa de los muros laterales, socavados por profundas grietas que continuaban a lo largo de todo el muro y del camino de entrada hasta el cuerpo del edificio. Allí, la fachada estaba recubierta por enredaderas descontroladas y perforada con ventanas cuadradas tapiadas con tablas. Un conjunto tan lúgubre que incluso la niebla parecía querer mantenerse a distancia, limitándose a rozar con sus dedos las esquinas del patio.

Nicholas permaneció largo rato contemplando el espectáculo, sumido en un silencio que resultaba doloroso. Entonces se acordó de cómo había llegado a ese espacio desierto —ni una luz, ni un sonido, ni una señal de que alguien hubiera pasado por allí recientemente— y dio unos pasos, buscando con los ojos a la Niña. Cuando la vio, de pie sobre la cerca, sintió un extraño alivio: aquel era el destino de su larga persecución. Quería llevarlo hasta allí.

Como si le hubiera leído el pensamiento, la Niña de la Sal asintió, luego se dio la vuelta y se esfumó por un pasaje lateral, entre el edificio y la cerca.

Nicholas aspiró profundamente la bruma dulzona —*tú no deberías estar aquí, hay un avión que te espera mañana por la mañana*—, luego llegó hasta la cerca, aferró el pesado candado con la mano. Estaba cerrado y las cadenas eran gruesas.

Miró a su alrededor, recorrió un tramo del muro hacia el punto donde la Niña había desaparecido. Las rejas tenían bastantes años, pero parecían sólidas, y el muro no presentaba grietas. Había, sin embargo, una segunda verja, más pequeña, oculta en la penumbra. Solo tuvo que empujar con fuerza para abrirla.

Entró en el patio, donde no llegaba la niebla, y se deslizó hasta el pasaje por donde se había desvanecido la Niña. Al cabo de unos metros, el pasaje se convirtió en una marquesina que lo condujo a un jardín de invierno con las cristaleras rotas. Aquí la puerta se había roto hacía tiempo, a saber por qué, a saber por quién. Al otro lado del umbral, Nicholas se topó con un montón de sillas y de mesas rotas —las patas y trozos de respaldo esparcidos como huesos— y un poco más allá, otra puerta, no rota, sino abierta de par en par, que invitaba a entrar en una sala en penumbra.

—¿Hay alguien ahí? —preguntó en voz alta, y se arrepintió de inmediato. Sin embargo, nadie le respondió.

Avanzó con cautela, con los ojos ya acostumbrados a la oscuridad, superando muebles cubiertos —una mesa, butacas, tal vez un piano—, y llegó hasta una tercera puerta, esta vez cerrada. Sin titubear, Nicholas aferró la manilla y la giró.

La nueva habitación le hizo abrir los ojos como platos. Era un salón enorme, probablemente destinado a festejos, con techos de seis metros de alto y el lado corto jalonado por tres ventanas de suelo a techo. El lado largo, recubierto de madera y telarañas, se extendía al menos treinta metros hasta la pared más alejada, presidida por una chimenea de piedra apropiada para un banquete de gigantes. De allí procedía la única luz de aquel espacio: del inmenso fuego alimentado con trozos de sillas y paneles arrancados de las paredes.

En el salón no había nada más: solo la chimenea, las llamas moviéndose furiosas en su vientre, con un largo sofá colocado delante y, de pie a su lado, de espaldas, la Niña de la Sal.

Ahí estás, se dijo triunfante Nicholas y, sin perder más tiempo, recorrió la distancia que los separaba, deteniéndose a un paso de ella.

Fue entonces cuando vio a la mujer tumbada en el sofá y al niño que la abrazaba con fuerza bajo una manta raída.

Ambos parecían dormir un sueño agitado. Ambos tenían la frente demasiado pálida, las mejillas demasiado rojas.

Por enésima vez en aquella noche infinita, Nicholas se quedó sin habla. Dirigió su mirada hacia la Niña, que ahora lo observaba con una mueca de dolor, y luego volvió a estudiar a la mujer. Debía de ser algo mayor que él, de unos treinta y cinco años, pero su rostro estaba marcado por un largo sufrimiento, con profundas arrugas a ambos lados de los ojos y el pelo rojo miel perdiendo su batalla contra el gris. Mientras Nicholas la observaba, un temblor recorrió su rostro, que se contrajo en una punzada.

En un instante, la Niña se puso de rodillas a su lado. En el suelo había dos cuencos llenos de agua, uno más grande que el otro. La Niña cogió un paño y lo mojó en el primero, luego lo escurrió en el segundo y lo posó sobre la frente de la mujer.

Nicholas también se arrodilló. Se dio cuenta de que el pijama del niño estaba sucio y empapado de sudor.

—Quiénes son estos... —intentó preguntar, pero la Niña de la Sal no lo dejó terminar.

—Por favor, señor Winton, ayúdeme —le dijo en un inglés perfecto, volviendo hacia él sus iris dorados, su rostro pálido de soledad—. Ayúdeme. Usted es mi única esperanza.

27

—Sabes mi idioma —dijo Nicholas, sorprendido.

La Niña asintió. En la chimenea, un tronco se partió, produciendo un nuevo chisporroteo.

—Lo estudié.

—Pero ¿dónde? ¿Cuándo? ¿Y tú quién eres? ¿Dónde estamos?

La Niña, acometida por la curiosidad del inglés, frunció los labios en una especie de sonrisa.

—Estamos en mi casa —respondió—. Desde el verano pasado. Pertenecía a mi padre. Nos vinimos aquí cuando él... —Una pausa, como si la siguiente palabra fuera demasiado amplia para pasar por su pequeña boca—. Cuando él nos dejó.

A Nicholas le hubiera gustado preguntarle qué le había pasado, pero sus preguntas ya eran excesivas, y esta, demasiado delicada.

—Y antes, ¿dónde vivías?

—Lejos —respondió con un amplio gesto del brazo—. En otra ciudad.

Nicholas miró a su alrededor, la desolación de la sala en la que se encontraban, abandonada desde hacía años, si no eran décadas.

La Niña asintió como si le hubiera leído el pensamiento.

—Lleva mucho tiempo deshabitada. Mi padre la compró por poco dinero y la utilizaba como almacén.

—La sal —dijo él.

Ella asintió.

—En los sótanos. Allí no hay humedad. Según el señor Tycha, en otra época, el servicio dormía allí.

—El señor Tycha —repitió Nicholas. La historia se iba haciendo cada vez más complicada, con todos esos puntos oscuros, todos esos espacios en blanco entre líneas.

—Trabajaba para mi padre. Fue él quien se encargó de nosotros cuando ocurrió el incidente.

—El verano pasado —repitió Nicholas. Y, mientras tanto, para sus adentros: *el incidente.*

Ella volvió a asentir.

—Era un poco el manitas de la familia. Nos escondió aquí, luego regresó a Karlsbad para no llamar la atención. Venía a vernos todas las semanas, con provisiones y noticias. Dijo que seguíamos en peligro, que nos estaban buscando.

—¿Quién os estaba buscando?

—... pero al cabo de un tiempo dejó de venir. La primera semana pensamos que habría tenido algún problema. La segunda semana nos preocupamos, pero no podíamos contactar con él de ninguna manera. La tercera semana nos dimos cuenta de que no volvería. Quizá decidió que era demasiado peligroso seguir ayudándonos. O quizá a él también le pasó lo que le pasó a mi padre. Hace seis meses que no lo vemos, así que hemos aprendido a buscarnos la vida.

En la chimenea, un trozo de madera se rompió en pedazos y se estrelló contra el fondo de piedra, levantando un enjambre de chispas como pequeños fuegos artificiales.

—Durante un tiempo, nos las apañamos con la comida que teníamos —continuó la Niña—. La racionamos, ¿es así como se dice?, y esperamos. Luego las provisiones se acabaron y a mi madre se le ocurrió vender la sal. Salía por la noche con una cesta llena de bolsitas y volvía por la mañana con algo de comer. Tenía una cara triste, muy triste, pero sabía que no había alternativa. Hasta que cayó enferma hace dos meses. Desde entonces, salgo yo por la noche y Peter la cuida —concluyó, volviendo los ojos hacia el niño. Al mirarlo, se le escapó una sonrisa maternal—. Pero siempre se queda dormido. No es de mucha ayuda.

—¿Cuántos años tiene?

—Cinco y medio. Cumplirá seis años el próximo verano.

—Es pequeño... —dijo Nicholas.

—Se crece rápido cuando uno lo necesita —replicó la niña con un tono de voz mucho más viejo que ella, mucho más antiguo.

—¿Y tú cómo te llamas?

—¿Yo? —Tuvo un instante de desconcierto, como si no recordara, como si nunca hubiera tenido un nombre o no le estuviera permitirlo pronunciarlo, luego dijo—: Margaret. Margaret Sedlák. Y ella se llama Charlotte —continuó, dirigiendo la mirada hacia su madre dormida—. Es escocesa, de Skye. Mi padre la conoció en un viaje y se la trajo a Karlsbad con él. «Mi princesa del Norte», la llamaba...

Otra sonrisa crispada, incapaz de durar más de unos segundos.

—Ella no quería que buscara ayuda —prosiguió Margaret—, pero ahora ya ni siquiera es capaz de hablar. Cuando está despierta se queda mirando al techo, y nada más. Está aquí, pero es como si no estuviera. Por eso ahora me toca a mí decidir. Así que he decidido ir en su busca.

Apartó sus ojos dorados de su madre y los llevó de nuevo hasta Nicholas.

—Sé que usted es una buena persona, señor Winton. Llevo días observándolo, entiendo lo que hace. Ayúdeme —le pidió de nuevo, tendiendo una mano para tocarle el brazo—. Se lo ruego. Llévenos a Londres con usted. Si nos quedamos aquí, mi madre morirá.

28

Caminar por aquella niebla era un acto de fe, pensó Nicholas mientras avanzaban por entre la grisura. En comparación con cuando había entrado en el edificio, la visibilidad se había reducido a más de la mitad. Ahora, si tendía el brazo hacia delante, apenas podía distinguir la punta de sus dedos.

Margaret, sin embargo, no parecía preocupada. Caminaba a su lado con seguridad, guiándolo sin prisas hacia el hotel.

—Como iba diciendo... —retomó Nicholas la conversación, pero se interrumpió de inmediato.

Como iba diciendo.

Cuando Margaret terminó su relato y le pidió ayuda por segunda vez, de aquella forma tan emotiva, él se quedó mirándola sin abrir la boca durante varios segundos. Demasiado tiempo para que ella no entendiera por sí misma cuál era la respuesta.

—No puedo llevarte conmigo. Yo me voy ya, mi vuelo para Londres sale mañana por la mañana y, aunque quisiera, no podría conseguir un visado a tiempo, así que tres, ya puedes imaginarte... —se lo dijo con dulzura, con el corazón en los ojos, pero la decepción de ella era sangrante—. No puedo llevarte conmigo, pero sabes lo que estoy haciendo: si has visto mi trabajo y has entendido de qué va, sabrás también que tengo una lista de niños que poner a salvo, igual que a ti. Puedo poner tu nombre. Puedo... —*¿Qué, qué puedes?*— puedo asegurarme de que partas con los primeros. El pequeño Peter y tú. Y mientras tanto alguien se ocupará de vosotros.

—¿Y de mi madre? —respondió.

—Y de tu madre, claro. Nos ocuparemos de los tres. Tengo un amigo en el hospital de los jesuitas...

Pero Margaret negó con la cabeza varias veces, apartando la mirada.

—Escúchame —insistió Nicholas, dulcificando aún más la voz—. Lo siento. Si pudiera, lo haría, pero ahora es imposible. Tendrás que esperar unos días, quizá unas semanas. Al final, en cualquier caso, Peter y tú vendréis a Londres, te lo prometo.

—¿Y mi madre? —repitió, recalcando mejor sus palabras—. Tiene que venir con nosotros. No puedo dejarla aquí sola.

Entonces Nicholas se dio cuenta de que no estaba en condiciones de ayudarla en absoluto.

—No puedo llevarme a los adultos, Margaret. Ese no es mi papel. Yo salvo a los niños. No puedo hacer más.

La mirada derrotada con la que ella respondió.

Su silencio desarmado.

Ahora caminaban en la nada, y él buscaba una forma de romper ese silencio, pero únicamente encontraba comienzos, ninguno lo bastante convincente como para convertirse en una frase.

—Como iba diciendo —lo intentó de nuevo, mirando fijamente hacia delante—, puedo poneros los primeros de la lista. Os iríais muy pronto y alguien se ocuparía de tu madre. Ella se reuniría con vosotros lo antes posible —llegó a añadir, pero era la misma mentira que le había contrariado unos días antes, en el aeropuerto. Una mentira útil, pero que seguía siendo una mentira.

—Yo no voy a dejar a mi madre —dijo Margaret con sequedad.

—Lo más importante es poneros a salvo a Peter y a ti —replicó Nicholas, mientras la niebla empezaba a disminuir—. Empecemos por ahí.

La chica no respondió.

—Mi amiga Doreen encontrará un hospital para tu madre —continuó.

Ruidos lejanos iban en aumento: voces, coches, un tranvía.

—Allí la tratarán y, una vez curada, se reunirá con vosotros. Déjame intentarlo —añadió.

Entonces la niebla por fin se disipó y Nicholas vio que habían llegado a su destino: al final del callejón que estaban recorriendo, a unos cientos de metros, los esperaba su hotel.

—Déjame intentarlo, ¿de acuerdo? —repitió y, como seguía sin recibir respuesta, se volvió para leer la expresión del rostro de Margaret.

Pero Margaret ya no estaba allí con él.

Nicholas se dio la vuelta de golpe, como si lo hubieran apuñalado: el callejón estaba desierto.

—¡Margaret! —gritó entonces con todo el aire que tenía en los pulmones—. ¡Margaret! —Aunque sabía que, estuviera donde estuviera, ella no iba a responderle.

Se había marchado así, sin despedirse siquiera, y a saber cuánto tiempo llevaba hablando solo.

A saber si volvería a hablar con ella.

29

Cuando unas horas más tarde llamé a su puerta, lo encontré listo para salir, vestido y peinado con su habitual esmero, con las maletas apiladas junto a la entrada. La única señal que delataba su nerviosismo eran las profundas ojeras que le rodeaban los ojos, menos alegres que de costumbre, menos decididos.

—¿Va todo bien? —le pregunté.

Negó con la cabeza.

—La encontré —dijo, y no hizo falta explicar a quién.

—¿Dónde?

—Me estaba esperando fuera del hotel. Me hizo seguirla hasta su escondite.

Recuerdo el golpe que sentí en el corazón al oír esas palabras.

—¿Dónde? —repetí, sin duda alguna con demasiado ardor.

Nicholas hizo un gesto con la mano, como diciendo que no importaba.

—No está sola. Tiene a su madre enferma y un hermano pequeño. Quería que me los llevara hoy conmigo.

—¿Hoy? Pero ¡eso es imposible!

—Lo sé. Lo sé, y se lo dije. Así que me trajo aquí de vuelta y se esfumó.

Mi mente se puso a darle vueltas frenéticamente a un pensamiento.

—¿Sabrías encontrarlo? Me refiero al escondite.

Nicholas volvió a negar con la cabeza.

—Había demasiada niebla. —Luego me lo contó todo, de principio a fin, describiendo con detalle lo que recordaba dc las calles, de los callejones, del edificio donde se escondía la Niña de la Sal.

—Tengo un nombre —concluyó—. Margaret Sedlák. Dijo que se llamaba así.

—Margaret Sedlák —repetí.

—Podría ser falso, aunque no lo creo.

—Preguntaré por ahí.

—Sí, eso es. Sí. Eso es justo lo que quería pedirte.

El tono de Nicholas, repentinamente desorientado, me desconcertó.

—Lo que sea —dije.

—Tienes que encontrarla. A ella, a su madre, a su hermanito. Tienes que encontrarlos y ponerlos en la lista. ¿De acuerdo?

Era una extraña petición: nuestra lista ya estaba tan llena de nombres que habíamos perdido la esperanza de llegar a salvar a una quinta parte, a menos, quizá.

Nicholas debió de leerme el pensamiento:

—No sé cómo explicártelo. He estado pensándolo toda la noche, y me temo que, aparentemente, carece de sentido. Petra, no fue una casualidad que la conociera aquella noche. El enfrentamiento con Vodnik y todo lo que vino después. No fue una casualidad, ¿lo entiendes?

Lo entendía, claro que lo entendía: yo misma me había obsesionado con la Niña tras nuestro primer encuentro.

—No sé si existe un destino para cada uno de nosotros —continuó Nicholas—, pero, si existe, el mío es salvar a Margaret y a su familia. Hasta ahora no lo había entendido. Pensé que había venido a Praga por todos esos niños sin rostro y sin nombre. Y, en parte, es así. Salvar a todos los que podamos. Salvarlos a todos, si es posible. Pero ahora sé ahora siento, que estoy aquí para encontrar a Margaret Sedlák. Y, si no puedo llevármela hoy, debo estar seguro de que tú la encontrarás y la pondrás en esa lista para que parta con los primeros trenes. ¿Me lo prometes?

Era una petición excesiva, y sabía que me equivocaba al prometerlo dadas las circunstancias, pero entre Nicholas y yo había nacido algo durante aquellas tres semanas, un sentimiento profundo, que me empujó a aceptar.

—Sí —le dije, mirándolo a los ojos una última vez—, te lo prometo.

—Gracias —respondió, y tomó mis manos entre las suyas—. Cuento con ello.

Poco después llegó un mozo para llevarse las maletas; luego, el director Stolz vino a despedirse de Nicholas, no sin emoción, y a decirle que su coche lo esperaba abajo, en la calle. Mi amigo me estrechó de nuevo las manos, esta vez de forma más expeditiva, y me deseó que me reuniera pronto con él en Londres, como si ese pudiera de verdad ser mi futuro. No volveríamos a vernos, yo ya lo sabía, pero no se lo dije. Dejé que la ilusión sellara nuestra corta y desigual amistad.

Cuando por fin se hubo marchado, salí del hotel, me encaminé hacia el centro, y llegué en pocos minutos al edificio donde trabajaba mi contacto. No tenía por costumbre presentarme a plena luz del día, con el riesgo de ser vista y desenmascarada, pero había que comunicar cuanto antes la noticia de que Nicholas había encontrado a la Niña, por eso llamé al timbre del número 8 y subí al tercer piso en cuanto se abrió la puerta.

El apartamento era modesto, tenía pocas habitaciones y escasos muebles. En el aire flotaba un olor a flores marchitas. Una radio de fondo transmitía música de cabaret.

—¿Herr Krause? —llamé desde la entrada.

—En el estudio —respondió la voz de mi contacto.

Había estado pocas veces en aquellas habitaciones, pero recordaba bien el estudio, con las paredes cubiertas de estanterías vacías. Recorrí el pasillo hasta llegar a él y allí, sentado en uno de los dos sillones de piel desgastada que daban a la ventana, encontré al teniente Gottlob Krause, oficial de enlace en Praga para la Gestapo. Un hombre gris, vestido de gris, con unos ojos grises que esparcían aburrimiento a su alrededor.

—Querida Petra —me saludó con su habitual indiferencia—. ¿Qué te trae por aquí a estas horas del día? Noticias importantes, imagino.

Asentí, con el estómago invadido por una bandada de golondrinas que aleteaban aquí y allá.

—Nicholas Winton.

—El inglés.

Asentí de nuevo.

—Se ha marchado esta mañana.

—Sabíamos que lo haría. Estaba en el informe del miércoles.

—Sí. Sin embargo, antes de marcharse, volvió a toparse con la Niña de la Sal. Anoche.

La noticia generó un vago interés en el rostro de Krause.

—¿Y?

—Y la siguió hasta su escondite.

El interés creció en intensidad, se convirtió casi en excitación. Krause se levantó de su sillón y vino hacia mí.

—¿Sabemos dónde está? Hay gente que pagaría oro por esa información...

Negué con la cabeza.

—Solo tengo una vaga descripción del edificio y del camino que recorrieron para llegar allí.

—Humm. ¿Nada más?

Esperé un momento antes de responder. También sabía el nombre de la Niña y, a partir del nombre, se podía reconstruir una historia, comprender varias cosas, tal vez incluso encontrar el lugar donde se escondía. Pero algo me impidió informar de ello a Krause; una vaga y confusa sensación de que eso era lo correcto.

—Nada más —respondí—. Pero la buscaré. Y la encontraré —añadí, sabiendo que era lo que debía decir en aquella coyuntura.

—Muy bien —concluyó Krause.

—A propósito, ¿puedo preguntar qué pasó con el hombre sobre el que les informé la última vez?

—¿Ese tal Werner? —Una sonrisa socarrona se dibujó en su rostro—. ¿De verdad quieres saberlo?

Eso ya era una respuesta, y me di cuenta en ese momento de que era más de lo que podría llegar a soportar. Negué con la cabeza y bajé los ojos.

Krause tensó una mueca que quería pasar por sonrisa y me puso una mano sobre el hombro.

—Buen trabajo, de todas formas. Tu Pavel estaría orgulloso de cómo honras su memoria. ¡Heil Hitler!

—Heil Hitler —respondí con toda la convicción que pude, mientras pensaba en mi Pavel, en nuestro hijo, en Margaret, en Nicholas. En los muertos y en los vivos. En los culpables y en los inocentes. En las decisiones que había tomado, y en las que estaban por venir.

Intermezzo

Octubre de 1938
Tres meses antes

La noticia llegó a última hora de la tarde. Pasado el mediodía habían empezado los tiroteos en las calles, pero nuestra radio estaba estropeada y Pavel tenía miedo de salir de casa y dejarme sola. Me encontraba para entonces ya en mi quinto mes de embarazo y la tensión de las últimas semanas —la conferencia de Múnich, las negociaciones sobre los Sudetes, la espera a que por fin vinieran los alemanes a liberarnos y hacernos independientes— me había cansado más de lo aconsejable.

Eran más de las diez cuando oímos llamar a la puerta. Ján, el viejo amigo de Pavel, casi un hermano para él, venía a ver cómo estábamos y a saber por qué mi marido aún no se había unido a las celebraciones.

—¿Así que ya es oficial? —le pregunté, y el bebé dio una patada en ese momento. Me llevé la mano al vientre tenso, como para calmarlo.

—Ya es oficial —respondió Ján—. Hitler ha firmado el acuerdo. Dentro de diez días ocupará por completo la región, y parece que Beneš dimitirá antes, incluso.

Al oír esas palabras, Pavel se iluminó.

—Ese cerdo. Por fin.

—Por fin —se hizo eco su amigo, posándole las manos sobre los hombros—. *Nunc est bibendum* —añadió a continuación.

—*Nunc est pulsanda tellus* —continuó Pavel. Su querido latín—. Pero esta noche no, lo siento.

Ján frunció el ceño.

—Y entonces, ¿cuándo? Estamos todos en las calles. ¡Este es el día que llevábamos tanto tiempo esperando! Seremos ciudadanos del Reich, amigo mío. El futuro es luminoso.

—Ya, pero la noche es oscura —respondió Pavel—. Y mi mujer está embarazada. No puedo dejarla sola. No me veo capaz.

Ján se volvió hacia mí. Tenía una expresión neutra en el rostro, ni resentida ni acusadora, y, sin embargo, yo me sentí culpable, me sentí acusada. Bajé los ojos hacia mis dedos, que acariciaban al niño a través del vestido y la piel y el líquido que lo protegían del mundo.

—Entiendo —dijo Ján con el tono de quien no entiende, y Pavel suspiró, como diciendo: *Me gustaría, pero ¿con quién se queda ella?*

El niño volvió a dar una patada, más fuerte que antes. Lo tomé como una señal y la interpreté de un modo equivocado.

—No hay problema —dije sin levantar la mirada—. Puedo quedarme sola durante unas horas. Ve con él. Id a celebrarlo.

Pavel se vino hacia mí, me puso una mano en la cara, los dedos en el pelo, la palma de la mano en el pómulo derecho, como hacía siempre.

—¿Estás segura? —me dijo en voz baja para que percibiera su calor—. No es necesario.

Me habría gustado decirle: *Lo sé, sé que no es necesario, y quiero que te quedes conmigo. Quédate conmigo, por favor. No me dejes ni un momento.* Pero eso habría sido un capricho, el deseo egoísta de una mujer débil, así que insistí en mi invitación:

—Tienes que ir. Has esperado años para esta liberación. No serán unas pocas horas las que marquen la diferencia.

Pavel sonrió —su hermosa, amplia y honesta sonrisa, realzada por la felicidad de aquel momento histórico—, luego se inclinó hacia mí y me dio un beso en la frente.

—Te quiero —susurró para que Ján no lo oyera. Luego se separó de mí, se fue a la habitación y reapareció al cabo de un minuto vestido con su camisa parda—. Volveré pronto —dijo con orgullo, y salió de casa con su amigo.

En la calle, los disparos siguieron largo rato, acompañados de gritos de júbilo, de cánticos, de coches y motocicletas que pasaban rugiendo en un carrusel ebrio. Yo me quedé escuchándolo todo sentada a la mesa de la cocina, con un ojo en la puerta y el otro en el reloj de pared. Estaba tensa, nerviosa, y no sabía por qué, aún no.

Llegó la medianoche y Pavel no regresaba. Me levanté, me acerqué a la ventana. La ciudad estaba iluminada como si fuera de día, los ruidos no daban señales de cesar. Volví a la mesa, pero, incapaz de sentarme, empecé a caminar alrededor —caminar es bueno para los niños que están en la barriga, se sienten acunados— hasta que, no sé cuánto tiempo después, creo que para entonces ya eran las dos de la madrugada, llamaron de nuevo a la puerta.

Corrí a abrir, feliz de tener a mi marido de vuelta, pero me encontré de frente a Ján. Estaba blanco como un fantasma y su camisa estaba rota por un par de sitios. Cuando entró en la habitación y le dio la luz de lleno, vi que tenía varias manchas en los pantalones. Manchas de sangre.

—¿Qué ha pasado? —pregunté casi sin aliento y, mientras lo preguntaba, comprendí, y sentí que las fuerzas me abandonaban.

—Hubo un enfrentamiento en la plaza —respondió casi sin voz—. Los nacionalistas checos nos atacaron.

—No, no, no... —dije tambaleándome, ante lo cual Ján extendió un brazo para sostenerme.

—Pavel... —me dijo.

—¡No! —grité, zafándome.

—Lo siento.

158

Luego dijo algo más, me lo contó, tal vez intentó consolarme, pero yo no recuerdo nada. Caí de rodillas, allí, en medio de la habitación, arrollada por unas náuseas que hacían que todo me diera vueltas, incapaz de asimilar la idea de que Pavel, mi Pavel, el padre de mi hijo, ya no estaba en este mundo.

Entonces una punzada en el estómago me dobló en dos, seguida por otra, más abajo, más profunda, y la luz a mi alrededor se atenuó hasta extinguirse.

Cuando me desperté al día siguiente en el hospital, lo había perdido todo.

Tercera parte
Un día interminable

Marzo de 1939

«*Dejamos la ciudad en mitad de la noche. Recuerdo que mamá vino a sacarnos de la cama y tuvo que vestirnos a la fuerza, porque estábamos demasiado agotadas y somnolientas para hacerlo bien y deprisa. Una de mis hermanas estaba conmigo y tuvimos suerte de poder partir juntas. Yo tenía ocho años y ella, nueve*».

30

Las luces del convoy, de un rojo que brillaba contra la oscuridad del anochecer, se alejaban lentamente al final del andén, dejando atrás la estación Wilson de Praga, con su techo de cristal y acero que se cernía sobre todo como una capa amenazante. En el aire flotaba un penetrante olor a nieve, y la humedad depositaba sobre el rostro un velo ligero que ayudaba a esconder las lágrimas.

Habían pasado dos meses desde la partida de Nicholas, y por fin Doreen y yo estábamos de pie en el andén, observando cómo el primero de nuestros trenes tomaba la gran curva que lo llevaría hacia el oeste. En cuanto desapareció de la vista, el altísimo espacio entre la techumbre y las vías, ocupado hasta ese momento por una mezcla de llantos, gritos y sollozos, se llenó de un silencio antinatural, como un vasto y doliente alivio recostado sobre el vacío.

Los niños se habían marchado.

Solo cuando una madre arrodillada a pocos metros de nosotras soltó un grito que parecía un aullido, Doreen y yo nos sobrepusimos a nuestros pensamientos, como despertándonos de un hechizo. Miré a mi alrededor para abarcar a las docenas de familias reunidas por última vez en el andén. A partir de ese momento, lo que las había unido —la angustia por sus hijos, la esperanza en el futuro, los planes meticulosos repasados mil veces, la ayuda recíproca en cada etapa del camino— dejó de existir, se disolvió para siempre, al igual que para siempre se habían disuelto los lazos entre cada una de ellas y sus hijos, enviados lejos para sobrevivir.

Por enésima vez en esos últimos meses me sentí invadida por el abatimiento. Oficialmente, los niños volverían a Praga en tiempos mejores. Oficialmente, en aquel gélido 14 de marzo en la estación Wilson no había tenido lugar un adiós. La guerra se iba a evitar, aún quedaban resquicios de esperanza. La diplomacia estaba trabajando, y muy pocos creían realmente que Hitler daría la orden de invadir una nación soberana —no podían creerlo, no querían creerlo—. Pero, aunque se iniciara una guerra, sin duda sería breve: ¿qué resistencia podría ofrecer la pequeña y frágil Checoslovaquia contra el engrasado poderío de la Wehrmacht? Sería una *Blitzkrieg*, una operación relámpago que no iba a causar muchos daños: los alemanes tomarían el control del país y todo volvería a ser como antes. Los niños, en la nueva paz, regresarían. Judíos o no judíos, volverían a ocupar sus lugares.

Pero allí, en el silencioso andén, rodeada por los abrazos de madres, padres, hermanos y hermanas dejados atrás, fuertemente unida a ellos en la densa cortina de resignación que el tren había nacido para disipar y que, en cambio —ahora me daba cuenta de ello—, tan solo podía sellar, sentí en mis huesos la confirmación de las dudas de Doreen, de las teorías de Nicholas, de las certezas de Trevor: no habría retorno para esos niños. El viaje hacia la salvación era un camino solo de ida.

Una ráfaga de viento nos despeinó. Pronto las nubes grises que se habían ido arracimando sobre Praga desde la mañana, mudas y majestuosas como dioses ceñudos, recubrirían de blanco la ciudad. Hacía una semana que lo habían pronosticado, y durante todo el día habíamos temido que ocurriera justo en el momento de la partida, una tormenta salvaje capaz de paralizar la misión, una bofetada del destino a nuestros tan minuciosos y tan frágiles planes. En cambio, todo salió como debía: los niños llegaron puntuales, cada uno con su pequeña maleta, las cincuenta libras exigidas por el Gobierno británico y un peluche o una muñeca para hacerles compañía en su viaje; los controles de billetes y documentos se desarrollaron con diligencia, sin sorpresas; las ayudantes que yo misma había elegido fueron más que eficientes a la hora de hacer que todo el mundo se subiera al tren y se sentara; al final, el revisor silbó a la hora señalada y la locomotora se puso en marcha. Ahora la nieve era un problema solo para nosotras: Doreen no llevaba paraguas, y mi abrigo era demasiado ligero. Teníamos que regresar al hotel lo antes posible.

De mala gana, sin hablar todavía, nos apartamos de la vía, las primeras de entre todos los presentes. Muchos, me di cuenta, seguían mirando la curva por la que el tren había desaparecido poco antes, como si quisieran retener la imagen. Un hombre —un padre— se había quedado vuelto hacia el andén, inmóvil en el lugar exacto donde se había despedido de su hijo o de su hija desde la ventanilla, con los ojos fijos a media altura. Una mujer —una madre jovencísima, o quizá una hermana mayor— estaba sentada en el suelo, con las piernas recogidas contra el pecho, la frente apoyada en las rodillas, y sollozaba en silencio, con la frágil espalda subiendo y bajando, como si nadara en el dolor.

Aparté los ojos del espectáculo. Conmovernos no era nuestro papel. No era nuestro derecho. Aquel día, nosotras no habíamos perdido a ningún niño: al contrario, habíamos salvado a decenas. Ahora teníamos que mirar hacia delante, no hacia atrás. Teníamos que organizar el siguiente tren.

Salimos de la estación con nuestros nuevos planes ya en la cabeza —fechas, horas, números, nombres— y seguimos con las bufandas apretadas contra la boca hacia la plaza de Wenceslao, sin mirar a nuestro alrededor, los hombros encogidos, la cabeza hundida, pasos breves y decididos contra el frío que iba creciendo. Yo pensaba en el tren que había partido —no tendríamos noticias de él hasta el día siguiente—; Doreen, probablemente, en Nicholas —a saber si iría a la estación de Liverpool Street en persona para recibir a los niños—, y la melancolía que se había acumulado en la estación empezó a remitir. Al final, ella se volvió hacia mí y sonrió lo mejor que pudo.

—Un inicio —dijo.

Yo asentí. *Un nuevo inicio*, la corregí, pensando en mí misma, en lo que estaba haciendo. Hacía ya tres semanas que no me había presentado ante mi contacto y más de un mes que había dejado de pasar información sobre las listas de Doreen a la Gestapo. Oficialmente, no podía arriesgarme a que me identificaran, no después de todos aquellos soplos, no después de todas aquellas desapariciones. En realidad, el trabajo con los niños me había ido alejando poco a poco de mis propósitos iniciales de venganza, y tenía la esperanza de que los hombres a los que había servido hasta entonces se olvidaran de mí.

Qué ingenua.

Qué tonta.

A la altura del Museo Nacional tuvimos que detenernos de golpe para que no nos atropellara un coche —un Mercedes de lujo, brillante y negro como el lomo de un insecto— que nos cortó el paso a toda velocidad, lanzado hacia el Pasaje Lucerna. Allí lo vimos detenerse con elegancia delante de una pequeña multitud de hombres y mujeres bien vestidos —abrigos de piel de zorro, bombines, redingotes—, y cómo se abría una de sus puertas para depositar en la acera a una pareja igual de elegante. Hubo un aplauso, y la pareja ejecutó garbosas reverencias antes de avanzar por la suntuosa alfombra carmesí que invitaba a entrar en las galerías. Luego el Mercedes se alejó rugiendo, sustituido de inmediato por un nuevo Mercedes, una nueva pareja, un nuevo aplauso.

—Una fiesta —dijo Doreen en un tono desconcertado, como si hubiera abierto una puerta y se hubiera encontrado delante de un paisaje primaveral. Pero capté enseguida lo que tenía en la cabeza: *Una fiesta en medio de tanto dolor*. Pensé de nuevo en el tren, en las familias desoladas, en los niños que acabábamos de dejar marchar. Pensé de nuevo en mi hijo y me ardieron las mejillas.

Doreen suspiró con la mandíbula en tensión. Se quedó mirando otro coche de lujo que dejaba a una despreocupada y mundana pareja sobre la alfombra carmesí, y en su mirada había una especie de triste desprecio. Pero así era como funcionaba el mundo, y resultaba obvio, incluso necesario. No toda Praga se preparaba para la guerra. No todos los checoslovacos conocerían tiempos duros. Habría familias felices incluso bajo el Tercer Reich, y miles de niños seguirían durmiendo protegidos en el calor de sus habitaciones.

Cuando Ícaro cayó del cielo, escribió un poeta, pocos se dieron cuenta: los campesinos estaban arando sus campos, las lavanderas tenían los ojos fijos en su colada. La humanidad siempre está distraída mientras ocurren las tragedias.

—Vamos —dijo Doreen, desviando la mirada, y yo volví a asentir; aquel día no parecía capaz de hacer otra cosa.

Cuando llegamos al Alcron aún no nevaba, y enfilamos el vestíbulo con un escalofrío placentero. Entonces vi que detrás del mostrador de recepción estaba de servicio Lotte, la sobrina del propietario, y el placer se esfumó. Lotte era una veinteañera tan alegre como fatua que, por alguna razón, la había tomado con Doreen desde el primer día y, además de con Doreen, también con su tarea. Cada vez que se encontraba a solas al frente del vestíbulo le dirigía miradas despectivas y le hablaba con desdén y desagrado. ¿La odiaba quizá porque era inglesa? ¿O tal vez porque su tío siempre se había mostrado cordial con ella?

—Buenas noches, Lotte —dijo Doreen acercándose al mostrador.

—Señorita Warriner —respondió con frialdad, ignorándome por completo.

—¿Me da la llave, por favor?

La chica esperó un momento antes de volverse hacia el casillero y sacar una llave y un sobre. Luego depositó ambas cosas sobre el mostrador, evitando teatralmente entregárselas a la clienta.

—Le dejaron esto hace una hora —dijo Lotte.

—¿De parte de quién?

—Un hombre —respondió la muchacha, ¿y había malicia en el tono de su voz?—. No dijo nada más. En el sobre ni siquiera aparecía el encabezado. Lo escribí yo.

Doreen asintió. Le dio la vuelta al sobre. Frunció el ceño.

Agucé la vista y vi que el nombre escrito a lápiz estaba incompleto: ponía tan solo MISS WAR. La señorita Guerra.

—He abreviado —explicó Lotte, y esta vez la malicia era inconfundible.

—Entiendo.

Así que no eran únicamente los celos los que motivaban ese odio. Había política de por medio. Ideales. Visiones del mundo. Ni siquiera salvar a niños inocentes nos protegía del juego de los bandos.

Subí con Doreen hasta su planta y la dejé frente a la puerta de su habitación.

—Ha sido un día muy largo —dijo frotándose la frente con una mano—. Gracias por haberme acompañado hasta aquí.

—¿Cuándo vuelve Trevor? —le pregunté, intentando ocultar cualquier rastro de interés personal.

—No lo sé. Quería estar aquí hoy mismo, pero hay problemas con los aviones.

—Como siempre.

—Sí. Como siempre. ¿Qué vas a hacer ahora?

—Me iré para casa. Voy a leer un rato. Aún me quedan algunos papeles que ordenar, pero estoy demasiado... —Me encogí de hombros.

—Sí. Yo también —dijo Doreen. Entonces hizo algo insólito: alargó una mano y me acarició la cara—. Muchas gracias. No sé qué habría hecho estos meses sin ti.

La dejé con sus cosas, y yo sabía cuáles iban a ser: una vez en la habitación se quitaría la chaqueta, abriría los grifos de la bañera y durante la espera se serviría un jerez para recuperar un poco de calor. Luego rasgaría el sobre, donde encontraría una nota de Trevor —de nuevo él— sobre las hermanas Kerenyi, cuyo caso habíamos discutido en varias ocasiones: hasta aquel momento, solo la mayor había llamado la atención de familias de acogida londinenses. La pequeña, desfigurada por un accidente años antes, aún no había recabado la de ninguna.

Después de prepararse para irse a la cama, Doreen pasaría sin duda algo de tiempo en su escritorio, donde siempre tenía, en el centro de todo, su lista de tareas pendientes. Todas las noches, como en un rito propiciatorio del sueño, las volvía a copiar en una nueva hoja, eliminando las llevadas a cabo el día anterior y añadiendo otras más. Nueve en total, nunca más: ese era el límite que se había impuesto. Es necesario un límite, me decía siempre, para hacer frente a una empresa ilimitada.

Para el 14 de marzo se había apuntado tres cosas sobre el tren que había partido y cinco sobre el próximo que se iba a organizar, así que consiguió tachar seis de las ocho líneas. La novena, en cambio, debería copiarla por enésima vez en un nuevo papel, aplazándola hasta el día siguiente, como venía haciendo desde hacía casi dos meses. Era una tarea que le incumbía a ella, pero también a mí, por eso la conocía bien: era la promesa que le había hecho a Nicholas la mañana en que partió hacia Londres. Una promesa en la que ninguna de las dos dejaba de pensar, pero que hasta aquel momento no habíamos sido capaces de cumplir:

Encontrar a Margaret Sedlák.

31

El teléfono sonó a las dos de la madrugada.

Doreen se había acostado hacía poco y estaba enredada en sueños densos y enigmáticos —escaleras que subían y bajaban a ninguna parte, pájaros que hablaban, un gato que jugaba con los pasaportes de los niños, emborronando la tinta de los sellos— de los que le costó liberarse.

Contestó al séptimo timbrazo, tal vez al octavo, con el corazón latiéndole despacio y los pensamientos aún disociados.

—¿Diga? —respondió.

—Doreen, soy yo —respondió una voz de mujer en inglés.

En cuanto la reconoció, Doreen se estremeció. De repente se acordó del transporte en curso y se despertó por completo.

—¡Señorita Layton! ¿Alguna noticia sobre el tren? —preguntó con la voz aún pastosa, aferrando el auricular con las dos manos. La familia Layton era una de las bienhechoras más valiosas con las que podíamos contar en Londres, comprometida con la lucha por los refugiados desde el principio de la crisis.

—Todavía no. Tenía la esperanza de que las tuvieran ustedes. ¿No deberían de estar ya en Holanda?

Doreen echó un vistazo al reloj de pared.

—A estas horas, así es, pero no lo sé con seguridad. —Entonces la asaltó un pensamiento—. ¿Por qué me llama en mitad de la noche? ¿Ha pasado algo?

Silencio al otro lado de la línea. Cuando volvió a hablar, la voz de su amiga era más grave, como la de un invitado a un funeral.

—Noticias de Ostrava —dijo—. Según Downing Street, la ciudad ha sido ocupada, y el ejército alemán está cruzando la frontera.

Doreen cerró los ojos, se llevó una mano a la frente. Empezó a sentirse levemente mareada.

—¿Hoy mismo? —preguntó mientras calculaba tiempos, distancias, probabilidades. Ostrava estaba en una línea diferente a la de nuestro tren, pero si la Wehrmacht había iniciado la invasión en un punto, no iba a limitarse solo a eso.

—Tiene que regresar, Doreen. La frontera está a medio día de Praga. Se arriesga mucho si se queda.

—No puedo hacerlo —contestó ella, negando con la cabeza, los ojos cerrados como para descartar esa hipótesis—. Hay mucho que hacer aquí.

—Hay mucho que hacer también en Londres, y no sabemos si el pasaporte británico los protegerá en caso de guerra. Hitler podría...

—No van a venir a buscarme. No de inmediato, al menos. Ahora lo único que me importa es que ese tren llegue a Londres. ¿Me avisará si hay novedades?

—El señor Winton ya tiene a alguien en Liverpool Street. Me ha prometido que me informará en cuanto llegue el convoy. Cuando eso ocurra, la llamaré al instante.

—Gracias —respondió Doreen, suavizando la voz. Hacía tiempo que, ahí fuera, el mundo se había vuelto loco, y algunos días era como si todos se afanaran en construir la trampa perfecta, tanto para los demás como para sí mismos. Pero también había quienes trabajaban en sentido contrario. En medio de la locura, de la estupidez y de la maldad general, también había personas de buena voluntad. La cadena del bien.

—Gracias —repitió. Luego terminó la conversación y colgó el teléfono.

En la habitación nuevamente en silencio, la palabra se quedó flotando durante un rato, como un eco ralentizado.

Aunque tal vez fuera Doreen la que iba al ralentí: había bebido demasiado jerez antes de acostarse, y había dormido muy poco.

Se puso ambas manos en la cara, se masajeó los ojos. Necesitaba descanso, sí, pero no ahora. Ahora la prioridad era avisar a todo el mundo: a mí, a Reed, al consulado. A las familias que esperaban noticias del tren. A las familias que esperaban su turno para los siguientes.

Ostrava se encuentra a medio día de Praga. A marchas forzadas, los alemanes estarán aquí hoy mismo.

Un suspiro, luego Doreen se recompuso —como siempre— y se levantó de la cama. Llegó al escritorio, encendió la lámpara de la mesa y aferró el auricular del teléfono.

¿Por dónde empezar?, se preguntó mientras los nombres se agolpaban en su mente entumecida. ¿Por dónde?

Entonces dejó de preguntárselo, y empezó.

32

Todavía estaba oscuro cuando Doreen se despertó de nuevo, con la cabeza sobre el escritorio y el auricular del teléfono en la mano. Miró hacia el reloj de pared y vio que eran más de las seis. ¿Cuándo se había quedado dormida? ¿Qué estaba haciendo cuando sucedió?

Al levantarse de la mesa sintió una punzada en el cuello. Se puso la mano en la nuca y empezó a masajeársela mientras movía con cuidado la cabeza de un lado a otro, con los ojos entrecerrados por el dolor. Le dolería la cabeza todo el día, ya lo sabía, aunque, por otro lado, ¿cuándo fue la última vez que se despertó sin que le doliera?

Estaba a punto de llamar a Wenzel al consulado cuando vio una anotación al margen de su lista —«Wenzel OK»—, seguida de otros nombres y otros «OK». Aquello, entonces, iba bien. Todo el mundo sabía ya que Hitler se había puesto en marcha.

Se levantó de la silla, fue a descorrer las cortinas. Fuera, la plaza de Wenceslao estaba más oscura y desierta que de costumbre. Ni siquiera vio a los cocheros que solían estacionar sus vehículos a la entrada del hotel. Esperó casi un minuto, pero no se veían tranvías, ni tampoco transeúntes. Más que las seis parecían las tres y, por un momento, Doreen se preguntó si el reloj de péndulo no estaría dando la hora equivocada. Recogió de la mesilla de noche su propio reloj —que le había regalado su madre en octubre, cuando le dijo que se trasladaba a Praga para ayudar a los refugiados, y casi se muere de un ataque al corazón sentada a la mesa de *bridge*— y confirmó así que no, no eran las tres de la madrugada. Pronto amanecería, pero la ciudad seguía durmiendo. O tal vez estaba despierta, bien despierta y, sencillamente, se escondía.

Fue entonces cuando alguien llamó a la puerta.

En un instante, Doreen imaginó mil escenarios distintos: la Gestapo, que venía a buscarla; un emisario del cónsul, quien la avisaba para que hiciera las maletas y cambiara de hotel; sus refugiados, a los que la angustia ante las nuevas noticias había sugerido que la buscaran deprisa; Trevor, con el coche preparado para cargarlo todo y dirigirse directamente a la frontera. Pero no, Trevor no podía moverse de Inglaterra. No podía haber regresado ya.

—¿Doreen? —llamó una voz masculina desde el pasillo, al otro lado de la puerta. Profunda. Tensa pero cálida—. ¿Estás despierta? Es urgente.

Era Reed. Gracias al cielo. Reed y su tranquilidad. Reed y su precisión.

Doreen abrió la puerta y se encontró frente a un hombre alto, con el pelo canoso muy corto que resaltaba su rostro delgado, sus ojos color esmeralda y su nariz decidida. El corresponsal en Praga del *Herald Tribune* era un hombre apuesto, aunque, si lo sabía, no lo manifestaba, y eso no hacía más que aumentar su encanto.

—Perdona la hora —le dijo con una sonrisa tensa—. Me ha llegado un chivatazo hace un rato: Hitler ha cruzado la frontera. He intentado llamarte, pero el teléfono estaba ocupado.

—Entra —dijo Doreen, negando con la cabeza y apartándose a un lado—. ¿Hitler en persona? —le preguntó después de cerrar.

—Aún no se sabe. Sin duda, el ejército. Estarán aquí por la mañana. Tienes que irte de inmediato.

Ella sonrió. *«Tienes que irte». Y no: «Tenemos que irnos». El caballero de costumbre.*

—Yo no contemplo ningún peligro inminente —le respondió—, y aquí todavía me queda mucho por hacer. Pero, en fin, ¿sabes algo del tren?

—Nada —dijo el periodista.

Doreen asintió y, por enésima vez, repasó los cálculos sobre la salida, los pasos fronterizos, las etapas intermedias, los imprevistos. La esperanza era que, a pesar de todo, el tren llegara a tiempo al puerto de Hoek van Holland y que a los niños los llevaran al transbordador para Harwich. Esta expedición contaba solo con veinticinco, pero si salía bien podría ser la primera de muchas: ya se estaban haciendo preparativos para cinco convoyes más, tal vez seis. Si aumentaban el número de niños llegando hasta los cincuenta y, tal vez, incluso los cien, pondrían a salvo a un millar hasta mayo, todos los de la lista más urgente, mezclándolos con madres e hijos de los refugiados en Londres. Y si entonces...

—Tienes que irte, Doreen. Ya no es momento para heroicidades —insistió Reed, interrumpiendo el círculo vicioso de sus pensamientos.

—Qué dices tú de heroicidades. Tengo un trabajo que hacer y lo haré, eso es todo. Pensemos más bien en si tú crees que algo va a cambiar respecto a los vuelos que tenemos reservados.

El periodista se encogió de hombros.

—No tengo ni idea. Depende de si los alemanes se apoderan de los aeropuertos civiles o solo de los militares.

—Tengo a veinte hombres que se van esta semana. Una situación delicada. Necesito saberlo.

Reed miró su reloj.

—Si quieres, puedo llevarte a ver al agente de KLM que se ocupa de los vuelos privados. Sé dónde se aloja.

—Perfecto —respondió Doreen—. Dame solo un minuto para que acabe de prepararme.

Recogió su ropa de la silla junto a la cama y se metió en el cuarto de baño, dando con las prisas un portazo. Cinco minutos más tarde, salió peinada y maquillada de modo impecable, la mirada gacha mientras acababa de abrocharse el collar de perlas, y por eso no vio lo que Reed estaba haciendo hasta que, con un movimiento brusco y torpe, él se apartó del escritorio y unos papeles olvidados demasiado cerca del borde cayeron al suelo y revolotearon por todas partes.

Doreen se detuvo, miró la escena interceptada.

—¿Qué pasa?

—¿Cómo? —respondió él mientras se agachaba para recogerlo todo.

—¿Qué estabas mirando? —insistió ella, acercándose al escritorio. La lista de personas a las que había avisado esa noche seguía allí, apenas tapada por el aparato telefónico.

—Nada, nada —dijo Reed, colocando encima los demás documentos y ordenándolos sin prestarles demasiada atención—. Es que acabo de chocar contra el escritorio. Entonces ¿ya estás preparada? —Y le sonrió de esa manera irresistible suya.

33

El agente de la KLM, un hombrecito con sobrepeso y cuatro pelos extendidos de lado a lado en su brillante cráneo, los recibió en su pensión de Letná sin poner objeciones. Aunque apenas había empezado a amanecer, ya estaba vestido de punta en blanco y parecía más que despierto: él también había recibido la noticia sobre Ostrava en plena noche, así como peticiones de billetes para salir del país de decenas de conocidos suyos.

—Todo el mundo pide el primer vuelo —dijo en un tono entre divertido y agotado—. Se creerán que son los primeros en hacerlo, pero, para complacerlos a todos, ¿saben ustedes cuántos aviones harían falta? Creo que ni siquiera el ejército inglés tiene una flota suficiente...

—¿Y los alemanes? —preguntó Doreen por curiosidad.

—Ah, los alemanes sí. Con Göring al frente de la aviación llevan años comprando y construyendo, comprando y construyendo. ¿Saben que era el número dos del Barón Rojo? Solo un ciego o un tonto no se habría dado cuenta de sus preparativos, digo yo. —Negó con la cabeza: su sonrisa se apretaba en una mueca amarga—. Y todos los que me están llamando —añadió señalando el auricular del teléfono, descolgado de la horquilla— hasta ayer repetían a los cuatro vientos que no había nada de lo que preocuparse, ¡nada! No habría ningún conflicto, ninguna invasión, ¡checos y alemanes tienen intereses comunes! ¿Pensáis que alguien querría un nuevo enfrentamiento armado en Europa ni siquiera veinte años después de Versalles? Y ahora están ansiosos por huir al amanecer, al destino que sea, en el primer avión disponible y sin maleta que los acompañe... Están todos locos, creo yo.

—¿No piensa usted que exista un peligro real? —preguntó Reed como quien preguntaba si creía que iba a llover por la tarde.

El agente de la KLM se encogió de hombros:

—Los alemanes también comen. Los alemanes también duermen. Los alemanes también viajan, leen, escuchan la radio, van al cine. No van a fusilar a todos los praguenses en cuanto entren en la ciudad. Pondrán las cosas en orden y luego dejarán que los negocios continúen como antes. ¿Quién querría gobernar un país de fantasmas?

Doreen evitó responder lo que pensaba ella —que poner las cosas en orden para los nazis significaba meter en la cárcel a los opositores, los periodistas y los judíos, para empezar; y ejecutar a cualquier otro que no les gustara, para continuar—, pero, a su vez, preguntó por los aviones. Llevaban semanas hablando del tema y ahora era el momento de ir al grano.

—Necesitamos entre diez y doce vuelos a plena capacidad. Uno al día, incluso dos. A Londres o a Ámsterdam, da lo mismo. ¿Será posible?

El hombrecillo extendió los brazos:

—Si me lo hubiera preguntado ayer, señorita Warriner, le habría dicho que sí. Pero hoy...

—Se lo pregunté ayer. Y también anteayer. Y el día antes de anteayer... —contestó Doreen con el acero de sus ojos centelleando peligrosamente.

—Claro, claro, lo recuerdo bien. Lo que pretendo decir es que hasta ayer podría haber sido posible, y yo estaba trabajando en ello, por supuesto, pero hoy... Ni siquiera sé si esta noche seguirá existiendo un aeropuerto. En estos momentos, mis aviones se encuentran en tierra, en Holanda, y no van a despegar con esta absoluta incertidumbre. Hay que esperar y ver.

—Esperar y ver —repitió Doreen.

El agente de KLM volvió a extender los brazos.

—¿Acaso no es así toda la vida?

34

El trayecto hasta la oficina de Correos era corto, así que Doreen y Reed decidieron ir a pie. El aire de la mañana era una máscara helada colocada sobre la piel. Las puntas de las orejas y la nariz parecían estar ardiendo. Se arrebujaron en sus abrigos, se acercaron hasta casi tocarse. Él miró el reloj repetidas veces, como si algo o alguien lo esperara a una hora determinada. Ella se percató, pero no le dio importancia, con los ojos clavados en los adoquines, perdida en pos de sus pensamientos.

El primero: ¿Habrá pasado el tren?

El segundo: ¿Seguirán saliendo los aviones de Praga?

El tercero: ¿Dónde se encontrará Hitler a estas horas?

Luego estaba la preocupación por sus colaboradores —*Tendremos que evacuar al menos a las mujeres*— y por las familias y los niños que aún no se habían marchado —¿*Cómo avisarlos de que todo puede saltar por los aires?*—, y luego también volvió a pensar en Nicholas, que a saber si la habría telegrafiado desde Londres, e inmediatamente después pensó en Margaret Sedlák, la Niña de la Sal, escondida quién sabe dónde con su madre y su hermanito.

Demasiados pensamientos, demasiados, y demasiado intrincados. Doreen llevaba días buscando el cabo de la maraña para desatar o al menos aflojar un poco el nudo que atenazaba sus planes y su garganta. Pero, por mucho que lo intentaba, no había sido capaz de llegar al fondo de la cuestión, y aquella mañana parecía como si todo quisiera precipitarse, tirando aún más —hasta el espasmo, hasta el extremo— de todos los hilos enredados.

Haría falta un golpe de espada, como Alejandro con el nudo gordiano, pensó, de vuelta a sus estudios clásicos. Pero negó con la cabeza en el mismo instante en que la imagen cruzaba por su mente: ella no era una *condottiera*, ella era solo una mediadora y, con respecto a las espadas, nunca habría sido capaz de empuñar una. Su única arma, en la vida, era su sentido del deber.

—¡Cuidado! —dijo Reed de repente, extendiendo un brazo por delante de ella para sujetarla. Doreen se dio cuenta un instante demasiado tarde y no pudo evitar el contacto. Se sonrojó como una colegiala, sus mejillas ardían no solo por el frío. Luego vio lo que su compañero había divisado primero, y su rostro pasó del rojo al blanco en un instante.

En la acera, diez metros más adelante, había una pequeña multitud, una docena de hombres y mujeres reunidos en un círculo piadoso hecho de miradas abatidas y sombreros sujetos en las manos. Todos miraban un punto en el centro del círculo, moviendo lentamente la cabeza los hombres, conteniendo las lágrimas las mujeres.

—¿Qué pasa? —preguntó Doreen, y Reed, con el rostro serio, le indicó con un gesto que lo esperara antes de apretar el paso y acercarse a la multitud. Sin embargo, ella no pertenecía a esa clase de mujer que sabe esperar. Lo siguió con rapidez, llegó hasta su lado, lo adelantó, de manera que fue la primera en mirar.

Sobre el asfalto, ya no gris, sino rojo sangre, yacían los cuerpos desmadejados de dos ancianos, un hombre y una mujer, los ojos abiertos y vueltos al cielo, los miembros doblados en ángulos imposibles. Ella vestía un lujoso abrigo de piel, medias francesas, zapatos de charol con tacones de aguja. Él iba envuelto en un abrigo de aspecto caro —de piel de camello, probablemente— bajo el cual asomaba un traje a rayas perfectamente plisado y una larga cadena de oro que terminaba en un reloj de bolsillo. La esfera estaba destrozada, al igual que las gafas del anciano.

Alrededor de la pareja, entre el rojo, destacaban unas perlas solitarias que sin duda se habían escapado de un collar que pertenecería a la mujer.

—¿Quiénes son? —preguntó Reed casi en un susurro dirigido a uno de los curiosos.

—Los Kutscher —respondió el hombre sin apartar la mirada de aquellos dos cuerpos, que estaban muy juntos, parcialmente superpuestos, y que aún se veían cogidos de la mano—. Los inquilinos de la quinta planta —añadió levantando la mirada hacia el edificio que tenían delante.

Doreen siguió la mirada y, al pensar en la altura —cinco pisos, unos quince metros por lo menos—, le temblaron las rodillas.

—¿Se cayeron desde ahí arriba?

—Se *lanzaron* desde ahí arriba —la corrigió una mujer con la voz rota—. En cuanto escucharon la noticia en la radio.

Los ojos de Doreen volvieron a correr hacia el reloj de bolsillo, fijándose solo entonces en la diminuta inscripción que había sobre la esfera. Ella no sabía hebreo, pero reconoció el alfabeto. No hubo necesidad de preguntar «¿Qué noticia?».

—Que descansen en paz sus almas —dijo Reed mientras se quitaba el sombrero, pero nadie respondió, nadie asintió. Las palabras se evaporaron en el cielo, como si nunca las hubieran pronunciado; como si, en aquel momento y en aquel lugar, fuera imposible siquiera mencionar la paz.

Doreen y él permanecieron unos instantes más asimilando la escena y su significado, luego se alejaron de la pequeña multitud y siguieron su camino en silencio hacia la oficina de Correos, acompañados por la imagen de aquellos dos suicidas sobre el asfalto, por su grito compuesto, destinado a la eternidad.

Cuando llegaron a su destino, Reed le dijo a Doreen que la esperaría en la calle. Miró a su alrededor y vio un teléfono público en la esquina.

—De paso también llamaré a la redacción. Veamos qué novedades hay.

Ella asintió, le presionó el brazo con afecto y entró en el edificio. La sala de telegramas estaba llena de gente de Praga presa de diferentes emociones: ansiedad, miedo, ira, desánimo. Retumbaba como un mar tempestuoso, ola tras ola chocando contra las rocas de la Historia. Doreen esperó con paciencia su turno, pero no fue recompensada: no había llegado ningún telegrama para ella, ni de Londres ni de Harwich. Decepcionada, rehízo sus cálculos: ¿sería posible que los niños estuvieran aún en Holanda? ¿A qué hora debían embarcar? Le habría gustado hablarlo con Reed, pero, cuando salió de la oficina, él ya no estaba allí. Doreen miró a su alrededor en la calle, a derecha e izquierda, en el lado opuesto del tráfico, pero nada. El periodista ya no estaba en las inmediaciones.

Esperó unos minutos, primero de pie frente a las escaleras, luego en la esquina de la calle. Pasado un cuarto de hora cambió de esquina y, al cabo de otros cinco minutos, decidió rodear el edificio. Había un policía apoyado en una cabina telefónica y, por un momento, Doreen pensó en preguntarle por un hombre alto y muy atractivo vestido a la inglesa, pero luego desistió. Una sutil tensión había ido creciendo en su estómago, un pésimo presentimiento que le sugería que no debía llamar la atención sobre sí misma.

Al final —preocupada, abatida, furiosa, anhelante—, decidió seguir con sus planes sin él. Debía de haberle ocurrido algo, pero no había forma de saber qué, y había demasiadas posibilidades y muy poco tiempo. Antes de que Praga cayera en manos alemanas, había que resolver algunas cuestiones urgentes. Ya pensaría en Reed más adelante.

35

Cuando llegó a Sleská, 13, la sede del Partido Comunista, las escaleras ya estaban repletas de refugiados, hombres y mujeres con los rostros demacrados y las miradas perdidas que esperaban en fila a alguien, con toda probabilidad a la misma persona que ella había ido a buscar. Algunos la reconocieron:

—Señorita Warriner, señorita Warriner, ¿qué novedades hay de la frontera?

Pero Doreen no sabía qué decir, no tenía respuestas que dar, por lo que se limitó a asentir y seguir hacia delante, subiendo las abarrotadas escaleras hasta el último piso, donde se encontraba el despacho de Schaffarsch.

Como si la hubiera oído llegar, el secretario de sección abrió la puerta un momento antes de que ella la alcanzara.

—¡Entraréis de dos en dos! —anunció con voz atronadora, asomándose al umbral, sin mirar siquiera. Era un hombretón corpulento, con los hombros anchos y la barriga aún más ancha, y tenía los modales bruscos y decididos del jefe minero que había sido hasta hacía unos años—. ¡Preparad los documentos si los tenéis! Ya os iré llamando yo —añadió, y volvió al despacho dando un portazo tras de sí.

Doreen llamó a la puerta un momento después.

—¿Qué pasa? —gritó Schaffarsch desde dentro, claramente molesto.

—Soy yo, Karl.

Un breve silencio, una silla movida deprisa, pasos pesados.

—Señorita Warriner —dijo el exminero, asomándose presuroso por la puerta otra vez—. ¿Qué hace usted aquí?

—Traigo malas noticias —respondió ella— y buenas acciones. —Luego abrió su bolso y sacó un paquete envuelto en papel y atado con una cuerdecilla. Se lo entregó a Schaffarsch, quien lo desató con una delicadeza inesperada. Cuando vio lo que contenía, soltó un largo silbido.

—Entre —le dijo en voz más baja.

Doreen lo siguió, la puerta volvió a cerrarse.

—Son cinco mil libras esterlinas —le explicó—. Recaudadas por el *News Chronicle*. Ayer mismo cerré la cuenta mientras iba de camino a la estación.

—¿Y los niños? ¿Han llegado? —la interrumpió Schaffarsch.

—Todavía no tengo noticias. Pero esto —dijo señalando el paquete— hay que distribuirlo cuanto antes. No sé qué puede pasar cuando Hitler llegue a la ciudad.

El otro se afligió.

—¿Sabía ya ayer lo de la invasión? ¿Por eso sacó todo el dinero?

Doreen negó con la cabeza.

—Presentía algo, pero no. Nunca me lo habría imaginado.

El dinero lo había recaudado el periódico inglés a raíz de una carta abierta que Doreen dirigió al director. Una dura carta, en la que describía con crudeza y con todo detalle las condiciones de vida en los campos de refugiados de las afueras de Praga y las vejaciones a las que se veía sometida la gente que había tenido que abandonar sus hogares y sus bienes a la llegada de los alemanes —todo ello mientras Inglaterra se regodeaba feliz en su antiguo aislamiento, concediendo visados con cuentagotas ante una avalancha interminable de necesitados, muchos de ellos mujeres y niños—. Tras la publicación, hubo polémicas y protestas ante el Gobierno de Chamberlain, pero también entre los patrocinadores londinenses de Doreen. Varios la acusaron de señalar con el dedo a los culpables erróneos, arriesgándose a distanciarse de las simpatías de la opinión pública y haciéndole así el juego al enemigo. Los ingleses, sin embargo —el pueblo, los padres y las madres de familia— se sintieron interpelados y respondieron con una avalancha de donaciones que ahora serían más que útiles.

—¿Y entre quién lo va a repartir? —preguntó Schaffarsch.

Doreen no respondió con palabras. Se limitó a señalar con la cabeza en dirección a la puerta y a esbozar una leve sonrisa, a la que el exminero respondió con un gruñido satisfecho. Con la misma delicadeza que antes, volvió a abrir el paquete, sacó los fajos de billetes y los alineó sobre la mesa. Calculó a ojo la suma de dinero —habría algo más de cinco mil libras—, luego con un gesto pidió permiso para distribuirlo.

—¿Cien a cada uno? —preguntó Doreen.

—Con eso debería bastar.

En la hora siguiente, lo repartieron entre los que se presentaron al despacho de Schaffarsch, añadiendo instrucciones precisas sobre cómo gastarlo:

—Id corriendo a la frontera. Pagad a los guardias y entrad en Polonia. El consulado británico en Katowice es vuestra mejor esperanza.

Algunos de aquellos desesperados figuraban en una vieja lista que Doreen ya había remitido a Londres para obtener los visados. A ellos les dio tarjetas de visita con su nombre, sus direcciones en Praga y en Londres, un ruego para que les entregaran el visado prometido y una firma lo más clara posible. No estaba segura de que aquello funcionara —el cónsul en Katowice podía haber cambiado sin que ella lo supiera, y el que ella conocía tampoco implicaba garantía alguna—, pero ¿qué más podía hacer? Nada, mejor dicho: permanecer demasiado en aquel despacho se estaba convirtiendo en un peligro.

Así que ella y Schaffarsch aceleraron el ritmo, acabaron el dinero y las tarjetas de visita, luego salieron juntos al rellano. En la escalera quedaban aún algunos hombres, que en cuanto los vieron se dieron cuenta de que habían llegado demasiado tarde y apretaron los dientes. Doreen entonces volvió a abrir su bolso, sacó un paquete de billetes que siempre llevaba consigo —sus fondos personales— y les entregó la mitad.

—Amigos —dijo finalmente el exminero con voz estentórea para armarse de valor y transmitírselo también a ellos—. Los alemanes están llegando, pero no todo está perdido. Volved a vuestras casas, haced las maletas y, si tenéis algún sitio fuera de la ciudad adonde ir, marchaos allí de inmediato. Permaneced ocultos, o buscad una manera de salir del país. Hitler no va a someter a sangre y fuego a nuestra nación: él también necesita hoteles, restaurantes, carruajes, teatros —añadió, haciéndose eco de la opinión que Doreen ya había oído expresar al agente de la KLM—. Pero, si estáis en su lista, no podéis quedaros aquí. La Gestapo vendrá a buscaros a lugares como este. Ahora marchaos y no volváis atrás —concluyó Schaffarsch con voz emocionada—. Nos veremos en otro lugar, en días mejores.

36

Tras dejar a Schaffarsch, Doreen encontró un taxi y atravesó el centro, pasando por calles extrañamente vacías, irrealmente silenciosas. Se acordó de un día, muchos años atrás, justo antes de un fuerte terremoto en Creta, adonde había ido a pasar unas cortas vacaciones con un hombre al que creía amar: de repente, todos los pájaros dejaron de intercambiar reclamos y trinos, llenando el aire con un silencio aterrador varios segundos antes de que la tierra empezara a temblar. El sexto sentido de los animales, le explicó su acompañante, dejándola con una maravillada inquietud. ¿Así que era posible predecir el futuro, aunque solo fuera por poco?

Lo mismo se preguntó al pasar por plazas y jardines desiertos aquella fría mañana de marzo, mientras la nieve que se esperaba desde hacía días empezaba a caer sobre Praga. No había nadie en las calles. No salía ningún sonido de las casas ni de las oficinas. Algo estaba a punto de ocurrir.

¿Dónde estás, Reed?

Luego el coche enfiló la plaza de Wenceslao para llegar al hotel Alcron, y Doreen se dio cuenta de la magnitud de su error. No estaba a punto de suceder algo: ya había sucedido.

Frente a la fachada del hotel, donde solían estacionar los taxis y los carruajes a la espera de clientes adinerados a los que acompañar al Reloj Astronómico o al castillo, ahora estaban aparcados tres largos Mercedes de seis ruedas, los preferidos del Führer, vigilados por un pelotón de hombres de las SS que se pavoneaban como cuervos.

A Doreen se le heló la sangre en las venas y de forma instintiva apretó los puños, como si se preparara para un enfrentamiento. Incluso el taxista, quien por su oficio debía de estar acostumbrado a todo, hizo un gesto de sorpresa y aminoró la marcha de golpe.

—Maldita sea... —se le escapó. Luego miró al asiento trasero, recuperando el talante que se espera de un profesional—. ¿Quiere que la deje más adelante?

Doreen no respondió. Estaba pensando en otra cosa muy distinta. Desde que llegó a la ciudad el octubre pasado, había acumulado cientos de perfiles, solicitudes de visado, pasaportes de hombres y mujeres en peligro, todos archivados en la habitación del hotel.

Si la Gestapo sabe que me alojo aquí y ya ha subido a registrar mi habitación, se acabó.

No, no podía ser así, se dijo con una confianza que en realidad no poseía, pero que ahora se encontró abrazando. Para la Gestapo era temprano. Los alemanes eran un pueblo metódico, harían lo mismo que en la invasión de los Sudetes: primero el ejército, luego las SS y, por último, los esbirros de Himmler. Los buitres. Los chacales.

—Aquí ya me va bien —respondió al taxista—. Déjeme en la esquina. ¿Qué le debo?

—Nada —respondió el hombre—. ¿Es usted la Inglesa, verdad?

Doreen lo miró por el espejo retrovisor sin saber bien cómo interpretar la pregunta.

—La señora que salva a los disidentes —continuó el hombre—. Mi tío estaba en uno de sus trenes. Dejó la ciudad en diciembre, justo a tiempo. La carrera es un regalo, pero tenga cuidado. Esa gente no distingue entre hombres y mujeres. ¡Y que Masaryk la proteja!

Doreen se quedó impresionada con aquel gesto, y más aún por la invocación al padre de la patria, al creador de Checoslovaquia y su primer presidente. A pesar de que solo llevaba muerto dos años, Masaryk se había convertido ya en una figura protectora para el pueblo, una especie de santo laico al que se encomendaban para darse ánimos mientras la Historia iba girando sus ciegos y sordos engranajes. El propio Milan, el hombre al que ella había amado en secreto, siempre hablaba de él con los ojos húmedos.

—Gracias —dijo Doreen mientras se bajaba del taxi y, una vez cerrada la puerta, se encaminó a paso ligero hacia la entrada del hotel, yendo directamente, sin alterarse, hacia el grupo de hombres de las SS que mataban el rato en la acera, delante de los Mercedes. Pasó junto a ellos sin dignarse a concederles una mirada y se deslizó hasta el vestíbulo, en dirección a los tres ascensores de las puertas doradas —*lo primero es destruir las listas; luego, los visados; después, los pasaportes*—, pero una voz masculina interrumpió su marcha.

—¡Señorita Warriner! —la llamó alguien en un inglés con acento extranjero—. ¡Señorita Warriner, deténgase!

Una mano se posó sobre su hombro, ligera pero firme, y Doreen pensó: *Me han encontrado.*

37

Durante el día, Margaret no salía nunca de su escondite: era la regla que se habían impuesto ella y su madre, y que observaba con mayor razón después del encuentro con el gigante y la aparición por toda la ciudad de aquellos pasquines con su retrato. El 15 de marzo, sin embargo, no parecía un día normal. Los callejones que rodeaban la vieja escuela siempre estaban poco frecuentados, pero aquella mañana el sol había salido temprano —solo faltaba una semana para la primavera— y, en tres horas de luz, la niña no había visto ni una sola alma viviente desde su ventana. Ni siquiera al viejo Emil, el mendigo del barrio. Ni tampoco a Chaim o Ezra, los mozos de la panadería. Por la tranquilidad del día parecía un domingo y, no obstante, era miércoles. Debía de haber ocurrido algo extraño.

La guerra, pensó Margaret, recolocando bien la cortina de cuero que enmascaraba la grieta desde la que contemplaba el mundo. *Al final ha llegado.* Y en cuanto lo pensó, supo que saldría a la calle para verla. Al fin y al cabo, por muy peligrosa que fuera, no era algo con lo que uno se encontrara todos los días. Cuando fuera mayor, tal vez, se lo contaría a sus nietos: cuando la guerra llegó a Praga, yo estaba allí.

Bajó a comprobar cómo se encontraba su madre. El salón estaba sumido en la penumbra de costumbre, la chimenea consumía las tablas de madera con la voracidad de siempre. Si el invierno no se apresuraba en terminar, se dijo Margaret por milésima vez, se les acabarían todas las provisiones de combustible —las sillas, las mesas, los trozos de muebles, los paneles de las paredes   y entonces el frío se convertiría en un nuevo enemigo. Como si no tuvieran ya bastantes.

Llegó al sofá, se arrodilló junto al cuerpo de su madre. Los ojos cerrados, la frente fruncida, las mejillas de un rojo encendido. Margaret le apartó el pelo de la cara, la besó para sentir si estaba caliente. Ardía, siempre ardía.

Unas semanas antes, una noche en la que se sintió más valiente o más desesperada de lo habitual, Margaret se fue hasta Kampa, al otro lado del río, y allí encontró una farmacia que aún estaba abierta. Entró impulsivamente, e impulsivamente le preguntó si tenía algo para bajar la fiebre al hombre que estaba detrás del mostrador, un tipo delgado y larguirucho, con aspecto más de poste de la luz que de hombre. El poste la estudió unos instantes, y luego sus ojos se posaron en la cesta de mimbre que Margaret llevaba en el brazo, con las bolsitas azules en su interior. Entonces comprendió delante de quién estaba, y de repente su recelo se volvió precaución, cautela, tal vez incluso temor. Sin preguntarle nada, se giró hacia el gran mueble de madera que tenía a su espalda, sacó un cajetín con una etiqueta ilegible y de ahí extrajo un frasco de cristal lleno de pequeñas pastillas negras. Luego se lo envolvió con gestos rápidos, hechizantes, y le entregó el paquete a la niña. Ni siquiera la miró a los ojos cuando ella le preguntó: «¿Qué le debo?». Se limitó a agitar la mano e indicarle con un gesto que se marchara. A partir de aquel día, Margaret le dio a su madre una pastilla por la mañana y otra por la noche, y si no tenía forma de medir la fiebre —y la chimenea no ayudaba, porque la calentaba demasiado, ni tampoco que su madre nunca bebiera lo suficiente—, al menos vio que los espasmos y la agitación disminuían durante el sueño. Al menos podía tener la esperanza de que el dolor hubiera remitido y de que los sueños hubieran mejorado.

Ahora incluso parecía tranquila. Llevaba dos días sin abrir los ojos y una semana sin hablar, pero tenía un aspecto más sereno. Quizá acabaría curándose por sí sola, se dijo Margaret. Sin médicos. Pero era una esperanza que volvía cada día a visitarla, y que cada día se quedaba poco tiempo, como un huésped al que le preocupara molestar.

Si no nos vamos de aquí, morirá. Esa era la realidad de los hechos. Una realidad que no podía cambiar por sí misma, a menos que —esa era una nueva esperanza— la guerra que llevaban meses esperando por fin hubiera llegado y, a pesar de todos los pronósticos, los alemanes la perdieran. Entonces Margaret podría salir a cielo abierto. Buscar ayuda, incluso buscar al señor Tycha. No era seguro que el antiguo cuidador los hubiera abandonado. Quizá él también estaba esperando el momento adecuado para regresar, para recogerla a ella, a Peter y a su madre, y ponerlos a salvo.

Como si, de alguna manera, hubiera pensado que lo llamaban, el pequeño Peter se despertó en ese momento. Abrió sus grandes ojos marrones, parpadeó dos veces y la miró.

—Margo —dijo con un hilo de voz—. Hola.

—Peter —respondió ella con una sonrisa—. Buenos días.

—¿Qué hora es? —preguntó el pequeño, sacando los brazos de debajo de la manta que compartía con su madre y frotándose los ojos.

—Son casi las diez. Has dormido mucho.

—¡No he dormido! —protestó.

—No, claro, claro. Vigilabas a mamá con los ojos cerrados. Para que no se te cansaran.

Peter la miró enfurruñado y le sacó la lengua.

—Antipática.

—Y tú qué simpático eres —respondió Margaret, y le tiró suavemente de la nariz—. Ahora escucha. Si tienes hambre, en la mesa hay un *trdelník*. De crema y canela. Lo he cogido para ti.

—¿Lo has robado?

—Yo no robo, señorito.

—Pero por la noche los carritos de los puestos están cerrados...

—Me lo llevo, pero dejo la justa compensación. Y tú no te me pongas ahora tan quisquilloso, o mañana por la mañana vas a desayunar aire empanado. ¿Entendido?

—A la orden, señora —dijo Peter con una mueca marcial.

Los dos hermanos se echaron a reír, un sonido argénteo multiplicado por el cavernoso salón. Incluso así, incluso solos y abandonados, incluso en un país en guerra, con frío, hambre y enfermedad, eran capaces de echarse a reír. Eran capaces de vivir.

—Ahora voy a salir...

—Pero ¡si es de día!

—Lo sé, pero hay algo que tengo que ver.

—¿Y si te ven los demás? ¿Y si *él* te ve?

Margaret suspiró. Se había equivocado al contarle su encuentro con el gigante dos meses antes. A Peter le gustaban los cuentos, así que ella le contaba uno todas las noches, pero al cabo de un tiempo se le acabaron las provisiones y tuvo que inventar otros nuevos, metiendo dentro del relato lo que le pasaba. De todos modos, la emboscada del gigante le dio a Peter un susto de muerte. No pasaba una mañana sin que su hermanito le preguntara cómo le había ido por ahí y si había vuelto a toparse con él.

—El gigante duerme durante el día. No te preocupes.

—¿Estás segura?

—Claro que sí. Es como el Golem. Tiene miedo del sol.

—¿Y si está nublado? —preguntó Peter, volviendo los ojos hacia las ventanas tapiadas.

—Tiene miedo de la *luz*, quiero decir. Desde el amanecer hasta el anochecer no corro peligro. No te preocupes —repitió—. Sabes que nunca me arriesgaría a dejarte solo.

Peter la miró a la cara con toda la seriedad de un niño de cinco años y medio. Luego, convencido, asintió.

—Pero vuelve pronto, ¿vale? Si mamá se despierta y te busca...

—Volveré muy pronto —respondió Margaret—. Tú dile que he ido a buscar agua. Y, ya que estamos, dile que beba más. Si no bebe, la fiebre nunca desaparecerá.

—A la orden, señora —dijo Peter.

—Muy bien, soldado —respondió ella, que se puso en pie y desperezó los brazos y la espalda—. Te traeré algo bueno para merendar. ¿De acuerdo?

—Eres una hermana especial, Margo. Una verdadera princesa.

La chica sonrió ante las palabras de su hermano.

—Y tú eres un príncipe perfecto —respondió ella—. ¡Un príncipe sapo!

Peter se echó a reír nuevamente mientras ella se daba la vuelta y se marchaba de allí, con la garganta hinchada y los ojos escocidos.

—¡Croac, croac, croac! —repetía el pequeño a su espalda, cada vez más distante, cada vez más apagado.

Croac, croac, croac.

38

—Señorita Warriner —continuó la voz que la había llamado mientras su mano se apartaba con timidez de su hombro, como para disculparse.

Doreen se volvió y reconoció con alivio al propietario: era el señor Beneš, el portero más anciano, el uniforme azul cielo bajo las charreteras doradas. Pero ¿por qué había abandonado el mostrador para acercarse hasta ella y por qué se había dirigido a ella en inglés?

—Hay una llamada telefónica para usted —prosiguió Beneš hablándole en voz baja y mirándola fijamente a los ojos, a un metro de distancia.

—¿Una llamada telefónica?

¿Reed?

Él asintió, declaró en voz alta:

—¡Su madre! —luego, en un susurro, añadió—: Desde Londres. Es urgente —dijo con una mirada mortalmente seria, e hizo un gesto con la cabeza hacia la derecha, más allá del mostrador, donde se encontraban los teléfonos públicos, una hilera de cabinas de madera y cristal que podían cerrarse y garantizaban discreción—. La tiene al teléfono ahora mismo —añadió, entregándole una nota.

Doreen frunció el ceño. Cogió la nota, la abrió: estaba en blanco.

Beneš asintió de forma casi imperceptible, volvió los ojos hacia la izquierda y, cuando Doreen siguió su gesto, comprendió la razón de tanta circunspección: en el vestíbulo, en los sofás de cuero que estaban frente al piano, a la entrada del restaurante, se encontraban sentados tres corpulentos oficiales alemanes, con sus chaquetas antracita cargadas de cruces y gallardetes, los rostros rubicundos como si hubieran pasado horas bebiendo y riendo juntos. Parecían ajenos al mundo que los rodeaba, como gruesas pitones después de una comida copiosa, pero, aun así, se dijo Doreen, seguían siendo peligrosos.

Se volvió deprisa para no llamar la atención, le dio las gracias a Beneš con un gesto y se encaminó hacia las cabinas telefónicas, de entre las que eligió la última, encajonada entre una pared y las escaleras que ascendían a los pisos superiores. Entró, se sentó de tres cuartos para poder ver sin ser vista y descolgó el auricular. Entonces Beneš, desde detrás del mostrador, pidió la línea a la telefonista, y pusieron a Doreen en contacto con Londres.

—Señorita Warriner, por fin —dijo una mujer, joven a juzgar por el sonido de su voz—. Soy Amelia Rathbone. La llamo en nombre del viceministro. Queríamos avisarla de que los alemanes han cruzado la frontera esta noche y...

—Ya lo sé.

Un instante de incertidumbre.

—¿Ya lo sabe?

—Sí —respondió Doreen, lanzando un vistazo a las tres pitones al otro lado del vestíbulo—. A estas alturas, ya lo sabe todo el país y, además, por si fuera poco, están aquí ahora mismo. En mi hotel. Oficiales del ejército, aunque no sé identificar los rangos.

—Dios mío. Entonces ha de prestarme mucha atención. Según el servicio de inteligencia, Hitler en persona llegará a Praga antes del anochecer para tomar posesión del castillo. La invasión es oficial. Checoslovaquia será anexionada al Reich mañana mismo, y la Gestapo no tardará en unirse a la fiesta.

Unirse a la fiesta, pensó Doreen, y su mente volvió a la escena del día anterior, el Mercedes que frenaba ante la alfombra roja del Pasaje Lucerna, todos esos hombres y esas mujeres con sus mejores galas. Eso era lo que significaba vivir a salvo, lejos de la primera línea de los acontecimientos. Una invasión, tal vez una guerra a las puertas, y el Ministerio utilizaba metáforas.

Cerró los ojos, repentinamente fatigada.

—¿Qué puedo hacer por usted, señorita Rathbone? Como podrá imaginar, son horas intensas.

—Por supuesto. Perdóneme. El motivo de mi llamada es que el viceministro acaba de autorizar la expedición de visados para todos los nombres que usted nos proporcione, sin limitación alguna, a partir de ahora.

Sin limitación alguna.

A partir de ahora.

Ahora que tenía al enemigo sentado a pocos metros de ella, y con los vuelos para salir del país cancelados.

Mientras una cólera sutil iba creciéndole en el cuerpo, Doreen vio abrirse las puertas del vestíbulo y cómo entraba al hotel una nueva delegación de oficiales, con las gorras caladas y largos impermeables negros moteados de nieve que revoloteaban como capas. Sus caras resplandecían pomposas y, cuando vieron a sus tres compañeros sentados en los sofás, se unieron a ellos para intercambiarse chanzas groseras.

—Quizá esta decisión podría haber llegado un poco antes —respondió Doreen al teléfono—. Pero le agradezco que me haya llamado. Tendrán noticias mías en cuanto me sea posible.

Colgó sin esperar respuesta, luego se quedó sentada en la penumbra de la cabina, demasiado furiosa para razonar, demasiado abatida para ponerse en marcha otra vez. Frente a sus ojos seguían llegando oficiales alemanes en grupos de tres. Debían de haber elegido el Alcron como cuartel general, demostrando que la Historia puede que sea ciega e indiferente ante los casos humanos, pero a veces sabe echarse unas buenas risas.

Un minuto para que la ira menguara —se había equivocado al colgar de aquella manera, lo sabía, pero también sabía que resultaría excusable, dadas las circunstancias—, y luego Doreen se armó de valor. Para entonces ya había una treintena de oficiales sentados y de pie en todos los rincones del vestíbulo, rodeados de baúles y maletas, casi como si estuvieran a punto de embarcarse en un crucero. El ajetreo era máximo, y ella aprovechó esa circunstancia para abrir la cabina y alcanzar las escaleras ocultas tras los ascensores. Subió con cautela hasta el tercer piso, donde llegó casi sin aliento, y esperó a recuperarse antes de encarar el pasillo, que encontró despejado. Una vez en su puerta, se agachó para examinar la cerradura y se alegró al ver que no había sido forzada.

¿Qué te esperabas? ¿Tres agujeros de bala para volar el pestillo?

Apoyó una oreja en la madera, teniendo cuidado de no ser visible a través de la mirilla: al otro lado, ningún ruido. Entonces sacó la llave del bolsillo —después de su encuentro con Lotte la noche anterior, ya no se fiaba de dejarla colgada en la recepción— y abrió.

No había nadie esperándola, excepción hecha de la docena de cajas apiladas contra la pared, llenas de papeles y documentos. Doreen y sus colaboradores los habían reunido con grandes esfuerzos para ayudar a cientos de inocentes a ponerse a salvo, pero, si esas cajas acababan en manos de los alemanes, sería como entregar a la Gestapo la lista de sus enemigos, con todas las direcciones. Un mapa detallado de las persecuciones que estaban por venir. Por eso tenían que desaparecer.

Cogió el teléfono que había junto a la cama y marcó mi número en la pensión.

—¿Diga? —contesté al primer timbre.

—Petra —dijo Doreen—, soy yo, desde mi habitación. Alexander ha llegado. Ya sabes lo que tienes que hacer.

Luego colgó y, mientras esperaba a que yo me reuniera con ella para ayudarla, empezó a destruir metódicamente todo aquello en lo que había estado trabajando día y noche durante los últimos cinco meses.

39

¿Dónde se había metido todo el mundo?

A medida que se iba acercando a Staré Město, Margaret podía oír un zumbido de voces y ruidos que crecía en el aire, como la resaca de un mar oculto a la vista, pero las calles y las plazas del centro habían quedado a merced de las palomas y de los cuervos, que se paseaban lúgubres y majestuosos por entre las mesas de los cafés —las persianas bajadas, las cristaleras enrejadas— y los pórticos de las iglesias, silenciosos como tumbas. Algo estaba ocurriendo de verdad, pero ¿qué?, ¿y dónde?

Aguzando el oído y dejándose guiar como si fuera ciega, Margaret embocó callejón tras callejón, calle tras calle, y al final se encontró en la Karlova, la arteria comercial que conectaba Malé Námešti, la plazoleta situada detrás del ayuntamiento, con el puente de Carlos. Aquí el zumbido, al no encontrar obstáculos, se hizo estruendo, que crecía y se definía en sonidos más legibles —pasos, voces, gritos, estrépitos de motores— a medida que uno se acercaba al Moldava, donde la niña acabó topándose con una multitud tensa y excitada.

Al principio nadie reparó en ella, porque todo el mundo estaba girado hacia el puente, observando quién sabe qué espectáculo que Margaret no conseguía ver. Así que fue abriéndose paso entre los hombres y las mujeres, aprovechándose de su delgada constitución, pidiendo permiso o tomándoselo por sí misma si no recibía respuesta. A base de codazos y colándose por entre todas las rendijas que hallaba, acabó encontrándose en primera fila, a lo largo de la calle paralela al río. Lo que vio entonces hizo que se le cayeran los brazos a los costados: una interminable columna de camiones, jeeps y coches sin capota estaba remontando el río desde el sur y, a la altura de la iglesia de San Salvador, giraba a la izquierda para deslizarse bajo la Torre de la Ciudad Vieja. El arco que daba acceso al puente de Carlos desde hacía casi seis siglos se había convertido en un arco de triunfo para el ejército alemán, que ya había llegado a Praga y ahora tenía como objetivo el castillo.

Margaret levantó su mirada hacia la colina que dominaba Malá Strana: la catedral de San Vito, envuelta en copos de nieve cada vez más gruesos, parecía triste y negra como una madre enlutada, y pronto, sin duda, estaría aún más triste, aún más negra. Negra como las huestes de Hitler.

No podía mirar. Ni siquiera podía pensar en ello. Con un sentimiento de horror, Margaret dio la espalda a la columna y volvió a meterse entre la multitud que observaba embelesada el principio del fin. Fue abriéndose paso hasta la bocacalle de la Karlova, pero en vez de tomar el camino que la había llevado hasta allí y regresar a casa, junto a Peter y su madre, hizo algo a lo que no estaba acostumbrada.

A diferencia del resto de las iglesias con las que se había cruzado aquella mañana, la de San Salvador tenía el portón abierto. Margaret escrutó la fachada, desde donde las doce estatuas de los apóstoles le devolvieron la mirada con infinita piedad. ¡Cuánto debían de haber visto aquellos pedazos de roca moldeados en forma humana! ¡Cuánta tristeza y angustia a lo largo de los siglos y, pese a todo, seguían ahí! Y por primera vez, Margaret intuyó para qué servía el arte. Su belleza. Su consuelo.

Entró en la iglesia. Nunca había visto el interior, tan alto y tan blanco, con las enormes columnas cuadradas que ascendían hasta el techo estucado y discurrían hacia el largo ábside. Le impresionó sobre todo la luz azul que descendía de la cúpula, confiriendo al conjunto un aire sobrenatural, y el oro del púlpito y del confesionario, que anticipaba y multiplicaba el de detrás del altar.

Pero más que nada le impactó ver a toda aquella gente, cientos y cientos de personas arrodilladas entre los bancos y las naves, con la cabeza postrada, en una gran oración sin guía. No se celebraba ninguna misa. Ningún sacerdote dirigía o supervisaba aquella reunión. A saber si el portón lo había abierto un sacristán o si la multitud había actuado por su cuenta y riesgo. La gran iglesia estaba tan inmóvil y silenciosa que se habría podido pensar que aquellas figuras orantes también eran estatuas, cuando, por el contrario, se trataba de hombres, mujeres y niños unidos por el miedo, o tal vez por la esperanza, a pocos pasos del ejército enemigo.

Margaret se sintió conmovida al pensar que, en vez de huir o de contemplar cómo se desarrollaba la tragedia en marcha como meros espectadores en un teatro, todas aquellas personas se habían reunido para rezar juntas. Era algo que ella no sabía hacer —su padre estaba bautizado, pero no iba a ninguna iglesia; su madre pertenecía a otra religión que no tenía relación alguna con las iglesias—, pero por un momento pensó que habría sido bonito añadir su voz, su voz interior, a aquel coro mudo.

Estaba a punto de hacerlo, estaba a punto de elegir una esquina libre y agacharse en el suelo, con la cabeza inclinada y las manos unidas, buscando palabras que no conocía, llamada por una voz que nunca había oído antes, cuando una mano salida de la nada la aferró por el brazo izquierdo y tiró de ella.

Entonces Margaret se volvió, asombrada, pero en absoluto asustada, y se encontró con la última cara que habría esperado ver en aquel lugar.

40

El taxi de Doreen estaba metido en un atasco en el paseo del río, como el resto de los coches y de los carruajes. De vez en cuando, algún conductor más impaciente intentaba abrirse paso por el arcén, pero se quedaba varado por el barro y la nieve, que ahora caía tan densa como la lluvia, en copos gruesos y pesados. Los caballos, molestos por el intenso frío, golpeaban el asfalto con las pezuñas y lanzaban relinchos de frustración que reflejaban el humor de Doreen. Tenía tanta prisa por moverse en un día inmóvil como ningún otro. Si se quedaba más tiempo en ese habitáculo, se volvería loca. Mejor bajarse. Respirar aire fresco. Caminar.

Le tendió dos billetes al taxista, que los cogió con un apocado «gracias», sin hacer siquiera ademán de protestar. Mientras el convoy de vehículos que llegaba desde el sur no terminara de remontar el Moldava, el puente de Carlos y la colina de Petřín, su taxi difícilmente podría salir de aquel tramo de calle, aunque Doreen imaginó que en circunstancias como aquellas tampoco estaba tan mal quedarse dentro de un habitáculo caldeado observando la Historia en acción.

Ya en la calle, la recibió una ráfaga de viento y copos de nieve que le levantó la bufanda y se le metió entre el cuello y los hombros. *Tiempo de lobos*, pensó para sí misma, e inmediatamente recordó que ese era el apodo favorito de Hitler: *Der Wolf*. A saber si habría llegado ya a la ciudad. A saber si esa noche dormiría en el castillo, como había anunciado tantas veces.

Pero no eran pensamientos en los que demorarse. Tras salir de su habitación, Doreen se había puesto de nuevo en marcha para llegar al consulado, que por desgracia se encontraba situado en Malá Strana, justo a los pies del castillo, en la calle más elegante —y ahora más peligrosa— de la ciudad. Pero el cónsul también guardaba documentos sensibles, y era necesario asegurarse de que se deshacían de todos antes de que cayera la noche, para que la Gestapo no pudiera hacer desaparecer a las personas a los que pertenecían.

Mientras avanzaba con dificultades por la acera nevada, arrebujándose dentro del abrigo y con la cabeza gacha, Doreen iba pensando en lo que podría hacer con las últimas mujeres de la lista, casi un centenar, y con sus hijos, todos ellos hijos de refugiados a los que había ayudado a expatriarse en los meses anteriores. La idea, hasta entonces, era poner a salvo primero a los más expuestos a las amenazas del Reich, pero nadie se esperaba que el Reich se fuera a abalanzar tan rápido sobre la ciudad, no de verdad, y ahora la idea de haber roto familias que no sería capaz de volver a reunir la dejaba sin aliento.

Tal vez el cónsul tenga buenas noticias. Tal vez él haya recibido confirmaciones sobre el tren de ayer.

Un camión pasó a su lado y la asustó con un toque de claxon. Doreen dio un respingo y a punto estuvo de caerse al suelo. Se aferró justo a tiempo a la barandilla de piedra que daba al Moldava. El hielo sobre el río se había quebrado en diversos puntos, un recordatorio de que solo faltaban seis días para la primavera. En cuanto recuperó el equilibrio, Doreen se volvió hacia el camión y no se sorprendió al ver, tras la ventanilla empañada de la cabina del conductor, la mueca burlona de un soldado que se reía de ella. Para confirmar su mofa, el conductor volvió a tocar el claxon, imitado por el camión que iba detrás y por otro que iba más adelante.

Mantén la calma. Date la vuelta y no lo mires. El consulado, recordó Doreen y, encajando mejor la cabeza en la bufanda, reanudó la marcha por la acera.

Al cabo de casi un cuarto de hora llegó a un edificio en forma de puente que atravesaba el paseo del río en el mismo punto en que la Karlova, el antiguo camino real, lo cortaba perpendicularmente para llegar a la Torre de la Ciudad Vieja. Allí, la columna de vehículos, lenta y mortífera como una serpiente en un cañaveral, giraba a la izquierda, vigilada por una muralla de praguenses. Era de esperar que el gran espectáculo atrajera a la multitud, pero Doreen, de todos modos, consideró una locura amontonarse de aquel modo a pocos metros del invasor, que había venido a destruir y a mandar. Si había un lugar en el que no habría querido encontrarse nunca era justo aquel cruce, pero no se le había ocurrido a tiempo que Hitler elegiría el lugar más simbólico de la ciudad para cruzar el río. De haberlo pensado antes, podría haber llegado al consulado por el puente de la Legión. Ahora, con la nieve que iba aumentando y las botas heladas, no habría podido dar media vuelta.

Estaba caminando hacia la calle que llevaba al Teatro Nacional, pasando por delante del Klementinum, cuando la multitud que la rodeaba prorrumpió en un rugido, al que se sumó un concierto de bocinazos y gritos de júbilo. Doreen se volvió para mirar las caras de la gente: todos con los ojos como platos, muchas bocas abiertas, las manos en los labios, lágrimas corriendo por varias mejillas. A dos metros de ella, una pareja, marido y mujer con toda probabilidad, se abrazaban con fuerza mientras ella sollozaba sobre el hombro de él, que miraba con horror un punto por delante de ellos. Doreen también miró en esa dirección y comprendió de inmediato la razón del rugido.

Al otro lado del puente, al otro lado del río, más allá de las torres gemelas de Malá Strana, sobre la colina que desde hacía siglos vigilaba y protegía la ciudad, el castillo de los reyes se había vuelto a iluminar, pero ahora, en los muros orientales, robando la escena a las dobles agujas de la catedral, ondeaba un estandarte rojo y blanco con la esvástica del Führer en el centro. En el blanco lechoso del final de la mañana, aquel enorme rectángulo de tela destacaba como una herida de la que manara sangre —*la sangre de una nación vencida*, pensó Doreen—.

Sin embargo, no todos se sentían derrotados a su alrededor.

—¡Por fin! —soltó un chiquillo demacrado, poco más que un esqueleto vestido, haciendo aspavientos entusiasmado a pocos metros de la calzada—. ¡Por fin!

Muchos ojos se volvieron hacia él, sorprendidos y perplejos en su mayoría, pero también molestos, ofendidos, enfadados.

—Pórtate bien, Vacy —lo reprendió una mujerona vestida con un traje tradicional, el pelo cubierto por un velo que le daba un aire monjil.

—Mamá, no lo entiendes: ¡Hitler ha venido a salvarnos! ¡Volveremos a ser una nación con un par de pelotas!

—¡Cállate! —respondió un chico de su edad, aunque mucho más carnoso, apretando los puños—. ¡No sabes lo que dices!

—Vacy —repitió la madre, mirando a su alrededor, muy avergonzada y temerosa, pero el niño no la escuchó.

—¡Una nación con un par de pelotas! —repitió enfervorizado al tener público delante—. ¡Y yo me alistaré el primero!

—Pero ¿cómo vas tú a alistarte, chavalín? —le respondió un anciano arropado en su abrigo hasta la nariz. La pequeña parte de su cara que despuntaba entre la bufanda y el sombrero estaba tan roja como la bandera del Partido Comunista—. ¡Ni siquiera valdrías como caballo frisón!

Alguien se rio, otro en cambio se acercó amenazador. Un círculo de rostros sombríos se cerró en torno al muchacho, quien, pese a todo, tuvo el valor de replicar:

—¡Vosotros, los viejos, habéis arruinado el país! Nos ablandasteis y luego nos vendisteis. Es culpa vuestra que los checos y los eslovacos ya no pinten nada en el mundo. Pero, dentro del Tercer Reich, ¡volveremos a ser importantes!

Ante esta proclama se oyeron unos «¡Sí!», unos «¡Bravo!», opuestos a otros tantos «¡Payaso!», «¡Idiota!», y en unos instantes estalló una refriega entre jóvenes y viejos, entre hombres y mujeres, en teoría todos hermanos, hijos de la misma patria, pero en realidad ya divididos y dispuestos a agredirse.

Fue allí donde Doreen aceptó la posibilidad de la derrota. Fue allí donde admitió, también para sí misma, que lo que podía hacer en Praga ya lo había hecho. La llegada de la Wehrmacht no significaba únicamente la anexión, la derrota militar, la aniquilación política: significaba ante todo una fractura civil. Hasta ese momento, ella había podido moverse con cierta libertad, porque Checoslovaquia, aunque infiltrada por los alemanes, seguía siendo una nación libre y unida, y porque su pasaporte le otorgaba una especie de inmunidad. Ahora, sin embargo, el Lobo estaba a punto de entrar en el castillo, y las ovejas ya empezaban a pelearse entre sí. Quedarse más tiempo allí supondría un riesgo inútil.

Apartó la mirada de la riña en curso y a punto estaba de regresar tras sus pasos, abandonando la idea de llegar al consulado, cuando con el rabillo del ojo creyó distinguir una silueta familiar: un hombre enorme, que sobresalía varios centímetros por encima de la multitud y que llevaba un parche en el ojo, un parche con la esvástica.

Se dio la vuelta para ver mejor y, sí, no se había equivocado: el hombre que estaba entrando en la iglesia de San Salvador, a unas decenas de metros de donde ella se encontraba, era efectivamente Vodnik, el responsable de las aduanas. Hacía meses que no se cruzaba con él, pero ¿cómo equivocarse? Vodnik, el nazi, el que después de aquella primera vez en el aeropuerto había hecho todo lo posible por dificultar sus vuelos. Vodnik, el orco, que intentaba dar caza a la Niña de la Sal —a Margaret— y le había puesto precio a su cabeza.

Doreen avanzó hacia Karlova para lograr un paso, pero tardó unos minutos, por lo que no llegó a la iglesia a tiempo de interceptar al gigante, quien salía de nuevo, esta vez aferrando a alguien por un brazo: una niña de entre diez y once años que intentaba zafarse sin éxito, con la otra mano del nazi sobre su boca.

Doreen se quedó quieta donde estaba, a medio camino entre la torre y la iglesia, a pocos metros de los camiones alemanes, que seguían desfilando con extrema lentitud, levantando nubes de gas de olor dulzón. Ella era la única de los presentes que miraba en esa dirección, por eso nadie se percató del trato vejatorio con que el hombre trataba a la niña, llevándola a rastras hasta un automóvil aparcado delante del Klementinum.

—¡Eh! —intentó gritar Doreen, pero la multitud rugió al mismo tiempo cuando un Mercedes, negro como la noche y con los cristales tintados, se abrió paso entre los camiones del puente. ¿Podría tratarse ya de Hitler?

Mientras tanto, Vodnik había llegado a la puerta, la había abierto y había empujado dentro a la niña.

—¡Eh! —volvió a gritar Doreen, intentando abrirse paso entre los presentes, todos ellos embelesados ante la visión del Mercedes. Pero no llegó a tiempo de alcanzar al gigante ni de llamar la atención de nadie sobre él.

Sonriendo satisfecho, Vodnik se montó por el lado del conductor y cerró la puerta con fuerza. Entonces el coche se puso en marcha y se dirigió hacia el norte.

41

Al llegar al consulado, Doreen se encontró con un espectáculo aterrador: las ventanas del edificio abiertas de par en par, el humo saliendo por ellas a bocanadas, como decenas de tentáculos negros lanzados contra el cielo gris. Se introdujo por el portón abierto, subió los escalones de dos en dos, entró en la gran sala de espera y solo entonces pudo relajarse. Allí estaban todos sus compañeros de ventura: el vicecónsul Jaksch, su ayudante Taub, con su mujer y su hijo, incluso Patz y Mollik, que solían estar recorriendo la ciudad para los encargos más delicados. Solo faltaba Trevor, de quien aún no había noticias. Por lo demás, el equipo estaba al completo.

—Doreen —dijo Jaksch, dándole la bienvenida—. Menos mal que estás bien. ¿Has visto qué locura?

—He visto el humo —respondió ella—, y me he quedado sin habla.

Jaksch asintió.

—Lo siento. —La condujo a su despacho para mostrarle el motivo de toda aquella barahúnda: tres ayudantes estaban vaciando a toda prisa los armarios, las cajas con la documentación y los cajones para echarlo todo a la gran chimenea de la sede consular. Era la primera vez que Doreen la veía encendida, pero al parecer funcionaba a la perfección.

—¿Está Reed aquí? —le preguntó a su amigo.

—¿Reed? Hace días que no lo veo. ¿Por qué? ¿Le ha pasado algo?

Otra vez aquella tensión en el estómago. Otra vez aquel pésimo presentimiento.

—No importa. ¿Qué dicen en Downing Street? —preguntó Doreen, cambiando de tema—. ¿Organizarán algún transporte?

La sonrisa de Jaksch, amarga como si hubiera tragado aceite de ricino.

—Dicen que, si los alemanes dan nuestros nombres, el Gobierno nos entregará a todos, sin oponer resistencia.

—¿Cómo? —soltó ella.

—Colaboración —respondió Jaksch, encogiéndose de hombros. Tenía la mirada resignada de quien ve una trampa a punto de saltar y sabe que no tiene ni tiempo ni forma de anularla—. Hemos falsificado visados, enviado a delincuentes al otro lado de la frontera...

—¡Patriotas!

—Depende del punto de vista —dijo Patz, el segundo de Jaksch, al entrar en el despacho con un papel en la mano—. Y el punto de vista de los nazis está ganando cuotas de mercado, de momento. —Entonces se tomó unos instantes, de pie en medio de la sala, con toda la atención de Jaksch y Doreen, antes de anunciar—: Hitler está en la ciudad.

Una explosión más allá de las ventanas, en lontananza. Por un momento la luz de la gran araña de cristal vaciló, como sin saber si debía apagarse o seguir iluminando.

—Esto es el fin —murmuró Jaksch, y se dejó caer como un peso muerto en el sillón de detrás del escritorio.

—¿Tenías alguna duda? —le preguntó Patz, acercándose a la ventana. Tres pisos más abajo, en Nerudova, la columna de camiones, jeeps y vehículos con la cruz gamada en los costados avanzaba inexorable.

—Michal —le dijo Doreen a Jaksch, como si todo, de repente, hubiera pasado a un segundo plano—. ¿Conoces a Vodnik?

—¿Quién, la montaña humana? —preguntó Patz.

Doreen asintió.

—Mientras venía para aquí he visto algo. Yo estaba a la altura del puente, frente a San Salvador, y lo he visto salir con una niña de la mano. La llevaba a rastras, tapándole la boca, luego la ha subido a un coche y se han marchado.

—¿Vodnik? —preguntó Jaksch, que había vuelto a abrir los ojos y ahora la miraba con expresión de extrañeza—. ¿El responsable de las aduanas? ¿Estás segura?

—No resulta fácil confundirlo con otra persona —respondió Patz por ella.

—Era él. Y no sé quién era la niña, pero tengo una certeza: Vodnik la ha secuestrado.

Jaksch parpadeó.

—Doreen... —empezó.

—Lo sé, no es asunto tuyo, pero...

—... ¿qué podemos hacer a estas alturas? Ahora tenemos otras prioridades, como ya te imaginas.

—¿Sabes al menos adónde puede haberla llevado? —intervino Patz.

—Esperaba que vosotros tuvierais alguna idea.

Yo llegué en ese instante, captando al vuelo la frase de Doreen.

—¿Alguna idea sobre qué? —pregunté con la respiración entrecortada por la carrera que había realizado desde la plaza de Wenceslao, una vez resuelto el problema de los documentos en la habitación de Doreen. A juzgar por las miradas que me dirigieron, debía de tener una expresión angustiada.

—¡Petra! —dijo Doreen, como si nos hubiéramos separado días atrás, en vez de horas, y hubiera temido no volver a verme—. Lo lograste...

—Sí, a pesar de la muchedumbre en los puentes. Tuve que cruzar por el de la Legión, y en un momento dado...

Doreen me interrumpió.

—Petra, acabo de ver a Vodnik, hace nada, cerca del Klementinum. Ha secuestrado a una niña, creo que a *esa* niña.

Me quedé con la boca abierta.

—¿La Niña de la Sal?

—Sí —dijo, tan seria como la había visto en escasas ocasiones—. O tal vez no. Sabemos que Vodnik la estaba buscando, así que podría ser ella, pero, aunque no lo fuera, tenemos que hacer algo.

Me miraba como si yo fuera la única persona en aquel despacho que podía entender, que podía estar de acuerdo y, a pesar de todo, tenía razón.

—¿Tienes idea de adónde se la ha llevado?

—Ninguna. ¿A quién podríamos preguntarle?

—Querida —Jaksch volvió a la carga—, no podemos salvar a todo el mundo, especialmente en un momento como este. Lo siento.

Otra explosión en la calle. Petardos, más que disparos, o al menos fue lo que deseé.

—Tengo una idea —dije entonces—. Sé quién podría saber algo. Dame cinco minutos. —Y me marché tan rápido como había llegado.

42

—Dime dónde la guardas —repitió el gigante por décima vez—. Dímelo o te arrepentirás.

Margaret estaba fuertemente atada a una silla de metal y la luz que le apuntaba a los ojos se le clavaba en el cerebro como una aguja de tejer al rojo vivo, pero ella no estaba dispuesta a ceder. No iba a revelarle dónde guardaba la sal. Peter y su madre estaban allí, y antes que traicionarlos se dejaría torturar. Se dejaría matar. Apartó la mirada, la dejó vagar por la habitación entre las estanterías metálicas llenas de carpetas. *Un archivo.*

La bofetada llegó inesperada, en la mejilla izquierda, girándole la cabeza de lado con un chasquido que le hizo crujir el cuello.

—¡Habla! —gritó el gigante, y con una segunda bofetada, en la mejilla derecha, le devolvió la cabeza a su sitio.

A Margaret nunca le había pegado nadie en su vida, ni siquiera su padre cuando estaba enfadado, y se sorprendió al no sentir dolor al principio: más bien una sensación gradual de calor, como una llama que se encendía lentamente y luego, cada vez más rápido, se extendía hacia los pómulos y la barbilla, mientras su piel parecía hincharse. Se le llenaron los ojos de lágrimas, que pronto rodaron desde las pestañas. Cuando tocaron sus mejillas, sintió que le ardían.

—Puedo hacer que hables por las buenas o por las malas —insistió el gigante, acercando su rostro enfurecido a escasos centímetros del de Margaret. Tenía el pelo sucio, grasiento, y apestaba a sudor. El parche del ojo izquierdo se le desplazaba de forma constante. Cuando se dio cuenta de que la chica lo miraba fijamente, una mueca feroz se le dibujó en su rostro—. ¿Quieres ver lo que hay debajo?

Se alejó medio metro, luego, con un rápido gesto se quitó el parche, mostrando a Margaret el ojo izquierdo: un ojo perfecto, azul como el cielo, redondo como una bola de cristal. *¿Por qué lo lleva tapado?*, se preguntó la chica. *¿Es un truco nada más, para asustar a la gente? ¿Como los piratas de las historias?*

Entonces comprendió. Lo entendió por sí misma, un momento antes de que él volviera a hablar.

—Tu maldita sal —gruñó el hombre—. Aquella noche en el callejón. Era impura, ¿sabes? Ahora tengo que usar esto —añadió, metiéndose dos dedos en la cuenca del ojo y sacando de ahí una esfera translúcida que le mostró en la palma de la mano—. Un regalo tuyo, y me moría de ganas de darte las gracias en persona. Pero primero me llevarás a la sal. Dime dónde la tienes y no te haré mucho daño.

Margaret volvió a negar con la cabeza y, con un golpe de riñones, intentó volcar la silla. Entonces el gigante la sujetó con una mano, mientras levantaba de nuevo la otra, dispuesto a dejarla caer sobre ella. Sin embargo, antes de que pudiera hacerlo, por detrás de la chica se abrió la puerta del archivo.

—Herr Vodnik —dijo la voz de un joven—, el comandante está... —Entonces se interrumpió, dando paso a un silencio consternado.

El gigante bajó el brazo, frunció el ceño.

—¡He dicho que no se me molestara, sargento Havidan! —bramó mientras se ponía el parche con rapidez.

— Yo... Perdóneme, Herr Vodnik —respondió el joven.

—¡Y que no me llaméis por mi nombre delante de extraños! ¿Qué quieres?

—El comandante quiere que se reúna con él en el balcón. La caravana está a punto de llegar, hace poco fue vista en Vyšehrad, y al comandante le gustaría que también usted estuviera allí presente para saludar el coche del Führer.

—Ahora mismo voy.

—Bien —dijo el joven.

Y al cabo de un momento —un momento demasiado largo, pensó Margaret: la escena debía de haberlo afectado— dio un taconazo y cerró la puerta de nuevo.

El gigante respiró profundamente, se pasó la mano por el cráneo brillante.

—No creas que te has salvado —dijo entonces, con voz fría—. No le importas a nadie, y solo yo sé que estás aquí —dijo, olvidándose del joven que acababa de marcharse.

Miró a su alrededor con los ojos entrecerrados como en busca de una idea y, cuando la encontró, una media sonrisa se dibujó en su rostro, pálido como el mármol.

—Quizá la nieve te haga cambiar de idea —le dijo; luego giró por detrás de la silla y se agachó para desatar los nudos que sujetaban a la niña. Cuando hubo terminado se enderezó, aferró a Margaret por el brazo y la empujó a través de uno de esos pasillos formados por las altas estanterías llenas de legajos. A mitad de camino giró a la izquierda, donde había otra puerta cerrada. Con la mano libre tiró del pestillo y la abrió. Al otro lado, una gran terraza cubierta de nieve daba al río y a la Ciudad Vieja. Así que se encontraban a los pies del castillo, en Malá Strana, razonó Margaret, que durante el viaje en coche no había logrado mirar por las ventanillas y saber a dónde iban.

En la terraza había unas cuantas mesitas de metal cubiertas por centímetros de nieve espesa y, apoyadas en las mesas, unas cuantas sillas plegables, colocadas unas sobre otras. El gigante se acercó para coger una de ellas, la abrió de un golpe como si fuera un paraguas, la situó contra la pared, a la izquierda de la puerta. Luego obligó a Margaret a sentarse —la repentina sensación helada le cortó la respiración, la nieve al derretirse le mojó el vestido— y la ató de nuevo, añadiéndole una mordaza en la boca, tan apretada que le cortaba las mejillas. Cuando terminó la operación, dio un paso atrás, la miró como un pintor lo haría con un cuadro.

—No deberías de morir congelada antes de que vuelva —dijo levantando los ojos al cielo, del que caían copos de nieve grandes como monedas—. Para entonces ya habrás meditado sobre tus opciones: dime dónde tienes la sal o sufre las consecuencias. La elección es tuya.

Entonces miró a su alrededor una última vez para asegurarse de que nadie pudiera ver a la niña sentada en la nieve desde el exterior y, satisfecho, se deslizó hacia la puerta y la cerró tras de sí.

43

Mi contacto no sabía nada sobre una niña a la que Vodnik se había llevado, pero estaba seguro de que el gigante se encontraba en el cuartel general provisional de los nazis, a los pies del castillo, en Nerudova, a menos de un kilómetro del consulado británico. Así que ya teníamos una idea de dónde buscarlo, pero sobre cómo llegar hasta él... Si realmente había llevado a la niña hasta allí, ya habíamos perdido la partida. Hasta el día anterior podíamos haber actuado por vía oficial con el embajador alemán, hacerle preguntas, incluso elevar protestas, pero, en Praga, aquel día, la diplomacia cedía el paso a la dominación. A esas alturas, los derechos de los checoslovacos no eran más que papel mojado.

Doreen insistió de todos modos en salir: quería ver el edificio, echar un vistazo, hacer algo.

—La carretera sigue bloqueada por vehículos del ejército —le respondí—. Nos meteremos en un atasco de tráfico.

—Entonces vayamos caminando. Si está tan cerca, tardaremos unos minutos.

—Pero está nevando mucho, Doreen.

—Solo es agua helada. Vámonos.

Estaba a punto de replicar otra vez cuando ella desvió la mirada hacia mi izquierda y se iluminó.

—¡Reed! —exclamó.

Me di la vuelta: era el periodista inglés al que había visto varias veces ir con ella. Yo siempre había sospechado que se trataba de algo más que de un simple periodista, pero la Gestapo no tenía información al respecto.

—Doreen —dijo, acercándose a nosotras visiblemente aliviado.

—Pero ¿dónde te metiste? Me llevé un susto de muerte.

Reed hizo una mueca contrita.

—Nos estaban siguiendo. Un alemán de paisano. Lo vi mientras estabas en la oficina de Correos.

Doreen lo miró sorprendida.

—Pues claro que nos estaban siguiendo. Llevan meses haciéndolo.

—Sí, ya me lo imagino, pero a este lo conocía. Lo he visto otras veces por ahí, cuando yo no estaba contigo, así que pensé que quien le interesaba era yo. Me alejé para comprobarlo, y él vino tras de mí. En ese momento decidí llevarlo un rato de paseo para dejarte a ti vía libre.

Era una historia extraña, o al menos a mí me lo pareció, pero Doreen parecía feliz de oírla; feliz de encontrar una explicación plausible a la desaparición de su amigo.

—¿Y no te habrá seguido ahora hasta aquí? —le preguntó luego con un destello de preocupación.

Reed sonrió.

—Lo perdí en los callejones. Conozco algunos trucos.

—Entonces llegas en el momento oportuno —respondió ella—. Necesitamos todos los trucos posibles para llevar a cabo lo que hemos de hacer ahora. —Y pasó a explicarle lo de Vodnik, la niña y el cuartel general de los nazis—. ¿Te vienes con nosotras?

Así que nos fuimos los tres, subiendo jadeantes por la acera enterrada bajo el blanco, el aire saturado por los gases de los tubos de escape alemanes, nuestros oídos agredidos por el sonido de los motores y los gritos desaforados de los soldados. Tardamos un cuarto de hora en llegar a nuestro destino, un palacio del siglo XVII comprado muchos años antes por un industrial de Hamburgo, quien se lo había cedido gratis a la Gestapo. Cuando estuvo delante del edificio, Doreen también se dio cuenta de que la mayor de sus esperanzas —encontrar un lugar de paso, un acceso secundario— era una locura. El palacio estaba encajonado entre otras dos construcciones semejantes, sin solución de continuidad a lo largo de la calle que ascendía al castillo, y se alzaba cinco plantas, con una fachada lisa y sin adornos. Las ventanas estaban cerradas con gruesas rejas y la única entrada, un gran portón de madera tachonada, estaba vigilada por una guardia integrada por dos hombres con el uniforme de las SS. Las calaveras de sus gorras brillaban cruelmente a la luz de las farolas.

—Volvamos, Doreen —le susurré—. Si nos detienen y nos piden los documentos, el tuyo es un nombre conocido. A partir de ahora has de andarte con cuidado.

Tal vez, me decía a mí misma, mi contacto podría conseguir algo más. Puede que Vodnik gozara de estima y de libertad de movimientos, pero ¿hacer desaparecer así a una niña? Habría tenido que responder ante alguien.

Doreen, sin embargo, no me escuchó. Estaba razonando sobre nuestra posición, sobre la orientación de la calle, sobre la estructura del edificio.

—Con respecto a la colina, aquí nos encontramos tierra adentro —comentó Reed a media voz.

—¿Cómo dices?

—El edificio mira hacia el castillo, pero por detrás no tiene nada, solo vistas sobre la ciudad. La colina va en descenso y la carretera está construida sobre lo que era el borde.

Miré a mi alrededor, encontré un punto de referencia en la iglesia de San Nicolás.

—Sí, tienes razón.

—Así que... —continuó Doreen, y se detuvo.

—¿Así qué?

—Así que venid conmigo —dijo tan solo, dándose media vuelta, y se dispuso a bajar por la carretera que acabábamos de subir, con los faros de la Wehrmacht justo en nuestros ojos.

44

La nieve caía de una forma extraña. Margaret nunca antes se había fijado. Los copos no bajaban a la misma velocidad: algunos caían al suelo como piedras, deprisa, como si tuvieran una cita y supieran que llegaban tarde, mientras que otros planeaban perezosos como hojas de otoño, balanceándose aquí y allá, confiados a corrientes invisibles que los acunaban con dulzura. A saber qué los diferenciaba, si el azar, el capricho o alguna intrínseca necesidad.

Si uno se detenía a observarlo, el conjunto era caótico y ordenado al mismo tiempo: una partitura para instrumentos semejantes solo en apariencia, que seguían ritmos muy diferentes y que, sin embargo, al final, mágicamente, se veían tocando a la par, componiendo una especie de sinfonía. Margaret podría haberla mirado —o escuchado— durante horas, y de vez en cuando incluso sacar la lengua para probarla —música comestible, fría y granulada, como los granizados que se vendían a lo largo del río en su pueblo, en verano—, pero dudaba de que le quedara tanto tiempo por delante. Sentada en aquella silla de metal, el frío parecía ir aumentando a cada minuto que pasaba, y no había forma de saber cuántos habían transcurrido ya, mientras el calor se retiraba lentamente de la periferia de su cuerpo, primero los dedos de los pies y de las manos, luego las orejas y la frente, después los tobillos, las pantorrillas, las muñecas, los antebrazos, convergiendo —una ola azul sobre un lago rojo— hacia el corazón.

Había intentado liberarse, pero los nudos del gigante estaban apretados y, cuando intentaba moverse, los granos de hielo que se habían metido entre la tela y la piel ardían como una lengua de fuego escapada de la chimenea. Había tratado en vano de remover la mordaza, a esas alturas ya no sentía la parte inferior de la cara. Ni siquiera era capaz de gemir. Tal vez, en el caso de que sobreviviera, descubriría que ya no podía hablar.

¿Y quién le contará los cuentos a Peter?, se le ocurrió pensar.

Tenía que hacer algo, así que empezó a considerar sus opciones. Volcar la silla: factible, pero no aconsejable. Solo le faltaba encontrarse tumbada en medio de la nieve, a saber qué espesor tendría. ¿Podía alguien morir asfixiado de esa manera? Luego, dar saltos donde estaba, con la esperanza de llamar la atención de alguien. Pero ¿de quién? La terraza no daba a la calle, aunque el ruido de los motores y de los hombres en movimiento se oía hasta allí. ¿Quién habría prestado atención a unos golpes en el techo? Eso en el caso de que bajo la terraza hubiera una habitación, y en la habitación alguien, y alguien que estuviera de su parte. Margaret ignoraba a dónde la había llevado el gigante, pero estaba claro que era un lugar donde lo conocían, donde él era alguien, así que lo ayudarían, no se enfrentarían a él. También en los cuentos, los malos siempre actuaban de esta forma.

Estás condenada, Margaret, se dijo a sí misma, y el pensamiento la alegró: hay una poderosa voluptuosidad en la piedad hacia uno mismo. *En la autocompasión*, como la llamaba el señor Tycha. Pensar que no podemos hacer nada más, que nuestro destino está determinado, y que todo saldrá mal, y no es culpa nuestra. Nosotros somos inocentes.

Un fogonazo de ira: no, no iba a rendirse tan fácilmente. Tenía que reaccionar, por Peter, por su madre. Por lo menos debía intentarlo.

Pero ¿qué podía hacer allí, ahora, atada a una silla helada, con la ola azul que iba reduciendo el lago rojo a un círculo cada vez más estrecho, con la boca insensible por culpa de la mordaza?

En los cuentos, en ese momento siempre llegaba un pájaro de colores, normalmente azul, o un insecto parlante, o un hada luminosa con alas de mariposa. Le traería una llave dorada, o una poción mágica para darle una fuerza extraordinaria, o para hacerla diminuta, de modo que pudiera liberarse de la silla sin esfuerzo. O bien un cuervo, eso mismo, un cuervo negrísimo se le posaría sobre las rodillas, la miraría a los ojos intensamente y, de golpe, sus almas se intercambiarían: el cuervo atado a la silla y Margaret en lo alto, con sus alas, en busca de ayuda en la gran ciudad.

Pero ¿qué ayuda?, se dijo. ¿Qué cuervo, qué insecto, qué hada? Estás aquí sola, y dentro de poco morirás, de frío o a golpes, y Peter y mamá no volverán a verte. Los habrás perdido para siempre, y todo por satisfacer una curiosidad. Tonta, eres una niña tonta.

Entonces una lágrima brotó de su ojo derecho, una lágrima pesada que se deslizó lentamente por su nariz y se detuvo justo encima del labio, congelada.

45

Unos cien metros más abajo, a la derecha, había un callejón al que una verja impedía el paso. Doreen se detuvo, aferró los barrotes con ambas manos, los sacudió.

—Está cerrado —dijo decepcionada.

—Hay un candado —le indicó Reed. Luego lo cogió en la mano para comprobar su consistencia—. Oxidado.

—¿Se puede forzar?

En ese instante sonó un lejano bocinazo a los pies de la colina, seguido de inmediato por un segundo, un tercero, un cuarto. Al cabo de unos instantes, la columna de vehículos que subía por Nerudova se transformó en un coro ensordecedor. Parecía una fiesta de boda, o un concierto de bienvenida. Luego, un rugido que se iba acercando y, cuando nos volvimos para mirar, un Mercedes negro como la noche pasó a un centímetro de nosotros, salpicándonos de nieve sucia. La carretera era estrecha debido a los otros vehículos, por lo que el automóvil no podía avanzar demasiado rápido, y eso nos dio tiempo a vislumbrar a sus ocupantes: el conductor sentado delante, con la mirada concentrada, los dos hombres con uniforme y gorra sentados detrás. La cara del segundo, con ese bigote recortado y los ojos glaciales, era inconfundible.

El Lobo había llegado a la ciudad.

—¿Lo has visto? —preguntó Reed, excitado como solo podía estarlo un periodista ante una primicia.

Doreen negó con la cabeza, pero tampoco le importaba saber de quién estaba hablando. Se volvió de nuevo hacia la verja con decisión.

—El candado.

—Sí, claro —le contestó él, y se puso a escrutar por el suelo, explorando y removiendo la nieve con un pie, hasta que encontró lo que buscaba. Se agachó, quitó el polvo blanco que quedaba con la mano enguantada, luego volvió a levantarse, sujetando en la mano una piedra más grande que su puño—. Vamos a intentarlo.

Sin esperar ni un instante, aprovechando el concierto de bocinazos que aún proseguía, golpeó el candado con la piedra una, dos, tres veces. Le llevó un par de minutos y bastante fuerza, pero al final el candado cedió y pudimos abrir la verja.

Doreen se metió por el callejón igual que un gato y yo la seguí. Caminamos unos treinta metros y nos encontramos justo donde esperábamos: en la entrada de un segundo callejón que discurría paralelo a la calle principal y a la fachada de los edificios.

—Venid —nos dijo, y se internó en la penumbra. Al cabo de unos cincuenta pasos, el edificio que estábamos bordeando se interrumpía, desembocando en un muro no muy alto que custodiaba un oscuro jardín. Mirando hacia el edificio que había más allá del jardín, Doreen creyó reconocer el cuartel general de los nazis—. Si escalamos el muro y cruzamos el jardín...

—Doreen, ¡mira! —la interrumpí, señalando un lugar en la planta baja, en el extremo oriental del jardín.

Ella movió los ojos en esa dirección y vio lo que yo también había visto, y se quedó tan sorprendida que dudó por un momento si no se trataba solo de un sueño.

46

Arrullada por el frío, Margaret soñaba. Mientras las fuerzas la abandonaban poco a poco, oscilando ligeras como los copos de nieve a su alrededor, soñaba con el final de la vida feliz, a esas alturas a mil años de distancia, cuando todo su mundo se inclinó de golpe, y Peter, su madre y ella empezaron a deslizarse hacia el remolino.

La noche del incidente se encontraban en Karlsbad, en su gran casa llena de habitaciones y de sirvientes, con aquel hermosísimo jardín en el que era fácil perderse durante tardes enteras. Peter y ella tenían una habitación para cada uno, e incluso una sala dedicada únicamente a los juegos. No iban a la escuela, porque los mayores lo consideraban peligroso: venía un profesor todos los días a enseñarles matemáticas, ciencias, geografía e idiomas. Los idiomas eran muy importantes para su padre. Era comerciante, uno de los más ricos del país, y viajaba continuamente. Fue en uno de sus viajes cuando conoció a su esposa.

La noche en que vinieron a llamar a su puerta, Margaret dormía profundamente. Todavía estaba oscuro fuera de la ventana, de manera que ella se dio la vuelta hacia el otro lado, decidida a dormirse de nuevo. Entonces oyó a un hombre que gritaba órdenes en alemán: buscaba a Maurice Sedlák, el tendero, ¡ahora mismo! Que viniera a abrir o echaría la puerta abajo.

Margaret se levantó asustada de la cama, salió en silencio de su habitación. Había un lugar en el rellano desde el que podía atisbar lo que ocurría en la planta de abajo sin que la vieran. Peter y ella lo hacían siempre que papá y mamá daban una fiesta. Pero esa noche no había ambiente de fiesta. Cuando consiguió ver lo que estaba pasando, la puerta de la casa ya estaba abierta y en el gran vestíbulo había unos hombres desconocidos, seis o siete, todos vestidos de negro, algunos de ellos armados. El más gordo, tan ceñido por el uniforme que parecía hinchado con una bomba de aire, estaba hablando con su padre. Margaret no lograba oírlo, pero quedaba claro que no era una visita pacífica. El alemán tenía un aspecto amenazador, el padre de Margaret estaba rígido como una piedra.

Entonces su padre extendió los brazos, levantando la voz:

—No pueden... —Y el alemán, sin esperar al final de la frase, sacó la pistola y lo golpeó con la culata en la cabeza.

El padre de Margaret cayó al suelo como un saco de harina, llevándose una mano a la sien —una mano roja de sangre—, y ella a punto estuvo de gritar, pero alguien la aferró por detrás justo a tiempo, tapándole la boca, y con aliento caliente en los oídos le susurró...

—¡Cielo santo! ¿Qué está pasando aquí?

Margaret volvió a abrir los ojos de golpe.

No estaba en su casa. No estaba en el rellano mirando a su padre ensangrentado y al hombre gordo que le apuntaba con la pistola. Estaba en medio de la nieve, atada a una silla, y veía de manera confusa, y distante, pero delante de ella había un hombre, un hombre de carne y hueso, que la sujetaba por los brazos.

—Eh, pequeña. ¿Estás bien? —le preguntaba mientras la sacudía con fuerza—. ¿Me oyes?

—Papá —dijo Margaret con una sonrisa—. Has vuelto.

Entonces cerró los ojos y se rindió a la llamada del sueño.

47

—Cielo santo —repitió el joven uniformado mientras se arrodillaba en la nieve delante de la chica—. Vodnik debe de haberse vuelto loco...

Le levantó la cara entre el pulgar y el índice de la mano derecha.

—Respóndeme, pequeña. No te duermas.

Le dio unas ligeras sacudidas y Margaret volvió a abrir los ojos, más intrigada por la voz que por el tacto de aquellas manos tan cálidas: ya la había oído antes. Era el mensajero del comandante, el joven que había interrumpido al gigante en el archivo.

—¿Puedes verme? ¿Entiendes lo que digo? Di que sí con la cabeza —le decía mientras miraba nervioso a su alrededor. Cuando Margaret asintió, el nerviosismo dio paso a una sonrisa preocupada—. ¿Crees que serás capaz de levantarte si te desato? No puedo dejarte aquí.

Se puso a trastear con los nudos que la ataban a la silla. Entre el frío y el miedo que lo hacían temblar, tardó un poco, pero en un minuto, quizá menos —era difícil llevar la cuenta del tiempo con la mente congelada—, consiguió liberarla.

—Venga, vamos a levantarnos —le dijo, luego la cogió del brazo y la ayudó a levantarse. Pero Margaret era un trozo de hielo, sus piernas nunca la sostendrían—. Maldita sea —imprecó el joven, y volvió a mirar a su alrededor. La terraza estaba rodeada por un parapeto bajo, cubierto por veinte centímetros de nieve. La puerta del archivo proyectaba un abanico de luz amarillenta sobre las mesas y las sillas plegables. Aparte de los ruidos de la calle, no se oía nada más.

—Escucha —prosiguió—. No puedo dejarte aquí, pero tenemos poco tiempo. Si Vodnik vuelve y me sorprende contigo, no sé qué puede pasar. ¡Cielo santo, nunca pensé que pudiera ir tan lejos! Ahora voy a cogerte en brazos, pareces bastante ligera. Pero tú ayúdame, ¿vale? Intenta aferrarte fuerte a mí y no te balancees.

Margaret asintió de nuevo, esta vez con más facilidad. El calor de su salvador la estaba contagiando, y moverse había reactivado en parte su circulación. Ahora le parecía ser como un hormiguero, pero al menos se sentía con vida.

—Muy bien —dijo el joven—, a la de tres —luego contó hasta dos y se la echó al hombro—. El tres no existe —explicó con otra sonrisa, y de pronto Margaret estuvo segura de que en algún lugar había una hermana más pequeña con la que él bromeaba así. Un chiste familiar.

Sujetándola con fuerza, pero con cuidado para no hacerle más daño, el joven la llevó de vuelta al archivo y cerró la puerta tras de sí.

—¿Y ahora? —se preguntó a media voz; luego, sin responderse, se dirigió con pasos rápidos hacia un rincón oscuro—. Tranquila —le susurró a Margaret, quizá advirtiendo su miedo—. Sea como sea, voy a sacarte de aquí. No todos somos bestias, ¿sabes?

Al llegar a la esquina enfilaron un pasillo más estrecho que los otros, entre una estantería de legajos y una pared recubierta con grandes manchas verdosas. Moho. Debía de ser una pared exterior, lo que explicaba el espaciado entre las estanterías, el paso más estrecho.

Colocándose de lado, el joven fue avanzando como un cangrejo, hasta llegar al final de la pared, donde otra esquina conducía de nuevo al pasillo central, que daba a la puerta de entrada. Allí se detuvieron un momento, aguzando el oído para captar los ruidos del exterior, luego empezaron a avanzar de nuevo hasta casi alcanzar la manilla.

Estaban a unos dos metros o algo más de su meta cuando se abrió la puerta. El joven se detuvo, aplastándose como pudo contra la pared, con los ojos asustados mirando fijamente los de Margaret. *No abras la boca*, le dijo con la mirada. *No respires.*

La puerta, por suerte, se abría hacia ellos, deteniéndose a cuarenta y cinco grados antes de tocar la pared. Por eso el gigante no los vio cuando entró en la habitación. Iba con prisas —debía de haberse percatado de cuánto tiempo había pasado y de que corría el riesgo de encontrar a su prisionera congelada—, así que ni siquiera cerró la puerta tras él: se dirigió con paso firme hacia el final del archivo, donde se encontraba la entrada a la terraza.

Margaret volvió los ojos hacia su caballero, que los tenía cerrados y estaba inhalando y exhalando a ráfagas rápidas pero silenciosas, como para armarse de valor. Luego, cuando el gigante llegó a la puerta de metal, el joven volvió a abrir los ojos de golpe y se despegó de la pared, lanzándose fuera del archivo.

Había permanecido en silencio y, para ganar tiempo, había dejado la puerta tal como la había encontrado, pero aun así no recorrieron una gran distancia antes de oír el grito salvaje a sus espaldas. La piel de Margaret se erizó y una descarga eléctrica le recorrió el pelo, como si quien gritara no fuera el gigante, sino una arpía, una erinia, una furia endemoniada.

El joven venció sus últimas dudas y echó a correr por el pasillo, girando a la derecha y luego a la izquierda hasta llegar a las escaleras. Las subió corriendo, superando los peldaños de dos en dos, y en el piso de arriba se metió por otra puerta, que los condujo a un nuevo pasillo. Este no se encontraba desierto como el primero: de espaldas, a unos treinta metros a su izquierda, había dos hombres uniformados que charlaban animadamente en alemán. A la derecha, en cambio, no había nadie hasta un par de puertas gemelas, unos veinte metros más adelante. El joven se apresuró en esa dirección y, una vez allí, probó la manilla izquierda.

Cerrada.

Soltó un improperio con los dientes apretados, volvió la cabeza para ver si los dos oficiales se habían dado cuenta de algo, luego probó con la manilla de la derecha.

La de la derecha cedió.

Al otro lado de la puerta había una habitación de paredes toscas, con dos ventanas tapiadas y una tercera cerrada con tablas de madera. Un almacén de algún tipo, vacío en aquel momento. Entraron con rapidez, con los corazones palpitando como tambores, luego el joven cerró la puerta y dejó a Margaret en el suelo.

—¿Cómo estás? —le preguntó.

Margaret asintió.

—¿Ahora ya puedes mantenerte de pie?

Ella lo intentó, pero se encontraba débil, necesitaba el brazo del joven para caminar.

—Bueno, esto es mejor que nada —dijo, y la condujo con él hasta la ventana cerrada con tablas. Se veían intersticios entre las maderas y, observando con atención, pudo determinar que el almacén quedaba a la altura de la calle—. Quizá pueda abrir un hueco y sacarte de aquí —le dijo, e inmediatamente empezó a tirar del tablón central con todas sus fuerzas.

Tuvieron suerte: la madera estaba mojada y solo aguantó unos segundos, lanzando al joven al suelo en una nube de polvo.

En el silencio que siguió, ambos creyeron oír pasos en el pasillo. Contuvieron la respiración, seguros de que la puerta se abriría y el gigante entraría para llevarse a Margaret con él, pero el ruido se desvaneció y la puerta permaneció cerrada.

El joven se puso en pie de nuevo, eligió otro tablón y lo arrancó con facilidad. Luego un tercero. A continuación, un cuarto. En un minuto, la ventana estaba casi completamente abierta, lo suficiente para que Margaret, menuda como era, pudiera pasar por ella sin hacerse daño. El joven se asomó para comprobar, y lo que vio le levantó el ánimo: no solo estaban al nivel de la calle, sino que bajo la ventana había un parterre cubierto de nieve. El aterrizaje sería suave.

—Ahora te voy a levantar hasta el alféizar y luego tú te vas a dejar caer del otro lado. ¿Lo has entendido?

Margaret asintió, de nuevo sin hablar. Podría haberlo hecho, y tal vez debería, pero por alguna razón creía que, si abría la boca, el hechizo que los estaba protegiendo se haría añicos. Que el gigante, dondequiera que estuviese, incluso a leguas y leguas de distancia, la oiría.

—A la de tres, pues —dijo el joven, entrelazando las manos a la altura de la rodilla, como si fuera una escalera—. Y recuerda: el tres no existe. Uno. Dos. —Y la subió al alféizar.

Margaret, que ya había recuperado el control de los brazos y de las piernas, hizo el resto: se aferró a la pared exterior, tiró con todas sus fuerzas y en un momento estaba ya al otro lado, en el aire gélido de la noche, demasiado inestable para encontrar el equilibrio, demasiado débil para sujetarse con los dedos.

Cuando el joven la soltó, cayó en la nieve tan ligera como una flor.

48

—¡Mira, Doreen!

Ante nuestros ojos, una figura menuda, vestida de blanco, había aparecido por una pequeña ventana que daba al jardín y, tras un momento de vacilación, se había lanzado al exterior, aterrizando en la nieve. Unos segundos después se levantó de nuevo, tambaleándose claramente, mientras desde la pequeña ventana una voz le gritaba en alemán:

—¡Huye! —Y decenas de luces se encendían por todo el edificio. Casi en ese mismo instante, desde el interior, un hombre empezó a ladrar órdenes metálicas, y otras voces se unieron, gritando excitadas. Una jauría de perros. Una bandada de buitres.

—Es ella —dijo Doreen, y Reed comprendió de inmediato: se subió al murete de un salto, y luego pasó al jardín del otro lado.

—¡Eh! —gritó mientras corría hacia la pequeña figura—. ¡Por aquí!

En unos segundos estuvo junto a ella, que difícilmente se mantenía en pie, apoyando una mano contra la pared del edificio, y la cogió del brazo. Yo llegué inmediatamente después, y cuando la miré a la cara vi que era una niña. Aunque estaba demasiado oscuro para reconocerla, y aunque solo la había visto una vez en mi vida, estaba casi segura de que se trataba de ella, la Niña de la Sal.

Pero no había tiempo para pensar, no había espacio para preguntas: ahora teníamos que correr. La nieve era profunda, llegaba casi hasta las rodillas de la niña, quien, pese a ser muy ligera, dificultaba nuestros movimientos.

—La llevaré en brazos —dijo Reed, y la levantó como si estuviera hecha de plumas. Fue así como llegamos al murete, que yo superé la primera. Luego Reed me la pasó y me siguió hasta el otro lado.

—¿Es ella? —preguntó Doreen cuando volvimos a estar juntos otra vez.

—No lo sé. Creo que sí —respondí jadeando. Estaba a punto de preguntárselo a la propia chica cuando me di cuenta de que se había quedado dormida de pie, ¿o tal vez se había desmayado?

Reed la volvió a coger en brazos y le dijo a Doreen:

—¡Corre!

Porque ahora el edificio que teníamos a nuestras espaldas se veía completamente iluminado y las voces se habían hecho más cercanas: alguien debía de haber descubierto las huellas en la nieve.

Retrocedimos por la carretera que nos había llevado hasta allí, hasta llegar a Nerudova, donde aún no había terminado la procesión de camiones, jeeps y automóviles. Doreen asomó la cabeza por el callejón, pero no vio a ningún transeúnte.

—Despejado —dijo, y nos lanzamos a una velocidad vertiginosa hacia el consulado.

En menos de media hora llegamos a nuestro destino, sin incidentes de ninguna clase, y lo primero que hicimos fue llevar a la niña al cuarto de baño: abrimos el grifo de agua caliente, le lavamos y masajeamos la cara, el cuello, los brazos, las piernas. Su piel, blanca como el alabastro, recuperó lentamente el color. Sus ojos volvieron a abrirse poco a poco, aunque parecían nublados.

—Tendrá sed, hambre tal vez —dijo Doreen, así que le llevamos un poco de té, sin azúcar, pero espeso, y unas galletas secas, las últimas de las provisiones de Jaksch.

La muchacha se lo bebió y se lo comió todo, sentada en un mullidísimo sillón del despacho del cónsul y envuelta en una cortina de terciopelo arrancada de una ventana.

El primer sorbo de té le llenó los ojos de lágrimas. El primer bocado de galleta le recordó cuánto tiempo llevaba sin comer. Su estómago se puso a rugir tan fuerte que todos los que estábamos en la sala nos echamos a reír.

Mientras estábamos allí mirándola, una mujer a la que no conocía entró corriendo en la sala.

—¡Han llegado! —gritó—. ¡Han llegado!

—Lo sabemos, Beatrice —le respondió Jaksch—. Y él también ha llegado.

Reed asintió.

—Lo hemos visto pasar en coche. Por poco nos atropella...

—Esta noche dormirá en el castillo —añadió Patz— y mañana anunciará la disolución de Checoslovaquia.

—¿De quién estáis hablando? —preguntó Beatrice desconcertada. Todavía jadeaba por la carrera y sujetaba en la mano un papel arrugado.

Cuando Dorecn lo reconoció, la vi palidecer.

—¿Eso es un telegrama? —preguntó solamente.

49

Doreen tomó en la mano el papel arrugado, aquel objeto tan frágil que cargaba con un peso tan grande, y lo alisó con dedos temblorosos.

Lo leyó una primera vez en silencio, conteniendo la respiración, y luego una segunda vez, porque las palabras se le habían escapado de la mente en el mismo momento en que habían entrado en ella. Carraspeó, por fin; inspiró y lo leyó en voz alta para todos nosotros:

90 1850 12 LONDRES URGENTE
=URGENTE=
=WARRINER CHADWICK=
=CONSULADO NERUDOVA 7 PRAGA=
=TRANSPORTE EN DESTINO NIÑOS A SALVO=
=FELICIDADES=
=WINTON=

—Los niños —dijo Patz con la voz ronca por la emoción.

—Están a salvo —añadió Doreen con una sonrisa torcida en la cara.

Una cascada de escalofríos se desbordó en mi interior, sacudiéndome los brazos y las piernas igual que una descarga eléctrica.

Los niños están a salvo, me dije, y ese pensamiento simple, inmenso, ilimitado, me llenó la cabeza.

—Por fin hay algo que celebrar —dijo Jaksch, y luego, dirigiéndose a Doreen—: Señorita Warriner, esta vez lo ha conseguido.

Pero Doreen no estaba escuchando.

Los niños, se repetía. *La niña*, como si las dos frases tuvieran un vínculo impalpable, una mariposa invisible que volaba a su alrededor, rozándole la cara con sus alas.

Los niños.

La niña.

Entonces la mariposa se posó en el centro de su frente y Doreen se iluminó. Me entregó el telegrama y con pasos solemnes fue a arrodillarse delante del sillón donde se encontraba sentada la niña a la que habíamos salvado. La miró a los ojos mientras ella seguía mordisqueando su galleta. Le cogió una mano, aún no estaba caliente, pero tampoco gélida como antes.

—Tú eres la Niña de la Sal —le dijo con la voz envarada por la emoción—. La amiga de Nicholas. Eres tú, ¿verdad?

La niña se quedó inmóvil, con expresión asustada.

—Él nos contó lo de aquella noche —continuó Doreen con dulzura—. Nos habló de vuestro primer encuentro en la Ciudad Vieja. De tu madre y tu hermano. De las bolsitas de tela. Del enfrentamiento con Vodnik. Ahora sé por qué te ha secuestrado.

Ni siquiera hubo necesidad de una respuesta: se la leímos en los ojos. Tenía la mirada asustada y aliviada al mismo tiempo de quien ha recorrido un camino larguísimo, casi sin esperanzas de llegar a la meta y luego, al final, de repente la alcanza.

—Tú eres Margaret Sedlák —repitió Doreen, acariciándole la mejilla, y mientras lo decía se vio inundada por una oleada de paz y de fatiga.

Había sido un día largo, larguísimo, interminable, y cuántas cosas quedaban aún por hacer: documentos que destruir, pasaportes que esconder; llevar a la frontera a Patz y a los demás lo antes posible, y ella misma no se quedaría en Praga mucho tiempo más, tenía que pensar en su repatriación. Pero el primer convoy había llegado a Liverpool

Street, y ahora Dorcen podía responder al telegrama de Londres con una noticia que llevaba meses esperando: después de tanto penar, y de la forma más inesperada, había encontrado a la niña de Winton.

Volvió a sonreír, imitada por Margaret.

Se estrecharon las manos.

A nuestro alrededor no había cambiado nada: los ayudantes de Jaksch seguían quemando papeles en la chimenea, el ruido de los carros armados ascendía desde la calle como ráfagas de ametralladora, la ciudad temblaba y se estremecía al pensar en lo que le esperaba, y en algún lugar del castillo había un Lobo hambriento que estaba afilándose los colmillos; no obstante, al mismo tiempo todas las cosas eran diferentes. El primero de los trenes había llegado a su destino. Habían encontrado a la Niña de la Sal. Y aunque quedaba mucho por hacer, y aunque muchas cosas quedarían sin resolver, algo me decía que la empresa iba a continuar, que la esperanza podía seguir viviendo.

Porque a veces reina el azar, y otras veces reina el caos, pero a ninguno de los dos gemelos insensatos se le confía de manera permanente el gobierno del mundo. Por detrás de todo, por encima de todo, al final de todo, el destino está aguardando, el designio invisible al que cada uno de nosotros contribuye viviendo y que, inexorablemente, saca a la luz.

Cuarta parte
En los bosques

Mayo de 1939

«*Ya íbamos de camino hacia la estación cuando nuestros padres nos informaron de que se quedarían atrás "para arreglar algunas cosas". Mi hermano y yo teníamos que ir a Inglaterra solos. Él tenía siete años y yo, ocho*».

50

Estaban siguiéndolo.

A las dos de la tarde, bajo el persistente sol de finales de mayo, el puente de Carlos se veía abarrotado de soldados, artistas con caballetes abiertos y turistas que se asomaban a los parapetos entre una y otra estatua para admirar y fotografiar las dos vistas del Moldava: hacia al norte, donde la gran bandera con la esvástica brillaba en rojo sobre el castillo; y hacia el sur, donde las islas ofrecían sombra y descanso a parejas, niños y nutrias gigantescas. Resultaba difícil determinar, entre tanto gentío, quién lo estaba siguiendo, pero Trevor no tenía ninguna duda: la suya era más que una sensación, era una certeza.

Había salido de la estación de tren una hora antes, tras la enésima reunión con Tatra para comprobar que las autoridades alemanas seguían siendo neutrales, cuando no benévolas, y que también la próxima expedición de niños a Londres recibiría el visto bueno.

Aquellos días estaba cansado, cansado como un perro, pero la cantidad de cosas que había que hacer —nombres que comprobar, listas que cerrar, números que asignar, visados que sellar, y luego mil detalles más, desde las dimensiones de la única maleta que cada niño podía llevar consigo hasta la correspondencia con la familia de acogida; desde las cincuenta libras que el Gobierno británico exigía como garantía para el hipotético viaje de regreso hasta los bocadillos que debían preparar antes de partir— volvía todo tan angustioso que incluso cuando se acostaba a medianoche, a la una, a las dos, Trevor era incapaz de cerrar los ojos. Así que por la mañana se despertaba más aturdido que cuando se había acostado y esto, a la larga, había empezado a afectar a su lucidez, amenazando con poner en peligro las operaciones.

Tras el primer tren, que había partido el 14 de marzo, a pocas horas de la invasión, hubo otros dos en abril que no tuvieron ningún problema, pero los tres se habían organizado mientras Doreen aún estaba en Praga, y los niños transportados fueron pocos, menos de cien en total. El cuarto convoy, que partió de la estación de Wilson la mañana del 13 de mayo, llevaba más niños que el segundo y el tercero juntos: sesenta y uno, entre chicos y chicas, judíos en su mayor parte. Otro éxito, en resumidas cuentas, pero Trevor estuvo en vilo hasta que llegó el telegrama de Londres y, cuando le conté a mi regreso lo que había ocurrido en la frontera polaca —el tren detenido por orden de Vodnik, la búsqueda de Margaret a bordo, la tensión que me acompañó durante varios días y que de vez en cuando se infiltraba incluso en mis sueños—, su preocupación se había disparado.

Era obvio, por tanto, que mientras observaba a su alrededor en el puente de Carlos, convencido de que alguien lo seguía, su pensamiento se dirigiera a Vodnik. ¿Será uno de sus hombres?, se preguntaba. Pero tampoco era, necesariamente, un hombre quien lo seguía y, en cualquier caso, era incapaz de percibir ningún comportamiento sospechoso por parte de nadie. Sin embargo, no le cabía duda de que no estaba solo. Lo sentía en los huesos, como en sus días en el ejército.

Te estás volviendo paranoico, Trevor Chadwick, se dijo mientras sacaba el pañuelo de tela del bolsillo de la chaqueta y se secaba el sudor de la frente y la nuca. El invierno había sido muy duro y había nevado mucho, mientras que aquella primavera tardía estaba resultando tan cálida y sofocante que la mera idea de subir por Nerudova le provocaba mareos. Pero tenía una cita en el santuario de Loreto a las tres en punto, y no podía cambiar de planes. Se consoló pensando en la cerveza helada que se bebería con su interlocutor.

Echó un último vistazo a los retratistas que trabajaban en el lado sur del puente, su preferido debido a Kampa, la isla mágica, luego se puso de nuevo en camino hacia Malá Strana, pasando por debajo de las dos torres que custodiaban la entrada a la Ciudad Nueva. Ascendiendo por Nerudova, Trevor pasó por delante del edificio donde hasta hacía poco se encontraba el cuartel general de los nazis —y de donde habían rescatado a Margaret— para llegar al final a la vasta plaza desierta que llevaba hasta el castillo, con su famosa terraza sobre la ciudad desde la que, siglos antes, el pueblo había defenestrado a sus verdugos. Ahora, tal vez para evitar que el pasado inspirara el presente, la extensa explanada estaba vigilada por una batería completa de cañones, orientados en todas las direcciones por donde podían llegar tanto los enemigos como los amigos. Acercarse a las puertas reales sin ser advertido habría sido imposible en cualquier condición de luz y meteorológica, así que mucho menos a pleno día, con aquel sol cegador que devoraba incluso las sombras de los pájaros en su cenit.

Pero Trevor no se dirigía al castillo. En vez de girar a la derecha, continuó hacia la izquierda, donde la subida proseguía con más suavidad hacia la otra maravilla de la colina: Loreto, una copia perfecta del santuario italiano donde se custodiaba la casa de María, madre de Dios. Para entonces ya no había una gran multitud a su alrededor: unos cuantos soldados de paseo, un puñado de lugareños, dos parejas de jóvenes en diferentes etapas de cortejo y un fotógrafo que intentaba enfocar todo el campanario del santuario en una sola toma. Si alguien le pisaba los talones, se dijo Trevor, no podría seguirlo hasta allí sin que se percatara.

Consultó su reloj: las tres menos cuarto. Tenía tiempo, podía llegar al fondo de la cuestión, así que decidió sentarse en la escalinata lateral de la iglesia, de espaldas a la entrada, con los ojos fijos en la explanada y en la pendiente que conducía hacia allí. La sensación de ser espiado aún seguía siendo fuerte, pero su posición pronto invertiría los papeles entre él y el hombre, o la mujer, de Vodnik.

Vamos, da un paso en falso, pensó mientras estudiaba detenidamente a los soldados, los lugareños, las dos jóvenes parejas que se sonreían y el fotógrafo que se peleaba con palancas, ruedas y aberturas de foco a una distancia de algunas decenas de metros. *Déjame que te descubra.*

No había nacido ayer y, aunque su formación era de maestro de primaria, el ejército le había enseñado varios trucos, y esos seis meses en Praga los habían duplicado. No creer en nada, no fiarse de nadie y mantener tres ojos abiertos, a ser posible, incluso cuatro. Menos de cuarenta y ocho horas después estaría en un tren con destino a Londres. No iba a bajar la guardia justo ahora, al final.

En eso pensaba cuando el hombre se le acercó con sigilo por detrás.

51

—Eres hombre muerto —dijo el desconocido, apretando las manos alrededor de su cuello.

Trevor se estremeció y dio un respingo hacia delante, perdiendo el sombrero y, por unos instantes, también el equilibrio. De algún modo consiguió estabilizarse y bajar tres peldaños sin caerse al suelo y, mientras tanto, se dio la vuelta dispuesto a defenderse. Pero la voz de su agresor ya había llegado a su destino.

—Dios mío —dijo Trevor, enderezándose mientras recuperaba la respiración—. Me has dado un susto de muerte, Blake.

—Si hubiera sido nazi, te habría pasado algo muy distinto —respondió el hombre con el rostro serio e inmóvil como el de una estatua. Sus ojos, sin embargo, se reían, iluminando la maciza figura que aligeraba un traje de tres piezas de óptima factura. Savile Row, probablemente, como le correspondía a un funcionario de alto rango de los servicios secretos de Su Majestad.

—Alguien me estaba siguiendo. ¿O eras tú?

—Intenta preguntárselo a tu sombra —respondió Blake—. Ni siquiera tiene ojos, pero seguro que tiene más capacidad de observación.

Trevor resopló.

—Me has dado un susto de muerte —repitió y luego miró hacia el portón situado detrás de su interlocutor—. ¿Cómo has podido entrar?

—Conozco al sacristán —respondió Blake, y haciéndose a un lado lo invitó a pasar—. ¿Quieres ver el famoso Sol de Praga?

—No, gracias. Ya he pasado bastante tiempo en iglesias en mi vida y ya me he dado un buen atracón de sol por hoy. Paso.

—La de Loreto no es una iglesia cualquiera...

—Vi la original en Italia, y ahora necesito otra clase de espíritu.

Blake asintió, bajó los peldaños del santuario.

—¿Cerveza?

—Pregúntaselo a mi sombra —respondió Trevor con una sonrisa.

Había un restaurante para turistas un poco más allá del convento y, a juzgar por la cantidad de alemanes sentados en la terraza, debía de ser bueno. Cuando los vio, Trevor se puso rígido.

—¿Vamos a otro sitio? —susurró.

Blake negó con la cabeza.

—Este sitio es perfecto.

Eligieron una mesita en el jardín interior, bajo una pérgola de glicinias que olía como un frasco de loción para después del afeitado que se hubiera derramado por el suelo. La intensidad era tal que llegaba a aturdir, y quizá por ello el jardín estaba casi vacío, a pesar del frescor y la mayor intimidad en comparación con la terraza de la calle. Una buena elección, aunque hecha de manera inconsciente. Trevor era nuevo en el juego de los espías, pero sabía por su Poe y su Ambler que el mejor lugar para esconder un objeto o celebrar una reunión secreta era a plena luz del día, ante las miradas de todo el mundo, tal vez incluso en la guarida del enemigo. Por eso habían elegido Loreto. Y por eso Blake aprobaba un restaurante frecuentado por los teutones.

En cuanto el camarero se marchó con sus pedidos, el hombre de los servicios secretos tuvo un ataque de tos —quizá demasiado pronunciado—, con un crescendo de sollozos que lo llevaron hasta el llanto, y su cara se puso tan roja como el mantel de la mesita. Entonces Trevor le tendió un pañuelo doblado y Blake alargó la mano para cogerlo. Asintiendo agradecido entre un golpe de tos y el siguiente, lo utilizó para limpiarse el rabillo de los ojos, luego se lo guardó con rapidez en el bolsillo y con más rapidez aún sacó otro igual, también doblado. Volvió a secarse los ángulos de los ojos, luego depositó el pañuelo sobre la mesita, a medio camino entre Trevor y él.

El camarero eligió ese momento para volver con la bandeja cargada.

—¿Todo bien, señor? —preguntó con la aburrida premura de quien se ve obligado a preocuparse todos los días por personas que no le preocupan lo más mínimo.

Blake levantó su vaso y bebió un largo sorbo de té helado. Esto calmó su tos imaginaria al instante —tal vez un poco demasiado rápido, pensó Trevor—, para claro alivio del camarero.

—Sí —respondió—. Gracias. Algo que se me atravesó. Ahora estoy mejor.

El alivio del camarero volvió a convertirse en aburrimiento: un problema menos que afrontar y ningún cambio real en sus rutinas. Rápidamente, antes de que la tos del cliente se reanudara y él se viera ante la obligación de ocuparse de ella, dejó la jarra de *pils* sobre la mesita y se retiró.

Aquel era el momento oportuno para recoger el pañuelo de la mesita, y Trevor no lo dejó escapar. Mientras se lo guardaba en el bolsillo, percibió con los dedos el alma rígida que escondía en su interior y se sintió invadido por una sensación de euforia.

Cuando dio el primer sorbo de cerveza, la euforia se volvió absoluta.

—El paraíso —dijo, tras vaciar media jarra, con la mirada perdida en las glicinias de la pérgola, todos los sentidos agradablemente amortiguados.

—La cerveza checa es la mejor del mundo —dijo Blake, aprobando la elección.

—Y entonces ¿por qué tomas té helado?

—Seguimos siendo ingleses —respondió—. Y, además, estoy de servicio y tengo mucho trabajo que llevar a cabo antes de tu partida.

Trevor asintió ante aquellas sabias palabras. Faltaban dos días para el quinto tren, y los visados aún no habían sido aprobados por el protector de Bohemia. Con los británicos todo estaba en orden, entrar en Inglaterra no supondría ningún problema, y el tren tendría paso libre por Alemania y Holanda como los demás, pero salir de Bohemia sin los visados del Reich era imposible. Por eso se había visto obligado a recurrir a Blake y a sus manos de oro.

—Cada vez es diferente —dijo Trevor después de otro silencio, preguntándose por qué se estaba sincerando en el mismo momento en que lo hacía. ¿Quizá porque era la última vez que se veían?—. Con el primer tren estábamos tensos: nunca lo habíamos hecho, ¡y además ellos eligieron justo ese mismo día para cruzar la frontera! El segundo y el tercero fluyeron tan ligeros como esta *pils*, pero hasta el último momento estuve seguro de que nos detendrían. El cuarto, bueno, he tenido que ocuparme yo solo de todo, una enorme responsabilidad, y encima hubo ese incidente...

—Vodnik —dijo Blake.

Trevor asintió.

—En la frontera polaca.

—Además había muchos más niños.

—El doble, y esta vez será el cuádruple. Pero este no es el motivo por el que necesito otra cerveza —dijo Trevor, terminando de vaciar su jarra y levantando la mano hacia el interior del restaurante. Como si le hubieran dado cuerda y no esperase más que ese gesto, el camarero se apresuró a coger la jarra y el pedido, y se metió de nuevo en el local.

—El caso es que esta vez yo también me voy —continuó Trevor, bajando la voz.

Blake lo miró directamente a los ojos con una intensidad diferente.

—¿Miedo a los controles?

El camarero llegó con la segunda jarra, la colocó delante de Trevor con un rápido aleteo y se marchó.

—No, no es miedo —reflexionó. Un largo sorbo. Necesitaba más alcohol para continuar con esa confesión—. En realidad es una sensación de... No sé. ¿Culpa? ¿Abandono?

Blake frunció el ceño.

—Me voy, pero el trabajo no ha terminado —explicó Trevor.

—Ya has organizado los otros trenes. Y aquí todavía tenéis a esa ayudante de Doreen, ¿cómo se llama?

—Beatrice Wellington. Sí, pero el trabajo no está terminado —repitió, como si al decirlo otra vez con las mismas palabras pudiera aclarar el concepto—. El mío, por lo menos. La verdad es que debería quedarme.

Blake se terminó el té frío.

—Demasiado peligroso. Ya hemos hablado del tema. Bömelburg acabará descubriendo el pastel, momento en el que tendrás que estar lejos. Ya te has arriesgado bastante.

—Lo sé, lo sé —dijo Trevor y, mientras recordaba su doble trabajo como rescatador de niños e informador del MI6, bajó la mirada al suelo, sobre las piedras cuadradas que había a los pies de la mesita. Había una hormiga solitaria que deambulaba confusamente por los surcos que había entre las piedras, como atrapada en un laberinto: primero a la derecha, luego a la izquierda, de nuevo media vuelta y otra vez a la derecha, y otra vez a la izquierda. Perdida—. Pero siento que cometo un error. Tengo la impresión de soltar el timón en medio de la tormenta. Que abandono a los niños, y a todos vosotros, en mitad de la travesía. Me siento... impotente.

Entonces Blake hizo un gesto sorprendente, que no encajaba ni con su aspecto, tan frío, ni con su relación hasta aquel momento. Inclinándose hacia delante, tendió la mano derecha hasta coger la izquierda de Trevor. Era cálida y suave como un canto rodado que hubiera estado al sol todo el día.

—Tú no eres impotente. En absoluto. Has hecho lo que has podido. Has hecho mucho. Has pasado información muy valiosa y has salvado a cientos de niños. —Luego le sonrió con los ojos y se recostó de nuevo en su silla—. Ahora es el momento de salvar a Trevor Chadwick.

52

Salvar a Trevor Chadwick, se dijo mientras caminaba bajo el sol abrasador. *Salvar a Trevor Chadwick*, repitió, negando con la cabeza mientras sus pensamientos volaban a Inglaterra, a su familia, a una esposa con la que, desde hacía tiempo, todo se había vuelto difícil, y a dos hijos pequeños con los que las cosas nunca habían sido fáciles. Un padre profesor, un padre ausente, un padre que prefería pasar el tiempo en los bares y pescando antes que en las aulas, antes que en casa. Seis meses atrás había venido a Praga para recoger a dos niños y llevárselos consigo a Inglaterra, luego había vuelto para poner a salvo a otros mil, pero ¿y los suyos? William y Joe: ¿por qué no era capaz de hacer lo mismo con ellos? Salvar a todos era ahora su único objetivo. A todos, menos a los que tenía más cerca de él.

A todos, menos a mí.

Trevor negó con la cabeza, suspiró en el aire líquido de aquel 31 de mayo. Tras despedirse de Blake se dirigió sin prisas hacia la ladera sur de la colina sobre la que se alzaba el castillo. Donde las viviendas más opulentas daban paso a pequeñas embajadas y bloques de pisos se abría un laberinto de callejuelas que descendían hacia el río, inundadas por una sombra reconfortante. Para entonces ya eran más de las cuatro, y el calor de la tarde atenazaba la ciudad en un abrazo paralizante, como si quisiera asestarle un último golpe antes de dar paso al fresco de la noche. Las calles y las plazas estaban desiertas. Solo quedaban por la calle quienes se veían obligados a permanecer ahí —los solitarios, los basureros, los vagabundos—, pero en cualquier caso seguía tratándose de presencias raras, como la hormiga solitaria entre las piedras del restaurante. El silencio lo envolvía todo como una tela. Ni siquiera se oían las cigarras. Una hora irreal.

Lentamente, esforzándose por atenuar al máximo el sonido de sus pasos y prestando mucha atención a dónde pisaba —dos pintas de cerveza no bastaban para dejarlo fuera de combate, pero sí volvían sus pasos inseguros—, Trevor descendió por la larga y estrecha escalinata que llevaba al primer contrafuerte del castillo, transformado años atrás en una calle de sentido único para carruajes y coches. Allí, al otro lado de un muro de piedra de casi dos metros de altura, se abría una verja de hierro forjado que daba a su lugar favorito de toda Praga: los viñedos de Petřín, un vasto jardín que albergaba hileras de vides, árboles frutales, huertos de hierbas medicinales y un pequeño bosque donde desde hacía siglos estaba prohibido cortar leña. Un paraíso verde al que solo unos pocos podían acceder, siempre por invitación de los monjes o de algún alto dignatario, y que un número menor aún de privilegiados podía visitar a sus anchas. Por eso, para Trevor siempre resultaba emocionante cuando, al llegar a un paso de la verja, podía sacar del bolsillo aquella pequeña llave perfilada que el padre Ferenc le había entregado un mes antes, en el momento de sus acuerdos especiales.

El pestillo se abrió sin el menor chirrido —los monjes lo mantenían bien engrasado, se ocupaban de todo con la misma dedicación, no para los ojos de los hombres, sino para el juicio de Dios— y Trevor cruzó el umbral de piedra para encontrarse inmerso en un mundo nuevo, más apacible, más fresco, más fragante. Un sendero descendía desde el blanco edificio del monasterio de Strahov, arriba a su derecha, y proseguía hacia la izquierda en una lenta curva de la que, algo más adelante, surgían tres senderos más, como nervaduras de una inmensa hoja. Tras haber explorado la totalidad de la finca de los monjes, que abarcaba casi toda la colina, Trevor sabía a dónde llevaba cada uno de aquellos senderos: al huerto, repleto de manzanos y perales; al viñedo propiamente dicho, con sus hileras espaciadas y regulares como los surcos de un arado; y al espeso bosque de robles, alerces y hayas que cobijaba a decenas y decenas de animales salvajes. Algunos de estos, le advirtió el padre Ferenc, podrían resultar peligrosos. Pero ninguno sería tan peligroso como el hombre.

Allí estaba su destino, y ese pensamiento le recordó el envoltorio de tela que había recibido de Blake. Todavía no había comprobado su contenido, y a aquellas alturas no tenía sentido preocuparse por ello, pero de todos modos lo sacó del bolsillo de la chaqueta y lo abrió, mostrando las dos cartulinas dobladas que contenía.

Trevor sonrió, impresionado como siempre.

Cuánto poder en un objeto tan diminuto, pensó. *Diminuto y frágil.*

En el anverso de las dos cartulinas de color crema estaban impresas en rojo las palabras THE BRITISH EMBASSY OF PRAGUE, acompañadas por la corona real y un número de serie mecanografiado: 3128, 3129. En el interior, los datos personales de los titulares estaban mecanografiados de nuevo, y sus fotografías, dos pequeños rectángulos de papel satinado de color sepia, mostraban aún más apagados y desolados los rostros de sus propietarios.

La sonrisa de Trevor se transformó en una mueca. Los rostros volvieron al pañuelo, el pañuelo a su bolsillo.

Al menos tengo buenas noticias para ellos, se dijo para armarse de valor, y retomó el sendero que llevaba a la entrada del bosque. En ese momento, el sol pegaba con más fuerza, como para mantener a raya la oscuridad en el más allá, y el aire era denso y vibrante, con enjambres de moscas, moscardones y mosquitos que zumbaban de un modo ensordecedor. No era un espectáculo frecuente, en el frescor de la ladera, y pronto le quedó clara la causa de tanta excitación: entre la hierba alta había un conejo muerto, con destellos de color rosa y rojo vivo entre su pelaje pardo, y las cuencas de los ojos vacías.

Garras, concluyó Trevor, y levantó los ojos hacia el cielo cobalto. *Un águila o un halcón: alcanzó a su presa, pero luego se le escapó y ahora el banquete es para los insectos.*

Era la vida, naturalmente. Era el orden de las cosas, y él ya tenía una cierta edad —treinta años en agosto, para ser exactos—, pero el espectáculo de la muerte violenta seguía siéndole indigesto, una forma de injusticia universal a la que le costaba resignarse. Hacía tiempo que se negaba a comer carne y pescado, e incluso los huevos le resultaban sospechosos, al igual que la leche y el queso, todo lo que se arrebataba a la fuerza a otras vidas. La mera idea del sufrimiento lo hacía sufrir, y no era una casualidad que se encontrara en Praga haciendo lo que hacía: allí las águilas, los halcones y los conejos tenían todos la misma forma, pertenecían todos a la misma especie. Que se dieran caza y se mataran entre ellos solo lo hacía más cruel.

Dejó al pobre animal destripado a su suerte y se adentró en el bosque. A esa hora y con esa luz, fragmentada y atenuada por la maraña de las ramas, era fácil moverse, pero algo menos fácil orientarse. El sendero perdía su forma con rapidez, señal de que hacía tiempo que no se batía, pero Trevor sabía que no se trataba de descuido, sino de astucia. Quienes se adentraban accidentalmente en aquel laberinto de árboles no debían de pensar que llevaba hasta algún lugar, que guardaba algún secreto, mientras que pocos eran los que conocían el secreto y se sabían de memoria las señales —un tronco partido aquí, una raíz tripartita allá, y las piedras apoyadas unas contra otras como un pequeño menhir, y el regato artificial que gorjeaba a dos tercios del recorrido—. Llevaba algún tiempo atravesarlos todos, y en ese momento uno se encontraba en un pequeño claro sin aparentemente más salidas, donde un visitante casual se quedaría poco rato antes de decidirse a volver tras sus pasos. Nadie habría imaginado que la gruta se encontraba a unas decenas de metros.

Trevor atravesó el claro, se agachó para pasar por debajo de una rama baja y se encontró delante de una pared de hiedra muy tupida, artísticamente colocada para que pareciera que trepaba por la colina que cerraba el bosque por aquel lado. En cambio, se trataba de una cortina, una pesada manta de terciopelo sobre la que los monjes habían cosido hojas de verdad para crear aquella ilusión. Al apartarla, uno se encontraba ante un pasadizo excavado en la roca, iluminado solo por una tenue luz al fondo, en lontananza. Cuando la cortina volvía a su sitio, el resplandor parecía aumentar, y la impresión iba creciendo a medida que los ojos se acostumbraban a la oscuridad. Trevor avanzó con decisión por la guarida, que era lo suficientemente ancha y alta para un hombre de su envergadura. Luego, hacia el final, a la luz se le sumó una voz débil, sutil: una voz de niña.

Su corazón se ensanchó de emoción, como cada vez que la oía. Era raro que esto ocurriera, y por regla general eran respuestas cortas, «sí», «no» y «no lo sé». Ahora, en cambio, la niña hablaba en un tono constante, una larga letanía de palabras, como un monólogo o una declaración. ¿O quizá estaba leyendo?

La guarida giró bruscamente hacia la izquierda, la corriente de luz se hizo más brillante, y también la voz. Entonces Trevor comprendió lo que estaba ocurriendo y se detuvo a un paso de la cortina que lo separaba de la niña. Se detuvo a escuchar.

53

Érase una vez un valle donde siempre brillaba el sol, el viento nunca levantaba la voz y era primavera todo el año. Sus habitantes vivían al aire libre todo lo que podían, entre los campos y las colinas, entre los bosques y los prados, alrededor de un pequeño lago que surgía en el centro de su aldea y a lo largo del arroyo que la partía por la mitad, y nadie la habría cambiado por otra aldea, por otro valle. Nadie, a excepción de Tereza.

Tereza era la única hija del hombre más rico de la aldea —antaño lo habrían llamado rey, y a ella, princesa—, pero nació diferente de los demás niños: su piel, sus ojos, sus pestañas, su pelo, todas las partes de su cuerpo eran blancas como la sal, y algunos decían que de sal estaba hecha.

Su madre había muerto poco después de darla a luz, y su padre se había encerrado en un dolor sordo y rencoroso, así que Tereza creció sola, oculta a los ojos de los demás habitantes del valle, mientras las historias sobre ella se multiplicaban, haciéndose cada vez más increíbles. Había una que explicaba que la Niña de Sal, si te tocaba, podía convertirte a su vez en sal. Según otra, le bastaba mirarte para dejarte ciego, con los ojos ardiendo como si estuvieran en llamas. De todos modos, la historia más aterradora de todas se refería a una antigua leyenda del valle: la leyenda de los Gigantes de Hielo.

Hubo un tiempo, contaban los ancianos al calor del hogar, que en el valle no reinaba el sol, sino la niebla y las nubes, hijas de siete terribles gigantes que habían llegado desde el centro helado de la Tierra cuando los hombres excavaron la mina. Los gigantes odiaban el calor, por lo que en el valle estaban prohibidos los fuegos, las estufas, los cantos y los bailes, pero sobre todo odiaban a los seres humanos, a los que utilizaban como peones en sus juegos y, de vez en cuando, por capricho, se los comían de un bocado. En especial, les pirraban los niños.

Eso sucedió hacía siglos, cuando el Redentor aún no había venido a salvar al mundo y a expulsar a los monstruos. Pero antes de marcharse del valle, los gigantes prometieron vengarse: cuando las aguas del arroyo se llenaran de sal, ellos volverían.

Un día, la pequeña Tereza, que se había escapado a la vigilancia de su padre, salió de la villa donde vivía y llegó hasta el río. Allí, en la orilla, había otros niños, y ella, que nunca antes los había visto, intentó acercarse a ellos. Pero era tan blanca, tan blanca que los niños se asustaron y empezaron a gritar, asustando a Tereza a su vez, que se cayó al arroyo. Su padre llegó justo a tiempo y se apresuró a llevarla de vuelta a la villa para que nadie más la viera, pero los niños, de regreso a la aldea, le contaron a todo el mundo lo que había ocurrido. A partir de ese día, muchos se convencieron de que el agua del arroyo tenía un sabor menos dulce, y de que los Gigantes de Hielo volverían muy pronto por culpa de la Niña de Sal.

Y un día sucedió de verdad. Era un día de sol más luminoso que los demás cuando un rugido surgió de la boca de la vieja mina. En un instante, el cielo se oscureció. Unas nubes negras y amenazadoras, llegadas a saber de dónde, se fueron adensando y sumieron el valle en una noche repentina. Luego llegó el viento, gélido y cortante como nadie recordaba haberlo sentido jamás, y, junto con el viento, una fina niebla que parecía envolverlo todo con tentáculos malignos.

Al final, una enorme silueta se vislumbró por entre la niebla, lenta y pesada, jadeando y siseando. A medida que avanzaba hacia la aldea, la silueta se hizo más nítida y todos vieron lo que era: un hombre gigantesco, con los hombros anchos como una casa y la piel tan azul como el cielo de poco antes. En vez de barba tenía una hilera de carámbanos colgando de la cara; en vez de ojos, dos diamantes de cristal azul; en vez de pelo, un único bloque de nieve.

Los adultos empezaron a gritar de inmediato, los niños a llorar y a gimotear, pero el Gigante de Hielo era tan aterrador que nadie era capaz de moverse. Así que todos fueron testigos del terrible momento en que llegó a la plaza donde se encontraba el lago y, soplando encima de él, lo heló. Luego, con sus grandes manos azules, derribó los árboles que crecían a su alrededor, los amontonó en el centro del lago y se sentó encima, como si fuera un trono.

Así comenzó el invierno más duro para el valle. El Gigante de Hielo ni hablaba ni hacía nada: permanecía inmóvil sobre su trono de árboles, pensando pensamientos de gigante. Esperaba quién sabe qué, pero su mera presencia impedía toda clase de calidez, toda clase de felicidad.

Fueron días largos y tristes para todo el mundo. Nadie tenía el valor de hacer nada, ni de hablar, ni siquiera de pensar, hasta que un chiquillo malicioso tuvo una idea.

—La culpa es de aquella niña —dijo, y todo el mundo supo a quién se refería—. Llevémosla al gigante. Entreguémosla, y tal vez nos dé las gracias.

Era una idea terrible —sacrificar a una niña por el bien de la aldea—, pero como todas las ideas terribles pronto encontró partidarios, que de pocos pasaron a ser muchos, y de tímidos a prepotentes. Al final, envalentonados por su número, los aldeanos se armaron de valor y acudieron a la villa de Tereza. Cuando su padre se negó a entregarla, la masa derribó las puertas y se lo sacó de encima, decidida a llevársela por la fuerza.

Pero no fue necesario. La Niña de Sal estaba preparada para ellos —parecía estar preparada desde siempre— y, en vez de seguir a la multitud hasta la aldea, la guio. Atravesó serena las calles llenas de hombres, mujeres y niños ateridos y, al llegar a la plaza del lago, se detuvo a pocos metros del Gigante de Hielo. Este, que nunca cambiaba de expresión y que nunca había pronunciado ni una palabra, al ver a la niña reaccionó por primera vez: sentado en su trono, estiró el cuello hacia ella y la estudió atentamente con sus grandes ojos azules.

—Gigante —dijo Tereza—. ¿Por qué has venido a este valle, trayendo contigo el frío y las heladas? ¿Qué estás buscando? ¿Qué quieres de nosotros?

Entonces el gigante frunció el ceño, dejando caer carámbanos a su alrededor, y pareció meditar unos instantes —con la multitud que los rodeaba murmurando— antes de levantar una mano helada, extender su dedo más largo y apuntarla con él.

—¿Me quieres a mí? —preguntó Tereza, sorprendida, y muchos de los presentes sonrieron: desde el principio habían tenido razón.

El gigante asintió, giró la mano dejando la palma hacia arriba y extendió los otros dedos.

—De acuerdo —dijo Tereza sin pestañear. Un paso, otro paso, otro más y ya estaba frente a la gigantesca mano—. Aquí estoy —dijo, y apretó los dedos helados entre los suyos.

Al principio no pasó nada. Luego, lentamente, de la mano del gigante empezaron a rezumar gotas, como si la piel de la niña estuviera tan caliente que derritiera el hielo, o como si realmente estuviera hecha de sal.

Ella dio un paso más, puso ambas manos sobre el gigante, que seguía sudando agua, y empezaba a disminuir de tamaño. Una densa neblina se levantó alrededor de las dos figuras, envolviéndolas hasta el punto de que la multitud de la plaza los perdió de vista.

Entonces el cielo, que llevaba oscuro desde hacía semanas, empezó a despejarse y se abrió una rendija justo encima de la plaza. El sol, que había estado tanto tiempo oculto, volvió a sonreír a la aldea, y en pocos minutos disipó la neblina, dejando por fin a la vista el trono de árboles. Pero cuando esto ocurrió, para entonces ya no había nadie allí. El Gigante de Hielo se había derretido; la Niña de Sal, evaporado.

Pronto las nubes amenazadoras se retiraron del cielo y el valle volvió a ser luminoso. Los habitantes dejaron de temblar *de frío. Los niños dejaron de llorar. Lo único que volvió a su estado anterior fue el lago: su agua, ahora, era salada —todavía lo es hoy, puedes probarla si quieres—, y nadie que no conociera la historia habría podido explicar el porqué.*

54

Al pequeño Peter le gustaban las historias de miedo, así que Doreen, antes de marcharse de Praga a finales de abril, localizó en un puesto del gueto dos viejos volúmenes de fábulas bohemias. Fueron su regalo de despedida para Margaret, que todos los días, cuando estaba segura de que nadie la oía, le leía alguna a su hermano pequeño.

Pero esta es nueva, pensó Trevor, que había leído ambos libros y las conocía todas. *A saber qué significa ese final.*

La historia terminó, la voz de Margaret se apagó y el pequeño Peter aplaudió para darle las gracias. Trevor descorrió la cortina al final de la guarida y se asomó al interior de la gruta.

—Buenos días, chicos. ¿Cómo estáis?

Los dos hermanitos se dieron la vuelta de golpe, con los ojos muy abiertos por la sorpresa. Entonces Peter se levantó y corrió hacia el recién llegado, agarrándose con fuerza a sus piernas.

—¡Tío Nicky! —dijo entusiasmado con los ojos cerrados en una mueca feliz—. Has vuelto.

Trevor le devolvió el abrazo, aunque con el corazón aturdido: Peter era pequeño todavía, cumpliría los seis años en verano, pero la forma en que tendía a olvidar caras y nombres lo preocupaba. ¿Era normal? ¿Era frecuente? ¿O había algún tipo de problema, algo a lo que había que hacer frente? En sus años como profesor nunca había tratado con niños de esa edad, no conocía casos semejantes.

—Peter, no es el tío Nicky —dijo Margaret con dulzura—. El tío Nicky está en Inglaterra.

—¿Para encontrar mamás y papás para los niños que no los tienen?

—Sí. Este es el tío Trevor.

Peter asintió, mirando a su hermana con sus ojos luminosos, luego se volvió hacia Trevor:

—Perdona.

El hombre se arrodilló, le puso las manos sobre los hombros.

—No hay nada que perdonar, Peter. Nicky y yo nos parecemos mucho, ¿sabes?

Margaret negó con la cabeza: otra mentira. Dicha con buenas intenciones, por supuesto, pero seguía siendo una mentira. ¿Por qué los adultos les gritaban cada vez que ellos contaban una si luego eran los primeros en mentir? Y además por cosas insignificantes.

—Entonces ¿qué pasa?, ¿tenemos una fábula nueva? —preguntó Trevor tras levantarse, mirándola.

Margaret asintió.

—¿La has inventado tú?

Margaret volvió a asentir.

—Tan locuaz como siempre... —dijo Trevor. Miró a su alrededor, en aquella gruta circular, iluminada por cuatro velas en las paredes de roca y amueblada como si fuera la habitación de un hotel, con dos camas tras una cortina corrediza, una mesa cuadrada donde reposaban libros, cuadernos, lápices y tres vasos, una pequeña chimenea encendida para evaporar la humedad y, frente a las llamas, un sofá de bambú, de aspecto incómodo. Al fin y al cabo, aquel lugar no se había creado para alojar a forasteros, sino para el retiro espiritual de los monjes.

—Y la tía Petra, ¿dónde está?

—¡Estoy aquí! —respondí desde detrás de la puerta cerrada del lavadero, en el lado opuesto con respecto a la entrada.

Trevor llamó y, cuando lo invité a entrar, abrió la puerta. Me encontró envuelta en un olor a jabón que aturdía, enfrascada en enjuagar y escurrir sábanas en un lavadero de piedra justo debajo de la pequeña ventana cuadrada por la que entraba la luz del día. Me volví para saludarlo y me alcanzó un rayo tan afilado como una cuchilla, pero, aun así, medio cegada, ver a Trevor me llenó de la acostumbrada calidez.

—¿Cómo va todo? —me preguntó. Y luego, mirando las sábanas—: El padre Ferenc dijo que te ayudarían los monjes.

Apoyé los brazos sobre el lavadero, aplasté las sábanas con todo mi peso.

—Ya tienen otras cosas que hacer, y a mí no me importa ocuparme de estas tareas.

Trevor asintió. Sabía que, en aquellas semanas, tras el incidente con Vodnik en la frontera polaca y la decisión de no perder de vista a Margaret y a Peter, el trabajo más monótono, por muy delicado que fuera, me tocaría a mí.

—Sé lo que estás pensando —continué—. No debería dejarlos solos detrás de una puerta cerrada. Pero esos dos también necesitan pasar un tiempo a lo suyo. Y ya sabes cómo son las cosas cuando yo estoy cerca...

Trevor negó con la cabeza y, venciendo su habitual resistencia, cerró la puerta tras de sí.

—¿Cómo son las cosas cuando estás cerca?

Golpeé contra la piedra la bola de sábanas empapadas, varias veces, con fuerza, luego me detuve, con los ojos en los árboles que se vislumbraban más allá de la pequeña ventana.

—Cuando hay un adulto en la habitación, Margaret no habla.

—Sí, es verdad.

—Peter, en cambio, me ha cogido mucho cariño. Quizá demasiado.

Eso debió de haberlo pillado por sorpresa.

—¿Qué quiere decir *demasiado*?

Bajé la mirada hacia mis manos, enrojecidas por el agua fría del lavadero. De repente sentía un cosquilleo en los ojos. Debía de ser el jabón.

—Nunca pregunta por su madre —le respondí.

—¿Peter?

Asentí sin levantar la vista.

—Margaret no habla, y él en cambio nombra a todo el mundo: el padre Ferenc, Doreen, Nicholas, tú...

— ... ah, bueno, pero yo *soy* el tío Nicholas, ¿no lo sabías?

Una sonrisa tensa.

—Nombra a todo el mundo menos a ella. Es como... Como si nunca la hubiera conocido. La otra noche, mientras los acostaba, me abrazó fuerte y me dijo que me quería más que a nadie y me llamó *mamá*.

Del otro lado de la pequeña ventana, desde el bosque, llegó el repiqueteo del canto de un pájaro, como una ráfaga de agujas lanzadas contra la madera.

—¿Y tú qué le dijiste? —preguntó Trevor, bajando la voz.

—¿Yo? Lo abracé con fuerza y fingí que no había pasado nada. Pero desde entonces no se aparta de mí. Y ya sabes cómo es su memoria...

—Olvida los nombres y las caras.

—Los nombres y las caras, sí, pero quizá haya algo más. Ya llevo dos semanas con ellos. He estado observándolo bastante tiempo y me pregunto si en realidad no olvida también a las personas.

—¿Quieres decir que no habla de su madre porque ya no la recuerda?

No respondí, al fin y al cabo, ¿qué debería responder? ¿Podemos olvidar a nuestra propia madre? Incluso después de mucho tiempo, incluso cuando uno es muy pequeño: ¿es realmente posible perder la memoria del lugar de donde venimos, del corazón que latió tanto tiempo junto con el nuestro?

Pensé en la mía, que había muerto años antes de una estúpida infección. A veces me parecía que aún podía oírla hablar, no dentro de mi cabeza, sino en la habitación en la que me encontraba. A veces tenía la sensación de que estaba a mi lado, con esa presencia tranquila, benéfica, esa forma caprichosa suya de ver y de reírse a carcajadas de todas las cosas, que se perdió para siempre con ella.

Luego pensé en mi hijo, en qué clase de madre habría sido yo si hubiera llegado a nacer, y el jabón en mis ojos empezó a arder como el fuego.

—No le has dicho nada, ¿verdad? —preguntó Trevor, pero la pregunta salió como una afirmación.

Me recobré.

—¿Sobre su madre? Claro que no. Margaret sabe algo, y sigue el juego. A veces ha intentado arrancarme el nombre del lugar donde la ingresamos, eso es todo. Pero tarde o temprano tendremos que hablar del asunto con ella. Especialmente si Peter sigue actuando como si no hubiera existido nunca. Tarde o temprano tendremos que decirle la verdad.

Trevor asintió, bajó los ojos a las baldosas desportilladas del suelo. Seguí su mirada: había gotas de agua y jabón junto a mis pies, que componían formas inciertas, imposibles de interpretar. Algo parecido a la verdad.

—Tengo los visados —dijo sin levantar la cabeza.

—¿Para los dos? —pregunté excitada.

—Sí. —Los sacó del bolsillo y me los enseñó—. Pero no podrán usarlos este viernes. El tren está lleno. Le pregunté a Tatra, estuve en la estación esta mañana: no ha habido ninguna cancelación.

Asentí con la cabeza.

—¿Y quién iba a cancelar una huida de este lugar, en este momento?

—Ya. De todas formas, aún tenía esperanzas. Tenía la esperanza de llevármelos conmigo.

Llevármelos conmigo. De repente sentí frío en los brazos y en las piernas, y se me secó la garganta.

—¿Y tú no puedes posponerlo? —dije. De nuevo una afirmación, más que una pregunta.

Trevor hizo una mueca.

—Todo el mundo piensa que sería demasiado peligroso, y yo también empiezo a creerlo. La Gestapo está apretando las tuercas. La semana pasada, el comandante Bömelburg me dijo confidencialmente que Berlín está pensando en prohibir las repatriaciones con divisas, tanto para adultos como para niños. Si eso fuera cierto, este podría ser el último tren.

En el silencio de la habitación, el bosque más allá de la pequeña ventana me pareció que palpitaba como una llamada, o como una amenaza.

—¿Y Margaret? ¿Y Peter? ¿Y todos los demás de la lista?

—Lo sé. No quiero pensar en ello. No es seguro que la medida se ponga en marcha y, en el caso de que ocurra, ya pensaremos en algo; podríamos llevar el dinero en metálico a Polonia, conseguir que alguien lo distribuya entre los niños pasada la frontera.

—Para entrar en Inglaterra es necesario...

—Lo sé —repitió Trevor—. Lo sé. Si pudiera, os llevaría a todos conmigo pasado mañana —añadió sin valor para mirarme a los ojos, sin valor para pronunciar mi nombre—, pero no puedo hacerlo.

Asentí con la cabeza. Lo entendía, lo entendía muy bien. Volví a ocuparme de las sábanas, retorciéndolas como cuerdas, con el deseo repentino de romperlas.

—Los montaremos en los trenes de julio —dije convencida—. Hay dos confirmados, ¿verdad?

—Sí. El primero de julio, que ya está lleno, y el día 19. En ese todavía tengo sitio, para ellos y para ti.

Por fin lo había dicho, y no sé si sentí más alivio o más rabia al pensarlo.

—Yo no voy a ir a Inglaterra, Trevor. Mi sitio está aquí.

—Petra —respondió con más vehemencia de la que me esperaba—. La guerra se acerca. No es cuestión de si, sino de cuándo. Me han llegado algunos rumores del Ministerio, y nadie cree que vayamos a tener una Navidad de paz. Y si Berlín y Londres se declararan la guerra, este canal podría cerrarse para siempre.

—Sí, pero, si tú te marchas ahora, y si en julio yo también te sigo, ¿quién se quedará aquí para gestionar las salidas?

—Tenemos aliados en la ciudad. Personas por encima de toda sospecha —dijo Trevor, pensando de nuevo en Blake, y tal vez en Beatrice—. Tú debes coger ese tren. Prométeme que lo harás.

Fue la palabra lo que marcó la diferencia. Fue ese «prométeme», tan íntimo, tan ajeno a nuestras conversaciones habituales. Como pinchada por un alfiler invisible, como aferrada por el brazo y tirada con firmeza —pero con dulzura—, me incorporé para mirarlo.

—Si no coges el último tren en julio, me romperás el corazón —añadió—. Prométeme que lo harás. El 19 de julio cogerás a Margaret y a Peter, te subirás a tu vagón y te marcharás.

Entonces cedí, cedí de golpe, toda mi resistencia se vio barrida por el sentimiento que tenía desde hacía meses y que no me atrevía a confesar. Como si hubiera habido una imagen delante de mis ojos desde hacía tiempo, pero solo en ese momento, por fin, yo me permitiera verla.

—De acuerdo —dije con un hilo de voz—. Te lo prometo.

55

—¿De qué están hablando? —preguntó Peter.

—¡Chis! —le soltó Margaret, cerrando una mano alrededor de la oreja que mantenía pegada a la puerta.

—¿Sabes que no se espía a los adultos? Lo dice siempre...

—¡Chis! Es importante —replicó ella.

Llevaba mucho tiempo intentando averiguar dónde se encontraba su madre, pero nosotros teníamos muchísimo cuidado con lo que decíamos cuando Peter y ella estaban por los alrededores. Tras rescatar a Margaret en el cuartel general de los nazis, Doreen había conseguido que le dijera dónde se escondía el resto de la familia y había ido a recogerla. Sin embargo, el estado de la mujer era tal que necesitaba cuidados específicos, por lo que tuvimos que separarla de los niños, a los que no les dijimos dónde se encontraba ni en qué condiciones. No podíamos arriesgarnos a que Margaret huyera de nuevo para reunirse con ella.

Por eso la chica había decidido escuchar a escondidas el diálogo en el lavadero, una decisión que resultó ser providencial. Ahora sabía que Trevor se marchaba y que Peter y ella no iban a ir con él. También había oído algo sobre su madre, pero no lo suficiente. Estaba viva, tal y como hablábamos de ella debía de seguir con vida, pero ¿dónde la teníamos? Margaret llevaba semanas planeando escapar, incluso tenía un plan y una pequeña reserva de comida escondida detrás de una piedra de la chimenea, pero sin certezas sobre su madre no podía ponerlo en marcha.

—Hay alguien ahí —susurró Peter, tirándole de la manga.

Margaret se sacó de encima a su hermano pequeño, molesta.

—Margo, vienen por allí —insistió el pequeño, señalándole la silueta de una puerta recortada en la pared rocosa.

Entonces Margaret se separó de la madera y fue corriendo al sitio donde había estado poco antes, a una de las sillas alrededor de la mesita. Justo a tiempo: la puerta de la lavandería se abrió precisamente mientras la que estaba disimulada en la roca giraba hacia atrás, y Trevor y el padre Ferenc se encontraron cara a cara en los dos lados opuestos de la cueva.

—¡Padre!

—Señor Chadwick.

Al ver al monje y su enorme barba gris, que le bajaba por el pecho hasta rozarle el cinturón, Peter fue a esconderse detrás del sofá. El padre Ferenc, como de costumbre, se echó a reír con ganas.

—¡Dejad que los niños *no* se acerquen a mí! —dijo y, tras guiñar un ojo a Margaret, se reunió con Trevor—. ¿Cómo va su trabajo, señor Chadwick? ¿Ha encontrado los asientos que tenía la esperanza de encontrar?

—No, por desgracia, no. El tren está lleno. Me marcharé solo.

—Lo siento —respondió el clérigo, poniéndole una mano compasiva sobre el hombro—. Aunque la verdad es que estaba casi seguro. De todas maneras, nosotros podemos seguir acogiendo a los niños y a la joven.

—Buenos días, padre Ferenc —dije asomándome al umbral de la lavandería.

—Buenos días, querida. Luminosa como siempre.

—Sé que velarán por Peter y Margaret —prosiguió Trevor— y se lo agradezco. Es cuestión de otro mes. Un mes y medio, como mucho. Ya tenemos los visados, se los dejaré a Petra.

—Perfecto. ¿Y para la madre...? —aventuró el monje.

La mirada de Trevor fue suficiente para concluir la conversación.

—Todo va bien. Sin embargo, hay algunos detalles que me gustaría explicarle con detalle si dispone de tiempo.

—Venía precisamente a invitarle a tomar un té. Es la hora si no me equivoco. A las cinco de la tarde.

—No soy un hombre de té —respondió Trevor, acordándose de sus dos cervezas y de cómo le gustaría añadir una tercera—, pero esta vez me uniré a usted con mucho gusto.

—Querida, ¿pido que le traigan a usted también?

Sonreí e incliné la cabeza.

—Se lo agradezco, padre Ferenc, pero los niños y yo ya teníamos otros planes —dije, señalando la jarra llena de hielo y agua que esperaba en un hueco excavado en la roca—. Limonada.

—Entonces les robaré al señor Chadwick durante media hora. ¿De acuerdo, Margaret? —preguntó el padre Ferenc.

La niña lo miró cohibida un momento —como si para ella fuera a cambiar algo que Trevor se quedara o se marchara—, luego asintió educadamente.

—Excelente —concluyó el anciano monje, que en vez de volver hacia la puerta de la roca, que permanecía entreabierta, se acercó hasta la cortina, seguido por Trevor.

Cuando apartaban la cortina para meterse en la guarida, vi que las manos del monje temblaban ligeramente, un detalle que nunca antes había percibido. En ese momento, insensata de mí, no le di mayor importancia.

56

En cuanto los dos hombres se marcharon, me asomé por encima del sofá para pescar a Peter.

—Ya puedes salir. El padre Ferenc ya se ha marchado. —Y luego, conteniendo a duras penas la risa—: Pobrecito mío, ¿qué te habrá hecho para merecerse un trato semejante? ¿Sabes que gracias a él los malos aún no nos han encontrado?

Peter salió de su escondite con la vista al suelo y el ceño fruncido, como si hubiera hecho algo malo, pero no supiera muy bien qué.

Me arrodillé delante de él.

—Venga, va, no pongas esa cara. No se ha enfadado. Todo va bien.

El pequeño asintió no muy convencido, luego se aproximó para abrazarme con la cara hundida en mi cuello.

—Te quiero —dijo.

Fue esto lo que convenció a Margaret. Fue ese «Te quiero» pronunciado por Peter con tanto desamparo. Su madre estaba ahí fuera, quién sabe dónde, quizá todavía enferma, quizá prisionera, y Peter allí dentro ya se estaba olvidando de ella. Se estaba encariñando con una desconocida —buena, amable, maternal, pero que no dejaba de ser una desconocida—, mientras que Trevor, otro desconocido, discutía sobre su futuro con un monje. Ella se había dado cuenta de que planeaban llevárselos solos, sin su madre, y no podía permitir que eso ocurriera.

Miró la cortina que ocultaba la guarida y después la puerta en la roca. Era la primera vez que el padre Ferenc se dejaba abierto el paso de los monjes, y a ella le pareció una señal.

En un momento tomó su decisión, en otro pasó a la acción.

Yo seguía agarrada a Peter y estaba de espaldas a ella. Con paso decidido, Margaret llegó hasta la mesa repleta y cogió uno de los tres vasos.

—¡Eh! ¿Qué ocurre? —gritó asustada; luego, con toda la fuerza que tenía en el cuerpo, lanzó el vaso más allá de la puerta abierta del lavadero, contra las relucientes baldosas blancas que había junto a la pila de lavar.

El estruendo fue ensordecedor. El vaso estalló en mil añicos, una granizada de cristal que se extendió en todas direcciones y rebotó en las paredes de azulejos, multiplicando el estrépito. Desde el exterior llegó por la ventana el aleteo de alas, junto con los gritos enloquecidos de pájaros y otros animales que no reconocí. El propio Peter chilló y se echó a llorar, mientras yo me volvía hacia el lavadero, con la boca abierta por completo y la sangre alterada.

Cuando por fin mis ojos pudieron enfocar la escena, y cuando mi cerebro fue capaz de recibir el mensaje de los ojos, y cuando el mensaje se tradujo en un razonamiento, y cuando al razonamiento le siguió una reacción —girarme hacia la cueva, contar a los niños, ponerme en pie de un brinco, la piel de gallina por todo el cuerpo—, Margaret ya no estaba allí: había cerrado ya la puerta tras de sí y recorrido el pasadizo excavado en la ladera de la colina para salir, por primera vez en semanas, al aire libre. En el bosque.

57

El padre Ferenc avanzaba con lentitud por entre la tupida arboleda, como si hubiera perdido el camino que llevaba al monasterio, o como si no tuviera mucha prisa por llegar.

Trevor miró su reloj: faltaba poco para las cinco, y el cansancio empezaba a correr por sus venas como resina, la piel de la cara le hervía a pesar del frescor de los matorrales. Le parecía estar enfermo, febril, y la idea de una cerveza fría lo asaltaba a cada paso, empujándolo hacia delante como un espejismo.

Solo cuando pasaron por delante de la roca baja que marcaba una bifurcación —o eso creía recordar— y se dio cuenta de que el monje no iba a la izquierda, cuesta arriba, hacia el imponente edificio blanco que se vislumbraba entre las copas de los árboles, sino a la derecha, en dirección a los viñedos, Trevor sintió el primer estremecimiento de duda.

—¿No vamos al monasterio?

El padre Ferenc no se volvió.

—También se puede llegar por aquí, con *minor* esfuerzo.

Minor esfuerzo sonaba bien, así que Trevor asintió para sí mismo y no preguntó nada más.

El silencio, sin embargo, se vio roto entonces. Incapaz de recomponer las piezas, el monje debió de decidir que más le valía anticiparse al asunto por el que había bajado para reunirse con el inglés en el escondite de la cueva.

—Sé de buena tinta que Bömelburg será relevado de sus funciones —declaró—. Los de arriba ya no lo consideran adecuado para desempeñar su papel.

Trevor se detuvo en medio del camino, como golpeado por una fusta. Era la primera vez que oía hablar de roces entre Berlín y el grueso comandante nazi destinado en Praga, y el asunto no presagiaba nada bueno: si hasta entonces los trenes de Nicholas habían partido sin mayores problemas, había que agradecérselo también a Herr Bömelburg, que nunca se había opuesto a la expatriación de los refugiados y que, es más, sellaba él mismo en persona los visados de los niños, haciendo que el trámite fuera fácil y rápido. Solo una vez objetó algo al respecto: al entregar los documentos para el cuarto tren, dudó un momento, miró a Trevor con curiosidad, los labios tensos en una mueca irónica, y dijo: «¿Sabe, Señor Chadwick? Para mí no hay diferencia alguna, pero a veces me pregunto por qué tanto interés en estos judíos... Usted no lo es, ¿verdad?».

En aquel momento, Trevor dijo que no, que no lo era —«anglicano desde hace seis generaciones, Herr Bömelburg»—, y se abstuvo de responder a la primera cuestión. Pero después se lo estuvo repensando en más de una ocasión, llegando a preguntarse si había otros significados además del literal.

Por qué tanto interés en estos judíos... Usted no lo es, ¿verdad?

Como si no se tratara de una curiosidad personal, sino también, tal vez, de sus superiores: de Heydrich, de Himmler, del propio Hitler.

Mientras tanto, el padre Ferenc se había detenido en el camino, con la cabeza vuelta a la espera de una respuesta.

—No sé nada de eso —se apresuró a decir Trevor—. Me vi con Bömelburg hace poco, por los visados para el próximo tren, pero no mencionó nada sobre ningún traslado. ¿Está usted seguro?

—Eso es lo que se dice por ahí —respondió el monje—. Y si eso fuera cierto, todavía me alegraría más saber que vas a marcharte, Trevor.

Saber que vas a marcharte.

Trevor.

El padre Ferenc nunca lo había llamado por su nombre. Nunca le había hablado con esa confianza. ¿Por qué empezar ahora?

A su alrededor, el bosque susurraba y repiqueteaba. Poco antes, un estruendo lejano había alarmado a los pájaros. Trevor incluso creyó oír el gruñido de un jabalí entre la maleza. La colina de Petřín estaba sorprendentemente llena de ellos. Pero luego la naturaleza regresó a su frenética calma, indiferente a los asuntos humanos.

—Lo que quiero decir —prosiguió el padre Ferenc, acabando de darse la vuelta hacia él— es que cuanto antes te marches de aquí, mejor. Ya habéis salvado a bastantes niños. Dejad que nosotros nos ocupemos del resto. O la Providencia. En tu lugar, yo no seguiría tensando la cuerda. ¿Entiendes lo que te quiero decir?

De golpe, el miedo de Trevor se convirtió en angustia. La luz del bosque pareció menguar, y a su alrededor todos los ruidos —roces, crujidos, pisotones— aumentaron de volumen hasta llenarle los oídos.

—Qué... —quiso preguntar, pero el monje negó con la cabeza decididamente, con un fuego en los ojos que nunca le había visto antes.

Vete, decía aquella mirada. *Vete ahora mismo. Huye.*

Entonces Trevor comprendió, pero demasiado tarde.

Por detrás de él, un crujido más intenso, más rápido. Pasos en el camino. Caucho y cuero que hacían crujir las piedras del suelo.

Entonces, una voz profunda dijo en alemán:

—Señor Chadwick. Qué placer. Por fin nos conocemos.

58

En el bosque, Margaret se sentía a sus anchas, como en las callejuelas de Praga por la noche, como en los meandros de los cuentos que le contaba a Peter. Sin haberlo explorado nunca, sin saber con certeza dónde había salido al final del pasaje en la roca, sabía de todos modos en qué posición se encontraba con respecto al monasterio, al castillo y al río. Tal vez tenía una brújula en el cerebro, como habría dicho su padre, siempre práctico, o tal vez, como habría respondido su madre, más sentimental, se trataba de un sexto sentido —un poder mágico del que nunca había sido consciente—. Al fin y al cabo, había cruzado pocos bosques en su vida, y por ninguno de ellos se había paseado sola, sin un adulto que le indicara el camino. Así que era la primera vez que sentía esa extraña y estimulante sensación que guía a los valientes en las horas oscuras: la de perderse del modo más absoluto y, al mismo tiempo, saber exactamente en qué dirección ir.

Trevor y el padre Ferenc habían ido sin duda más al sur, de modo que para subir al monasterio tendrían que ascender por la ladera de la colina, atravesando la espesura de los árboles que se extendía justo por delante de ella, pero Margaret, por algún motivo, estaba segura de que los dos hombres habían continuado hacia el este, en dirección a los viñedos que había al final del bosque. Si no recordaba mal, había un pequeño claro justo antes de llegar hasta ellos, y era allí donde su mente seguía imaginándolos: sentados sobre dos rocas, hablando cordialmente —o quizá no cordialmente, sino con preocupación, prisas, ansiedad— sobre ella y sobre su hermano y, tal vez, también sobre su madre. Así, sin certezas, se encaminó hacia el este, andando con grandes y cautelosos pasos, eligiendo con cuidado los sitios donde poner los pies para que no la oyeran.

A su alrededor, se celebraba un concierto natural: cacareos, gorjeos, ruidos graves y ruidos agudos, batir de alas, el sordo tamborileo de un pájaro carpintero, el susurro de las hojas al viento, los arbustos agitados. De vez en cuando, Margaret se quedaba inmóvil, aguzando los oídos como los de un gato, e intentaba interpretar la confusa partitura, pero tardó un rato en separar los ruidos hasta el punto de llegar a distinguir, a su izquierda, voces humanas.

Se giró en esa dirección y siguió avanzando de nuevo, con la máxima cautela, prestando atención a las ramas, a las raíces y a las piedras que encontraba en su recorrido —un camino poco transitado, pero fácil de adivinar—. Sí, había oído bien: más adelante, tal vez a unos cien metros de donde se encontraba, río abajo, había dos hombres que se hablaban con vehemencia.

Margaret sonrió —los había encontrado—, y agachándose para reducir su visibilidad cubrió la distancia que la separaba de las voces hasta que estuvo tan cerca que se preguntó cómo podía oírlas, pero, en cambio, no ver a sus dueños.

Entonces algo atravesó corriendo los arbustos bajos que tenía delante, cortándole el paso de derecha a izquierda —¿una rata?, ¿una liebre?, ¿una serpiente?—, y Margaret retrocedió de un brinco, conteniendo a duras penas un grito.

Tropezó, cayó de espaldas, se encontró sentada detrás de un seto de zarzas y allí, a través de las ramas retorcidas y llenas de espinas, por fin pudo entrever a los tres hombres de pie, en medio de una bifurcación, tan absortos en lo que decían que no le prestaron atención.

Uno era Trevor.

Otro era el padre Ferenc.

Pero el tercero...

Horrorizada, Margaret retrocedió de golpe y fue a chocar contra un árbol, con lo que su cabeza emitió un sonido seco que rompió el silencio a su alrededor.

59

Trevor no necesitó darse la vuelta y mirarlo a la cara para reconocer al hombre que había hablado. Hacía meses que intentaba evitarlo de todas las maneras posibles, semanas que siempre lo sentía pisándole los talones, días en que estaba seguro de que lo seguía, él o alguno de sus hombres. Y, por lo visto, no se había equivocado.

—Herr Vodnik —dijo el padre Ferenc sorprendido por la aparición—. Pensé que nos veríamos en mi estudio...

Trevor se volvió asombrado para mirar al monje.

El nazi se acercó a los dos hombres hasta tenerlos al alcance de sus enormes brazos.

—Se me ocurrió venir a verlos dando un paseo.

Maldito cabrón, pensó Trevor mirando al padre Ferenc. *Me has vendido a la Gestapo.*

—¿Me estaba buscando? —preguntó entonces, optando por hacerse el tonto.

—Lo estaba buscando —confirmó el gigante—. Y su amigo el del hábito ha tenido la amabilidad de decirme dónde y cuándo podría encontrarlo.

—Podía haberme convocado a su despacho —respondió Trevor—. Habría acudido corriendo.

Vodnik sonrió.

—No lo dudo. Pero sé que últimamente frecuenta este bosque y, ahora que lo veo, entiendo por qué. Es realmente muy *hospitalario*.

En ese momento, el padre Ferenc ya no pudo contenerse.

—Herr Vodnik, acordamos reunirnos en mi estudio. No entiendo a qué viene esta..., esta...

—¿Emboscada? —sugirió Trevor.

La broma hizo reír a Vodnik.

—¡Ah, señor Chadwick! Ya me habían dicho que es usted muy gracioso.

—Me encanta que mi fama me preceda.

—Oh, sí. Se cuentan muchas historias sobre usted entre los borrachos y los pescadores de la ciudad...

—¿Qué clase de historias?

Vodnik agitó una mano despreocupadamente.

—Es usted extranjero, tiene aire de aventurero... Así es como nacen las leyendas.

—¿Qué tipo de leyendas? —insistió Trevor.

—Del tipo que cuentan que oficialmente usted está aquí para ayudar a los refugiados bohemios, pero en realidad trabaja para los servicios secretos británicos. Un informador, un hombre para el trabajo sucio, que durante el día tramita visados para la expatriación de ciudadanos con todo en regla y de noche ayuda a otros irregulares a cruzar la frontera utilizando un... ¿cómo lo llaman? Un ferrocarril subterráneo.

Entonces fue Trevor quien se echó a reír, una risa jactanciosa y, esperaba, convincente. Esos rumores mencionados tan casualmente por Vodnik eran demasiado circunstanciales para su gusto. Seguro que no lo habían traicionado sus compañeros de bebida o de pesca, a los que jamás se les habría ocurrido decir quién era y qué hacía en la ciudad. La Gestapo lo estaba vigilando, y a saber desde cuándo. Empezó a sentirse incómodo en medio de aquel bosque. Los árboles eran tan tupidos que, de haber estado rodeado por hombres de las SS, no se habría dado cuenta hasta el último segundo.

—Sí, resulta divertido —continuó Vodnik—. Pero no es por eso por lo que quería verlo.

—¿Podemos continuar en mi estudio? —intervino el padre Ferenc, que parecía más nervioso a cada momento que pasaba.

—Aquí estamos perfectamente —lo cortó el gigante—. No es para hablar de sus antecedentes militares ni de sus actividades secundarias en Praga por lo que he decidido reunirme con usted, señor Chadwick. Con sinceridad, no me interesan gran cosa y, si mis superiores no se meten... —Se encogió de hombros—. Sé que usted también se marchará a Londres, pasado mañana.

—Y esto cómo...

Vodnik volvió a agitar la mano.

—Sabemos muchas cosas, señor Chadwick. No hemos llegado hasta aquí improvisando.

Un golpe sordo por detrás del gigante, entre la vegetación, llamó la atención de Trevor por un instante, pero las zarzas eran demasiado tupidas para ver lo que lo había provocado. ¿Un animal pequeño, tal vez?

—Por ejemplo —continuó el alemán—, sé que esconde usted a una niña.

—¿Una niña? —dijo Trevor, la imagen misma de la perplejidad, y con el rabillo del ojo captó la reacción del padre Ferenc: auténtica sorpresa, seguida de una especie de rabia que le hizo apretar los puños hasta que los nudillos se le blanquearon.

—De unos doce años —explicó Vodnik—. Tez clara, pelo rubio, ojos verde-dorado... Pero usted ya sabe muy bien cómo es, ¿verdad?, porque lleva mucho tiempo escondiéndola.

—Yo no estoy escondiendo a nadie —respondió Trevor sin dejar de estudiar la reacción del padre Ferenc. De golpe, se formó una idea en su mente: Margaret. Vodnik había venido a por ella, pero el monje no la había mencionado. Le había hecho creer que estaba interesado en otra cosa. El viejo monje, ahora, estaba lívido de ira. Sí, debía de haber sido así: había traicionado a Trevor sin saber que en realidad estaba traicionando a la niña. Vodnik también lo había engañado a él.

Trevor suspiró.

—Tengo muchas niñas de las que ocuparme, pero ninguna me importa personalmente. Todas están con sus familias, si las tienen, o en los campos de refugiados. ¿Ha probado usted a buscar allí?

Vodnik sonrió, justo cuando por detrás de él la zarza se movió ligeramente. Si hubiera estado mirando en esa dirección, habría entrevisto los ojos dorados que lo observaban a través de las ramas y las espinas, los habría entrevisto y reconocido. Pero estaba de espaldas, y quien los vislumbró, en cambio, fue Trevor, que sintió que se le helaba la sangre.

—He comprobado los campos —dijo el gigante—, y también las listas de los menores que salen en sus trenes...

—¿Cómo?

—... pero la niña que busco no está allí. Los visados expedidos por Bömelburg corresponden a nombres reales. Sin embargo, tengo la certeza de que ella está con usted, y creo que intentarás llevártela pasado mañana —continuó Vodnik, empezando a tutearlo.

—¿Qué pretende hacerle? —soltó el padre Ferenc con los puños en alto como si se preparara para un asalto.

Vodnik lo ignoró.

—Tengo que encontrarla, Chadwick. A estas alturas ya es algo personal. Podéis llevaros a todos a esos mocosos, pero a ella no. Ella es mía —dijo apretando la mandíbula, con un único ojo tan oscuro como el cañón de un fusil—. Por suerte, un conductor de tanque de la Wehrmacht vio a un hombre y dos mujeres deambulando en las inmediaciones del cuartel general el día que la chica se escapó. Incluso consiguió identificar a Doreen Warriner, una voluntaria a la que conocemos bien, y que al parecer trabajaba junto a un compatriota, Nicholas Winton. Estoy seguro de que estos nombres también te resultarán familiares.

No tenía sentido seguir negando, pensó Trevor. Mejor admitir la verdad, o una versión manejable de la verdad.

—Sí, somos compañeros. Trabajé con ellos para organizar los primeros trenes. Pero dejaron la ciudad hace...

—Así que ya puedes ver cómo he ido uniendo los puntos hasta llegar hasta ti —lo interrumpió Vodnik—. Luego nos dimos cuenta de que venías aquí con cierta frecuencia. Quizá te gusten los viñedos. Quizá te guste el bosque. Quizá te gusten los monjes —añadió con una sonrisa maliciosa—. O quizá escondas a la niña en algún sitio. En el monasterio no está, así que debe de estar aquí fuera. ¿O me equivoco?

Trevor abrió los brazos.

—No tengo ni idea. Yo vengo a tomar el fresco, ¿no ve qué bien se está aquí? Y a veces me tomo un té con el padre Ferenc. No pensé que hubiera nada malo en ello.

Los ojos dorados seguían estando allí, entre las zarzas, observando la escena con atención. Parecían paralizados, y Trevor deseó con todas sus fuerzas que así fuera. Que a su propietaria no se le ocurriera moverse justo en ese momento.

—Pero, dígame, Herr Vodnik, ¿estamos rodeados por sus hombres? ¿Alguien me está apuntando con un arma? Porque no voy a ocultarle que estoy empezando a ponerme un poco nervioso, y no quiero hacer algo que se malinterprete y luego acabar con uno o dos agujeros de más en la barriga.

El gigante se echó a reír de nuevo.

Trevor aprovechó el momento para hacerle una señal a Margaret: *Quédate ahí, inmóvil.*

—No, no hay hombres míos en el bosque —respondió el nazi—. Estamos solo nosotros tres: tú, yo y el monje que te ha vendido.

—¡Yo no he vendido a nadie! —estalló el padre Ferenc, pero Vodnik lo abofeteó con violencia, tirándolo al suelo.

—Pero ¿qué está haciendo? —gritó Trevor.

—Te equivocas al defenderlo. Cuando le pedí que te entregara ni siquiera quiso saber por qué. Aunque a estas alturas —continuó el alemán, mirando su reloj—, mis hombres ya habrán encontrado a la niña. He terminado aquí por hoy. Y tú también has terminado. Súbete a ese tren, Chadwick. Vuélvete a casa. Praga ya no es un sitio para ti.

Luego se dio la vuelta, miró las copas de los árboles para orientarse y se encaminó hacia el oeste, hacia la cueva donde estaban escondidos los niños.

Pero Margaret ya no está allí, pensó Trevor con un destello de alivio.

Luego volvió a buscar los ojos dorados en el punto donde los había visto un minuto antes, y no los encontró.

60

Calmar a Peter no fue fácil: el estallido del vaso contra la pared le había dado un susto de muerte, y la desaparición de su hermana había empeorado la situación, como si los dos sucesos estuvieran relacionados, pero a la inversa: no había sido una maniobra de distracción de Margaret para huir de la cueva, sino que su ausencia era fruto de la explosión. Tuve que acunarlo durante varios minutos antes de conseguir calmar su angustia y que dejara de llorar, luego hicieron falta varios minutos más para que me soltara, aflojando el abrazo de acero con el que me sujetaba —la última roca en su mundo tempestuoso, el único refugio en el bosque universal—. Al final, el cansancio lo derrotó y el niño se durmió entre mis brazos, exhausto e infeliz.

Lo levanté a peso, lo tumbé en la cama que compartía con Margaret y lo acaricié un poco más para transmitirle serenidad, una serenidad que yo no compartía, pero que había aprendido a fingir por el bien de los niños y de las familias a quienes había acabado dedicándome.

Tienen que creer en ti para poder creer que los salvarás, decía siempre Doreen. *Y tú también tienes que creerlo, si quieres salvarlos de verdad. Todo es cuestión de confianza.*

Cuando Peter se durmió profundamente —debía de haber pasado un cuarto de hora desde la fuga de Margaret, aunque parecía más—, por fin pude pensar en la siguiente jugada, decidiendo a toda prisa que no me quedaban muchas opciones; de hecho, nada más que una: limpiar aquel desastre de cristal y esperar.

Dejar al niño solo era algo impensable —era demasiado pequeño, y estaba demasiado afectado—, pero tampoco podía asomarme a la ventana o lanzarme hasta el fondo de la guarida, donde empezaba el bosque, a gritar el nombre de la niña y llamarla para que volviera. Cuando Trevor regresara, uno de nosotros dos iría en su busca, y en cuanto estuviera de regreso habría forma de razonar. Mi única certeza era que Margaret nunca se iría sin Peter.

Entonces ¿por qué ha huido así?

Agucé el oído en dirección a Peter, que ahora roncaba ligeramente. Luego fui al lavadero y empuñé la escoba que estaba escondida detrás de la puerta. Recoger los añicos de cristal, tirar los fragmentos a la basura, secar las gotas de agua en las baldosas de la pared y del suelo: eso era lo único útil que podía hacer mientras esperaba.

Aún no había acabado de ordenarlo todo cuando oí ruido de pasos en la embocadura de la cueva. Varias personas, no una sola, ni tampoco dos. ¿Así que Trevor y el padre Ferenc habían interceptado a la fugitiva?

Pero, cuando volví la cabeza hacia la cortina que separaba la guarida de la entrada de la cueva —arrodillada, con la cara a pocos centímetros del suelo para comprobar que no quedaban trozos de cristal—, no vi los rostros familiares que me esperaba encontrar, sino los hoscos y pétreos de tres soldados con uniforme negro.

Inmediatamente, mis ojos corrieron hacia Peter, que seguía durmiendo a pierna suelta; luego, volvieron a los soldados, que mientras tanto habían ganado el centro de la cueva y miraban con atención a su alrededor, empuñando las pistolas.

—¿Quiénes son ustedes? —pregunté mientras me ponía de pie y me secaba las manos en el vestido.

—No se mueva —respondió uno de ellos en alemán. Luego repitió la orden en checo—. Estamos buscando a una niña de entre diez y doce años. ¿Está aquí?

Ya está, pensé. *Nos han encontrado*. Entonces, en un instante, en mi mente germinó un caleidoscopio de hipótesis, esbozando y calculando con vertiginosa claridad todas las posibilidades que tenía ante mí.

Dos camas. Dos vasos. Nada de ropa.

Podría funcionar.

—Solo estamos mi hijo y yo —dije sin pensarme dos veces la elección de las palabras—. Aquí no hay ninguna niña.

El soldado que había hablado respondió a mi afirmación con una mirada perdida.

—¿Está segura? —preguntó.

—Estoy segura.

El soldado volvió a mirarme, inexpresivo por completo; luego, con un gesto de la cabeza, ordenó algo a los otros dos, quienes se encaminaron uno hacia el lavadero, el otro hacia la puerta tallada en la roca. Observaron detenidamente todo lo que encontraban, desde el suelo desnudo hasta la chimenea encendida, desde el sofá de bambú hasta las camas sin sábanas. Cuando llegaron a estas, uno de los soldados se agachó y miró debajo de los colchones.

—Nada —dijo en alemán.

—Nada —se hizo eco el otro desde el lavadero.

—¿La ventana? —preguntó el primer soldado, que debía de ser el de mayor rango.

—Demasiado pequeña.

—Esa puerta —dijo entonces, volviéndose hacia mí—. ¿Adónde conduce?

—Es un pasadizo hacia el monasterio, pero yo nunca lo he utilizado. Les sirve a los monjes cuando vienen a visitarnos. Esta cueva nació como retiro de oración —añadí, sin tener un verdadero motivo.

—¿Y cómo se abre? —preguntó el soldado más cercano a la pared, palpando la roca con la mano libre.

—No lo sé. Debe de haber una manilla en el otro lado. Desde aquí no se puede.

—Helmut, da la vuelta.

—Sí, señor —respondió Helmut, volviendo a la guarida.

—Así que están los dos solos —reanudó el que estaba al mando.

285

—Sí. Mi hijo y yo.

—¿Y qué hacen aquí? ¿Por qué se esconden?

Piensa, Petra. Piensa.

—Mi marido —dije con un tono interrogante que me apresuré a corregir—. Es un buen hombre, pero bebe demasiado, y cuando bebe se pone violento. Me pegaba, así que me escapé con el pequeño, y los monjes nos acogieron.

—Entiendo —dijo el soldado mientras su compañero seguía inspeccionando la cueva, moviendo objetos y golpeando el suelo con las botas en busca de trampillas—. Las marcas —dijo entonces.

—¿Qué marcas? —pregunté perpleja.

—Si su marido le pegaba, tendrá marcas —replicó el soldado en tono imperioso—. Vamos. Muéstremelas.

61

Margaret corría, corría hacia la cueva, pero algo debía de haberse roto en la brújula que tenía en su cabeza o en sus poderes mágicos, porque corría y corría, pero ya no encontraba el camino, y giraba a la derecha en una roca y pronto se topaba con ella de nuevo a la izquierda, y al pasar junto a un árbol retorcido pronto daba con otro que le parecía idéntico.

Los sonidos del bosque eran tragados por su respiración agitada, por la sangre que retumbaba en sus oídos, por el roce de las hojas y de los arbustos con los que se encontraba al pasar. El ruido era tan fuerte que ya no oía los siseos, los silbidos y los chasquidos de los pájaros, e incluso la liebre que le había cortado el paso y con la que casi había tropezado había surgido de la nada sin que se la oyera.

Avanzando de esta manera, furiosa y frenética, habrían acabado descubriéndola, y entonces seguro que no volvería a captar durante mucho tiempo el sonido de los pasos o las voces ajenas. Una locura, en definitiva, pero era una locura de la que no podía escapar, pues el gigante estaba allí, estaba en el bosque, y conocía la existencia de la cueva, sabía que ella se encontraba allí. Había enviado a sus hombres para sacarla de su guarida, y pronto —quizá en ese mismo instante— pondría sus manos sobre Peter... No podía permitirlo. Tenía que correr más rápido que los demás, como si en sus pies no llevara los zapatos deformados de su madre, sino las botas de siete leguas.

Corría y corría, y cada paso era un salto; y, si hubiera sabido adónde ir, ya habría llegado, pero se había perdido, aunque el bosque no fuera tan grande como para perderse tanto tiempo, y entonces tal vez —se dijo—, no llevase tanto tiempo corriendo, tal vez fuera el tiempo y no el espacio lo que se había dilatado, y en ese caso, aumentando el ritmo de su carrera vencería al gigante, es más, vencería al tiempo mismo, llegando incluso a darle la vuelta atrás. *¡Margaret! ¡Margaret!*, se gritaría a sí misma al verse en la cueva antes incluso de salir de ella. *¡Margaret, huid! El enemigo está al caer.*

Sí, así iban a ser las cosas, se dijo llena de esperanza, y aceleró aún más el paso, segura de reconocer aquel arbusto bajo de la derecha: ¿no conducía al claro? Y después del claro...

Pero ese pensamiento se esfumó en el acto, interrumpido a medio camino, pues dos brazos musculosos la aferraron por detrás, alguien que corría tan rápido como ella, incluso más, y la había alcanzado silenciosamente.

—¡Margaret! —le susurró una voz al oído, y antes de que la reconociera, añadió—: Soy yo. Para. —Una petición inútil, ya que era él mismo quien la había parado, y quien le había puesto la mano encima de la boca para impedirle respirar, la había llevado hacia un lado y se había agazapado con ella detrás de un matorral—. ¡Chis! —continuó Trevor—. Mantén la calma.

El corazón de Margaret latía ahora como una botella boca abajo cuando el agua sale a borbotones, con golpes sordos.

—No puedes volver con Peter —continuó él—. Si Vodnik y sus hombres están allí, te arrojarías directamente a sus brazos. Piensa.

Pero era difícil pensar con esa urgencia en las venas y la imagen de su hermano a merced del gigante.

—Si no te encuentran en la cueva —susurró Trevor mientras lanzaba miradas más allá de la maleza, las orejas tensas como velas—, vendrán a buscarte al monasterio o aquí, en el bosque. No les interesa Peter. Si no saben que estáis relacionados, lo dejarán en paz.

Margaret se zafó, liberando su boca.

—¿Y si en cambio se lo llevan?

—No lo creo. Pero, aunque lo hicieran, será mejor que tú no acabes en sus manos. Habrá que buscar el modo de liberarlos.

—Es mi hermano...

—Y Petra es mi amiga —dijo Trevor, vacilando con la palabra «amiga». Entonces decidió confiarse más: Margaret era una niña, sí, pero no una niña cualquiera—. Ella y yo tenemos un plan de emergencia.

—¿Un plan de emergencia?

Él no respondió. Con una seña le indicó que se callara, y unos instantes después tres soldados con uniforme de las SS pasaron por delante de ellos, a unos diez metros de distancia, detrás de una barrera de arbustos que los protegieron de ser vistos.

Cuando los alemanes pasaron de largo, Trevor dijo:

—Vámonos. —Y se levantó, tirando de Margaret tras él.

—¿Adónde?

—Con Peter. Confía en mí.

Al no tener elección, Margaret confió en él. Trevor debía de haber estudiado bien los caminos del bosque, porque la guio por un recorrido ebrio que giraba continuamente a derecha e izquierda, y luego otra vez a la izquierda, y luego otra vez a la derecha, subiendo y bajando sin acercarse nunca ni a los viñedos ni al monasterio, pero apuntando resueltamente hacia el sol.

Pronto se encontraron al final del bosque, en una zona que Margaret nunca había visto, frente a un muro de piedra que se extendía hasta donde alcanzaba la vista, de norte a sur, desde la cima de la colina hasta el río, que aún no era visible.

—El Muro del Hambre —explicó Trevor—. ¿Conoces la historia?

Margaret negó con la cabeza.

—Si sobrevivimos, te la contaré —le dijo con una sonrisa—. Ahora corre. —Y con premura la empujó cuesta abajo.

62

—Vamos —repitió el soldado, mirándome desafiante—. Muéstreme las marcas.

Un sonido lastimero se elevó desde el exterior de la cueva, afilado como un cuchillo. Un pájaro que hacía sonar su reclamo en el bosque.

Esperé un momento, luego asentí y me remangué. Tal vez pensó que me pillaría en un renuncio, pero mi piel era muy delicada, y agitar y escurrir toda aquella ropa siempre me dejaba algún morado.

—Ya veo —repitió el alemán, examinando mis brazos—. ¿Y no tiene más hijos, o hijas?

Me bajé las mangas de nuevo. Ahora la balanza de poder se había inclinado de mi lado, así que decidí pasar al contraataque.

—Ya se lo he dicho, solo somos nosotros dos. Pero ¿quién es esa niña a la que están buscando? ¿Cómo se llama?

—Aquí las preguntas las hago yo —respondió con dureza el soldado, y estaba a punto de seguir cuando la puerta en la roca se abrió y Helmut apareció por el pasadizo.

—¿Y bien? —le preguntó.

—No está.

—¿Alguna señal de que haya pasado por ahí?

—Ninguna.

Dos camas. Dos vasos. Nada de ropa, pensé de nuevo, deseando con todo mi corazón que Margaret no se presentara en aquel instante.

—Muy bien —concluyó el jefe del pequeño grupo—. Quiero creerla. Pero si descubrimos que nos ha mentido...

—¿Y por qué iba a hacerlo?

—Si descubrimos que nos ha mentido, volveremos a por usted. A por usted y su niño —dijo, y al decirlo golpeó con el pie la cama en la que dormía Peter, despertándolo de golpe.

El pequeño empezó a llorar, asustado. Los tres soldados se rieron con ganas.

—No les he mentido —dije, bajando los ojos e intentando parecer lo más sumisa posible—. Y espero que encuentren lo que están buscando.

Esta afirmación apagó de golpe las risas. Por un momento pareció que los tres soldados intentaban descifrar el significado: ¿tal vez esa mujercita se estaba burlando de ellos?

Entonces debieron de decidir que no merecía la pena perder más tiempo y, tal como llegaron, se marcharon, y los pesados pasos de sus botas se desvanecieron mientras se alejaban por la guarida.

Entonces, por fin, pude respirar. Corrí a consolar a Peter y en cuanto lo calmé de nuevo, con rapidez, antes de que volviera a dormirse, recogí las pocas cosas que creía necesitar —su bolsa, una muda, dos velas, un cuchillo— y, llevándolo de la mano, me deslicé por el pasadizo que había quedado abierto.

63

Agachados en aquellos lugares donde escaseaba la vegetación y caminando siempre pegados al Muro del Hambre, Trevor y Margaret llegaron por fin a un grupo de edificios que marcaba el final, o el principio, de Petřín, a pocos pasos del agua. Allí, gracias a la hora menos calurosa, se encontraron con varias familias que paseaban junto al río, que Trevor decidió seguir dirigiéndose hacia el norte. Mezclándose con el gentío y sin perder de vista las calles que llevaban al monasterio, atravesaron un gran parque público que daba al Moldava, hasta el lugar en que este se dividía en dos: a la derecha, el gran cauce que corría hacia el puente de Carlos; y a la izquierda, un brazo más estrecho —un canal natural o artificial— que iba decidido hacia la Ciudad Nueva.

—El Arroyo del Diablo —explicó Trevor, que parecía buscar algo en sus orillas. Cuando por fin lo identificó, Margaret vio que no se trataba de algo, sino de alguien: un pescador de una edad indefinible, sentado en el centro de una barca de remos atracada en un muelle. La barca estaba cargada de sacos vacíos y el hombre andaba atareado con una red llena de peces ya muertos, vigilado por una colonia de gatos.

Trevor arrastró a Margaret hacia el muelle.

—¡Bohumil! —llamó—. ¡Bohu!

El pescador levantó perezosamente la cabeza de su trabajo, distrayéndose por un momento fatal: de repente, un gato de pelaje blanco y gris saltó a la red y atrapó un pez con sus fauces, para luego salir corriendo como un rayo.

—Maldita sea... —dijo Bohumil, espantando a los demás con un gesto cabreado. Luego se volvió para mirar a Trevor, entrecerrando los ojos. Solo lo reconoció cuando estuvieron a pocos pasos de distancia.

—¡Hey, inglés! ¿Qué te trae por aquí?

—Bohu, no tengo tiempo de explicártelo ahora: ¿puedes llevarnos hasta el Gran Maestre?

El pescador se quedó quieto un instante, cada fibra de su cuerpo concentrada en procesar la petición, y luego, con la misma pereza de todos sus movimientos, asintió y dijo:

—Subid. —Solo en ese momento dirigió su mirada hacia Margaret—. ¿Y tú quién eres?

Margaret no contestó, pero no fue necesario: al cabo de unos instantes, los ojos de Bohumil se abrieron como platos, sorprendidos. El pescador adelantó la cabeza para verla mejor.

—Yo te conozco —dijo, en un tono vagamente interrogativo. Luego, con más decisión—: Sí, te conozco. Tú eres la Niña de la Sal.

Margaret no respondió.

Bohumil asintió convencido.

—Me vendiste una bolsita una vez, antes de Navidad. Y me salvaste.

No añadió nada más. Se volvió hacia la proa de la barca y, en cuanto Trevor y Margaret se montaron a bordo, se asomó para soltar el cabo que la ataba al embarcadero. Luego se sentó entre los dos remos y empezó a bogar en silencio.

El Arroyo del Diablo se desplegó rápidamente por debajo de ellos, alineando viejos edificios, casas bajas, un buen número de tabernas y varias plazoletas ocultas en la isla de Kampa. Al cabo de un rato, la barca pasó junto a una rueda de madera que sobresalía del lateral de un edificio —un molino— y unos cien metros después se encontró con otra, más ancha y lenta. Pero fue la tercera, casi al extremo del canal, cuando el puente de Carlos se asomaba ya en el horizonte con sus antiguas piedras impregnadas de argamasa y huevo, la que dejó a Margaret sin aliento. Con la altura de un edificio de dos plantas y acompañada por un pequeño puente que cruzaba el canal uniendo dos plazas arboladas, la rueda giraba lenta y solemne delante de ellos, atrayéndolos como una sirena de voz irresistible.

Margaret recordó la vieja historia e imaginó las poderosas palas destrozando la madera de la barca sin que los hombres de a bordo, hechizados, se dieran cuenta. Bohumil, sin embargo, conocía la distancia a la que debía mantenerse para no ser succionado por los remolinos, y, una vez pasado el pequeño puente, se acercó con cuidado al murete semisumergido que sujetaba el pivote de la rueda.

—Ya hemos llegado —dijo Trevor, saltando con agilidad sobre el murete y tendiendo una mano a Margaret.

—¡Daos prisa! —siseó Bohumil mientras una ráfaga de pasos se acercaba desde la plazoleta más grande. Sus dos pasajeros se aplastaron contra la pared del edificio. El pescador trasladó la barca a la sombra del puente y se quedó a la espera, con los ojos vueltos hacia arriba.

—¡Por aquí! —gritó una voz en alemán.

—¡No pueden haberse desvanecido en el aire! —respondió otra, más rabiosa.

Los pasos cruzaron el puente —tres hombres, tal vez cuatro—, luego los gritos se distanciaron y el mundo volvió a estar dominado por el ruido del agua al chapalear alrededor de la rueda y el débil crujido de la madera mojada.

Trevor se despidió de Bohumil con un gesto de la cabeza, luego le hizo una señal a Margaret para que lo siguiera. Al otro lado del puente, el murete se convertía en un balcón de madera de la anchura de un hombre, que se dirigía directamente al eje del molino. Allí, medio oculta por el incesante movimiento, encontraron una portezuela de madera pintada del mismo color que la pared. Trevor se arrodilló y, cuando Margaret estuvo a su lado, llamó con fuerza sobre la madera, alternando golpes largos y golpes cortos, según un ritmo preciso. Unos cuantos segundos después, la puerta se abrió con un chasquido y se entornó hacia dentro.

Entraron con rapidez y se encontraron en un espacio oscuro habitado por un conjunto de engranajes y poleas que transmitían el movimiento de la rueda grande a otras ruedas más pequeñas y a dos vigas empotradas en la pared opuesta. Una segunda portezuela se abría a otra sala, menos oscura pero más ruidosa, donde las vigas se encajaban en un nuevo engranaje conectado a dos grandes discos de piedra superpuestos.

—¿Qué es eso? —preguntó Margaret, que nunca había visto nada semejante.

La entrada que daba al arroyo se cerró de golpe, Trevor y ella se giraron al unísono, encontrándose frente a un hombre delgado y afilado, con una oscura barba, el pelo largo hasta los hombros y una especie de túnica decorada con una gran cruz roja.

—Es la muela —respondió el hombre, dando un paso hacia ellos—. Donde el Molino del Diablo tritura el trigo para producir la harina más fina de Praga.

Entonces Trevor sonrió y, dirigiéndose a la niña, le dijo:

—¿No hay en todos los cuentos un caballero sin tacha y sin miedo? Bien, Margaret, permíteme que te presente al nuestro: Jarno Hus, Gran Maestre de la Orden de Malta.

64

En teoría, los Caballeros de Malta eran neutrales. Lo eran desde hacía siglos y, por razones políticas, no habían tomado ningún partido en los acontecimientos que estaban conmocionando a Europa. En la práctica, sin embargo, desde el principio habían apoyado a Trevor y su trabajo, tanto a favor de los niños como en el otro, más delicado, para los servicios secretos. El Gran Maestre era un compañero de copas —incluso al hombre más poderoso no se le niega el derecho a tener un punto débil— y, entre una copa y otra, su amistad se había convertido en confianza. Así que Trevor sabía que podía contar con su ayuda, y esa noche Margaret y él se quedaron a dormir a salvo en el antiguo palacio de los Caballeros.

A la mañana siguiente, antes del amanecer, el Gran Maestre organizó un transporte a bordo de una carreta que solía utilizarse para ir a lavar la ropa y hacer recados por la ciudad. A Trevor y Margaret los hicieron tumbarse en un doble fondo de la plataforma, para evitar contratiempos, y escondidos así los condujeron a la casa segura que yo había alquilado semanas antes como plan de emergencia. No teníamos sospecha alguna sobre el padre Ferenc ni sus monjes, pero, como dijo alguien que era más listo que el hambre, solo los paranoicos sobreviven.

Cuando se reunieron con nosotros en aquel local de Josefov, Peter acababa de despertarse. En cuanto vio a su hermana, se desprendió de mi falda, que no había abandonado desde la noche anterior, y corrió hacia ella, estrechándola en un abrazo de pura alegría.

—Has seguido el plan —dijo Trevor acercándose a mí con la voz llena de orgullo y de alivio. Me habría gustado tender una mano, aferrar las suyas, pero me contuve. Seguía teniendo una esposa en Inglaterra.

—Llegamos tarde, después de medianoche —respondí—. Dando una buena vuelta para evitar otros encuentros.

Trevor se puso rígido.

—¿Os maltrataron?

Negué con la cabeza.

—Un pelotón de soldados se presentó en la cueva, pero por suerte Margaret ya se había escapado y no había indicios de que allí hubiera tres personas escondidas. Les expliqué que solo estábamos mi hijo y yo. Que los monjes me habían salvado de un marido violento.

Trevor sonrió. Ante las palabras «mi hijo y yo» no mostró ninguna reacción.

—Fue el padre Ferenc quien me traicionó, pero debe de haber mantenido el secreto sobre vosotros. Vodnik no le había revelado cuál era el motivo por el que quería verme. Ahora estará preguntándose si no se habrá equivocado con toda esta historia.

—¿Tienes miedo de que vuelva a por ti?

—A por mí, no. A por vosotros. Para él, cuanto antes me marche yo, mejor. —Una pausa, la voz que se le redujo a un hilo—. Aunque, si me viera obligado a quedarme, me sentiría más que feliz. —Apreté los dientes, no dije nada—. Por desgracia, dudo que lleguemos a ese extremo —prosiguió Trevor—. Tendré que coger ese tren, y he de hacer varias cosas antes. ¿Estaréis bien aquí?

Me volví para mirar a los niños: ya se habían acurrucado en la cama de matrimonio que dominaba la habitación, sentados muy juntos, como para calentarse, y Margaret le susurraba algo a su hermano pequeño, quizá otro de sus cuentos.

—Estaremos bien.

—Perfecto —concluyó Trevor, luego respiró profundamente y se separó de mí. Se acercó a la cama y se agachó para mirarlos directamente a la cara—. Chicos, yo me marcho. Tenemos que despedirnos.

—Pero ¿volverás pronto, tío Nicky?

—Peter, este es el tío Trevor, ¿recuerdas?

—No importa. No importa. Nicky también me parece bien. Pero no, no volveré muy pronto, pequeñajo. Tengo que coger el tren que vosotros también cogeréis el mes que viene. Debo salir antes para asegurarme de que cuando llegue vuestro turno todo salga a la perfección. ¿Entiendes?

Peter lo miró seriamente, asintió con escasa convicción.

—Petra se quedará con vosotros. Y los Caballeros se encargarán de que no os pase nada malo. Luego, dentro de un mes, os acompañarán a la estación para coger el tren, junto con muchos otros niños, y después de un hermoso viaje por tierra y por mar...

—¿Qué es el mar? —preguntó Peter vuelto hacia Margaret, quien lo hizo callar poniéndole una mano sobre el brazo.

—... llegaréis a Londres. A mi casa. Estaré en el andén esperándoos, junto con el verdadero Nicholas.

—¿Y Doreen? —preguntó Margaret.

—Y Doreen, claro. Estaremos todos allí y, cuando lleguéis, ¿sabéis lo que haremos? Iremos al zoo. ¿Habéis estado alguna vez?

Los niños negaron con la cabeza.

—Es un sitio lleno de animales. Jirafas, elefantes, leones, unicornios... Iremos a verlos y nos tomaremos un helado. Haremos todo lo que queráis.

—¿También veremos al rey? —preguntó Margaret.

Trevor se rio.

—Haremos lo que podamos. —Luego acarició a Peter, sujetándole la barbilla un momento, y dedicó una leve reverencia a Margaret, quien difícilmente habría aceptado un contacto físico—. Portaos bien —concluyó, la recomendación universal, luego se incorporó y se volvió hacia mí—. Bueno, pues. Me marcho —me dijo, con la voz alterada, como si tuviera algo en la garganta.

Una vez más, no fui capaz de responderle. Me limité a mirarlo con los labios apretados y los ojos húmedos.

—Sí, me marcho —repitió Trevor, y se quedó inmóvil, sin saber muy bien qué hacer. Al final decidió tenderme una mano.

Me quedé mirándola entre sorprendida y ofendida, y luego, de sopetón, me adelanté para abrazarlo. Lo estreché con fuerza, durante largo rato, y él tembló con el mismo estremecimiento que me recorría a mí. Podía sentir el calor de su piel incluso a través de la ropa.

Cuando lo solté y volví a mi sitio, Trevor asintió. Sin decir nada más, se volvió hacia la puerta, la alcanzó y la abrió.

—No nos olvides —dije a su espalda.

Se volvió para mirarme por última vez —la última vez en nuestra vida, pensé— y me respondió:

—Nunca.

Luego salió de la habitación, dejándome sola con su olor.

65

Por el ventanal que daba a los jardines privados entró una ráfaga de brisa que levantó los papeles del escritorio e hizo volar algunas fotografías al suelo. El Big Ben eligió justo ese momento para dar las siete, mientras la luz del atardecer se iba enrojeciendo y la ciudad, calentada por los tibios rayos de la primavera, se preparaba para una noche hiriente.

Nicholas echó la cabeza hacia atrás, abrió los brazos para desperezarse, luego se llevó los dedos a los ojos, detrás de los cristales sucios de las gafas, y se masajeó los párpados. Entonces se agachó para recoger las fotografías que habían caído sobre la alfombra y se puso de nuevo manos a la obra. Tras haber escrito el enésimo artículo para sensibilizar a la nación ante el problema de los refugiados checos —se publicaría en el *Standard* al día siguiente, ya se había convertido en una costumbre—, se había puesto a preparar nuevas fichas para las familias de acogida con la esperanza de encontrar alojamiento para los demás niños de los trenes de junio y julio. Desde Praga habían llegado rumores de que los nazis permitirían añadir otro vagón, como Trevor y él pedían desde el inicio de las operaciones. Un vagón significaba treinta asientos más. ¡Treinta! Pero ¿le daría tiempo a reunir los documentos, recaudar fondos y, sobre todo, convencer a las nuevas familias para que los acogieran en Inglaterra?

Miró la ficha en la que estaba trabajando en ese momento: una tarjeta rectangular con seis recuadros distribuidos en dos filas, una foto por recuadro, seis caras sonrientes de niñas y niños que le devolvían la mirada con la esperanza de conmoverlo. Los padres habían elegido bien las imágenes: había una niña de unos cinco años, con el pelo rubio y muy rizado, una especie de Shirley Temple judía, que habría enternecido a cualquiera; un pequeño soldado en posición de firmes, con la mano extendida contra la frente, el mohín divertido de un mocoso de seis años, que contiene a duras penas una carcajada; dos gemelos más pequeños, de unos tres años y medio, según decían sus documentos, que asomaban en dos fotos colocadas una al lado de la otra, idénticos en todo menos en la ropa que vestían; luego una chiquilla robusta, de mirada seria y fiable (una gran ayuda en casa, parecía prometer, una niña de doce años preparada para cualquier trabajo); y después otra chiquilla, más frágil en apariencia, captada de tres cuartos con la mano derecha sobre el teclado de un piano (refinada, educada, una compañía segura).

Nicholas había decidido montarlas todas juntas para abarcar un poco todos los gustos de los potenciales acogedores, un poco todas las exigencias, y hasta ahora su método había dado buenos resultados, aunque algunos lo habían criticado por sus maneras de agente comercial. Pero ¡qué demonios! Él *era* un agente comercial, y Doreen, en Praga, le había encomendado esa tarea precisamente porque valoraba su enfoque práctico de los problemas.

Resopló al recordar una discusión de unas semanas atrás, primero con su rabino: ¿cómo podía confiar niños judíos a familias protestantes? No había ninguna garantía de que fueran a respetar su cultura, de que enseñarían a los niños los valores de la religión de la que procedían. ¡Era una locura!

—Rabino —le había respondido Nicholas, resolutivo y un tanto molesto—, ¿preferimos saber que esos hijos de Isaac están vivos en alguna iglesia o muertos en una sinagoga?

La frase hizo callar al rabino, que era un hombre sabio, pero no los escrúpulos de Nicholas, que estaban ahí, aunque bien escondidos. Un corredor de bolsa era un hombre de carne y hueso, pero no podía permitirse el lujo de demostrarlo. Un corredor de bolsa que intentaba rescatar a refugiados atrapados en un país convertido en nazi, menos aún. Se requería frialdad, al menos en la superficie. Se requería concreción.

Por eso sus fichas funcionaban: a las familias interesadas en acoger no les ofrecía nombres y datos, sino caras e historias. Sobre el papel, era fácil decir que no a Mateusz Čany, de once años, hijo de mineros, sin estudios, pero mirándolo a la cara —mirándolo a esos ojos tan claros que parecían blancos, su cara tan delgada que parecía recortada— resultaba imposible ignorarlo. Había un alma en su imagen. Y a un alma cualquiera le habría dado una oportunidad.

Nicholas creaba las fichas, las enviaba a las familias, en ocasiones hasta siete u ocho de golpe, y las familias elegían al niño o niña que se salvaría. A veces, verlos a todos reunidos era excesivo, y las fichas volvían intactas —*Elijan ustedes por mí, yo no puedo hacerlo*, escribió una profesora de Blackpool—, otras veces provocaba efectos superiores a las expectativas —*Me quedo con tres en vez de uno, ¿puedo?*, preguntó un abogado de Plymouth. *Más me resultaría imposible, aunque quisiera*—. Cuando, por otra parte, había hermanos en la ficha era raro que se eligiera a uno solo. Esto podía ser bueno o malo: en los primeros tiempos, muchas parejas no fueron tomadas en consideración. Así que Nicholas decidió preparar fichas múltiples, manteniendo en algunas juntos a los niños de la misma familia; en otras, separándolos. Los hermanos podrían reunirse más tarde, se decía.

La única preocupación real que le quedaba era por los que no elegía nadie. Nicholas guardaba una copia de todas las fichas en su despacho y, por la noche, cuando volvía de la bolsa y sacaba las carpetas, lo primero que hacía —un gesto inútil, pero al que no podía resistirse— era hojearlas todas, contando las cruces que había puesto sobre los niños elegidos. Por término medio, cada ficha tenía dos, un porcentaje de éxito del treinta y tres por ciento. Un buen resultado, muy bueno incluso, si se tenía en cuenta que varias fotografías se encontraban en más de una ficha. Quizá, en términos generales, se podía esperar un cincuenta por ciento de niños acogidos de los casi dos mil de la lista.

Un éxito, sí. Pero en sus sueños, en las noches en que no estaba demasiado agotado para soñar, no había ninguna cara en esas fichas sin cruz.

Volvió en sí. ¿De qué servía ponerse sentimental? Metió la ficha recién terminada en un sobre, cogió otra en blanco y empezó a estudiar ocho nuevas caras que encajaran bien a simple vista. Antes de que hubiera juntado cuatro de ellas —mitad chicos y mitad chicas, era su norma, algunos judíos y otros no— el teléfono del escritorio empezó a sonar.

Pensando que era su madre con noticias de la embajada —pobre mujer, la había enrolado primero en su proyecto de refugiados, y la hacía correr más que un mensajero en la bolsa de valores—, Nicholas descolgó el auricular y se lo encajó entre la mejilla y el hombro.

—¿Sí? —dijo sin siquiera presentarse.

—Nicholas —respondió una voz de hombre, seria, preocupada.

Cogió el auricular con la mano, se lo llevó a la otra oreja.

—Trevor —dijo sorprendido—. ¿Por qué me llamas? Dijimos...

—Tenemos un problema, Nicky. Vodnik nos encontró. Escapamos a tiempo, pero Petra y los niños no están a salvo. No me atrevo a marcharme sin ellos mañana por la mañana. Necesitamos otra solución.

66

Siempre hay otra solución, pensaba Nicholas mientras caminaba a paso ligero por la calle que la puesta de sol iluminaba. *Solo hay que encontrarla. Solo hay que saber dónde buscar.*

Llevaba ya un tiempo dándole vueltas al problema, desde que la escalada militar en Centroeuropa había abierto los ojos hasta a los últimos escépticos: la cuestión ya no era si la guerra ocurriría, sino cuándo. Un amigo suyo que trabajaba para el Foreign Office, Hugh Legat, se había permitido una confidencia una noche más alcohólica de lo habitual en los sillones de su club: Downing Street esperaba un movimiento de Hitler para finales de verano. La Conferencia de Múnich solo había pospuesto un año lo inevitable. Así, Nicholas se dispuso a acelerar las operaciones en Praga y, mientras tanto, había hecho una lista mental de soluciones alternativas en el caso de que los acontecimientos se precipitaran antes de haber puesto a salvo a todos sus niños. Algunas eran practicables pero poco decisivas; otras, decisivas pero poco practicables; un par habrían exigido su regreso al Protectorado de Bohemia y Moravia, como se llamaba ahora a Checoslovaquia; la penúltima habría requerido una cantidad de dinero que no podría reunir ni en diez años de éxitos financieros inauditos para la City.

Luego estaba la última solución. La más extrema y, por supuesto, la más efectiva si funcionaba. Nicholas la había acariciado varias veces, pero siempre la dejaba de lado debido a su único defecto: se podía probar una única vez. Solo una vez, y luego estaría quemada.

Llegó a Piccadilly casi corriendo, con la camisa bajo la chaqueta ya empapada en sudor. Miró a su alrededor en busca de un taxi, pero no había ninguno a la vista y no tenía tiempo para hacer cola y esperar. Así que decidió seguir a pie. Dobló la esquina de St. James Street y bajó la colina. A lo largo del Pall Mall, entre los sacos de arena apilados alrededor de las piezas de artillería antiaérea, había varias parejas que se abrazaban nerviosas, todas ellas con el mismo pensamiento en la cabeza: ¿hasta cuándo estarían juntos? ¿Hasta cuándo podrían pasear juntos, ajenos al mundo?

Pasó por delante de los grandes clubes iluminados —se encontraba en el Reform cuando Legat le contó lo de la guerra— y bajó las escaleras hasta St. James's Park, el favorito de su madre. Horse Guards Road discurría junto al parque hasta el gran bloque de oficinas gubernamentales, que Nicholas siempre había visto tan solo desde fuera, a pesar de tener varios contactos en el edificio. Esa noche, por fin, aprovecharía uno de ellos.

Giró a la izquierda por King Charles Street, ascendió otro tramo de escaleras custodiadas por el Robert Clive Memorial y, a mitad de la calle que conducía al arco de Parliament Street, se deslizó por la entrada de tres ojos del Foreign Office. Inmediatamente le dieron el alto dos policías con uniforme de ordenanza y bombín.

—¿Tiene usted una cita? —le preguntó el más alto, con bigote de puntas hacia arriba.

Nicholas se había preparado y respondió sin vacilar:

—Lord Walden me está esperando. Soy Nicholas Winton, su asesor financiero.

A los dos agentes no se les veía muy impresionados, pero accedieron. El más bajo, con una barriga esférica que parecía a punto de estallar como un globo, se alejó con pasitos rápidos para telefonear a alguien, probablemente a la secretaria de Walden. Dos movimientos afirmativos de cabeza y Nicholas lo vio regresar.

—Puede pasar.

—Gracias, agentes.

La parte fácil había terminado. Ahora tenía que orientarse en el edificio —nunca había visitado allí a su cliente, al que, por otro lado, no veía en persona desde hacía siete años— y luego encontrar el valor para pedir algo casi imposible. Pero siempre estaba su lema, sí. Y estaba, por encima de todo, la urgencia de poner a salvo a Margaret, Peter y Petra.

Logró que una secretaria blanca como el mármol del edificio le indicara el camino y en pocos minutos llegó al despacho de lord Walden. Llamó a la puerta. Para su sorpresa, no vino a abrirle otra secretaria o un ayudante, sino Walden en persona, con su cara rubicunda un poco más ancha y llena de lo que Nicholas recordaba de sus días de colegio.

—¡Nicky! —lo saludó su amigo con una jovialidad quizá excesiva pero prometedora—. ¿Qué haces aquí a estas horas? ¿Qué ha pasado? ¡No me digas que me he vuelto pobre de repente!

Nicholas se unió a las risas de Walden, quien lo hizo entrar en su despacho y le ofreció una silla y un vaso de whisky. Intercambiaron cumplidos: «¿Has visto a alguno de los otros?», «¿Cómo dices, que aún no te has casado?», «Davos este año estaba de fábula». Luego llegó el momento de hablar de las cosas serias.

—Adelante, dime lo que necesitas. Con el favor que me hiciste en su momento, ¡puedes pedirme lo que quieras! —exclamó Walden—. Lo que quieras —reiteró.

Nicholas se lo dijo, y la jovialidad de su amigo desapareció en un instante.

67

—Estás bromeando.

—¿Sobre algo así? Me conoces.

—Pensé que te conocía, sí. Pero una cosa así...

Nicholas suspiró.

—No te lo habría pedido si no fuera...

—... una cuestión de vida o muerte. Sí, por supuesto. Lo entiendo. Pero verás, Nicky, el jefe estos días está, ¿cómo decirlo?, ligeramente ocupado.

—Solo necesito un minuto.

—Tendrás medio.

—¿Lo dejamos en veinte segundos? —Nicholas subió la apuesta con una sonrisa.

Walden se echó a reír de nuevo.

—No has cambiado nada con los años. En absoluto. Ven —dijo poniéndose en pie de un brinco. Miró el reloj que colgaba de su chaleco—. Si hay que hacerlo, hay que hacerlo ahora, antes de que le sirvan la cena.

Abrió una puerta perfectamente disimulada en la carpintería de la pared y avanzó a través de un pasillo bordeado de estanterías metálicas y legajos de documentos.

—Tú no hables, ¿de acuerdo?

—De acuerdo.

—Solo cuando te haya presentado.

—De acuerdo.

—Y cuando te haya presentado, habla rápido y claro. No pierdas el tiempo con cumplidos. Los detesta.

—De acuerdo.

El pasillo terminaba delante de otra puerta, vigilada por dos agentes de paisano con llamativos bultos bajo la chaqueta.

—Viene conmigo —dijo Walden, empleando el tono apresurado y autoritario de alguien acostumbrado a mandar.

Los dos agentes abrieron la puerta y, como por arte de magia, el ambiente burocrático del Foreign Office se transformó en un acogedor aire doméstico. Nicholas se encontró así en un vestíbulo con azulejos blancos y negros, paredes rojas como el fuego, lámparas de araña antiguas y cortinas de pesado terciopelo color esmeralda. Flotaba por encima de todo aquello un aroma dulce, como a mazapán, que recordaba a una casa de campo, impresión reforzada por el latido regular de un reloj de péndulo situado a unos metros de allí.

—Ven —dijo Walden, girando a la izquierda, y Nicholas lo siguió, intentando no manifestar la inesperada emoción de pasearse por primera vez entre las estancias de la dirección más exclusiva de Inglaterra: el número 10 de Downing Street. La residencia del primer ministro.

El repiqueteo de las máquinas de escribir los guio hasta su destino. Cuando Walden se detuvo, Nicholas pudo ver a tres secretarias atareadas tecleando borradores, concentradas como si su futuro laboral dependiera del resultado de aquella prueba.

—¿Está él?

La mayor de las tres levantó los ojos.

—Sí. Pero está a punto de cenar. ¿Es importante?

Walden se giró un momento hacia Nicholas. Luego volvió a mirar a la secretaria.

—Una cuestión de vida o muerte.

La mujer asintió, se levantó y se dirigió a la puerta.

—Un momento —dijo antes de abrirla y meterse dentro. Tras unos segundos, la puerta volvió a abrirse, una rendija más ancha que antes—. Entren.

Los dos hombres no se lo hicieron repetir. Más allá del umbral había otro vestíbulo, y otra secretaria, que los miró con recelo.

—Lord Walden, ¿debemos preocuparnos?

—No, no. Asuntos financieros —respondió—. ¿Nos recibirá enseguida?

—Está en su estudio. Y está de buen humor. Tienen suerte.

Tenemos suerte, pensó Nicholas. *Por una vez.*

Siguieron hasta pasar el vestíbulo, donde la primera secretaria llamó con firmeza a otra puerta anónima.

—¡Adelante! —dijo una voz conocida, muy conocida, y la secretaria abrió, haciéndose a un lado para dejar pasar a los dos invitados.

—Walden —dijo el hombre sentado tras el gran escritorio con patas de león. Se levantó, alto y delgado como un flamenco, elegante como en las ocasiones oficiales, con los ojos entrecerrados, que le procuraban ese aire serio y divertido al mismo tiempo—. ¿Qué ocurre? ¿A qué viene tanta urgencia?

—Señor primer ministro, discúlpeme, pero tenemos una petición urgente. Hay tres refugiados que no pueden abandonar Praga: sus vidas corren peligro. Una mujer y dos niños.

Neville Chamberlain permaneció atónito un instante, luego volvió los ojos hacia Nicholas, que se sintió embestido por una oleada de calor, como si quien lo mirara fuera el sol.

—¿Y usted?

—Nicholas Winton, primer ministro. Llevo meses trabajando con otros voluntarios para poner a salvo, en tren, al mayor número posible de niños. Todos ellos con visados oficiales y con familias de acogida asignadas.

Chamberlain asintió.

—Conozco el caso. También está involucrada una tal señorita Warner, si no me equivoco.

—Warriner. Doreen Warriner, señor primer ministro. No se equivoca.

—La conocí en una cena antes de Navidad. Las cosas no pintaban nada bien ya por aquel entonces. Pero ¿ahora hay más urgencia?

Nicholas asintió.

—Cuestión de vida o muerte. Una de nuestras colaboradoras y dos hermanos de la localidad, buscados por la Gestapo.

Chamberlain abrió los ojos. Luego suspiró y volvió a sentarse.

—Pónganse cómodos —dijo a los dos invitados—. Últimamente no tengo mucho tiempo, ni tampoco mucho poder. Pero díganme. Díganme qué podemos hacer para ayudar al menos a esos tres.

Quinta parte
La elección

Junio de 1939

«*Mi hermano solo tenía dos años, pero le permitieron venir a Inglaterra conmigo. Cuando salimos del tren para embarcar, él iba muy por delante, a la cabeza de la columna de niños. Parecía un tamborilero, con su orinal atado a la espalda. Yo tenía diez años y le había prometido a mi madre que cuidaría de él, pero nos separaron poco después de despedirnos de nuestros padres y nunca más volvimos a vivir juntos*».

68

El día anterior a la partida, el primero de junio, lo pasé encerrada en el piso franco de Josefov, junto con Peter y Margaret, dando vueltas como un animal enjaulado, contando los pasos y los pensamientos para no prestar demasiada atención al alboroto en mi corazón. Pero todo era en vano. Me seguía preguntando cómo había llegado hasta aquella coyuntura. Y cómo iba a salir de ella.

Pensaba en Pavel, en su estúpida elección, que nos había privado a ambos de un futuro.

Pensaba en mi hijo, cuyo rostro no vería nunca y cuyo nombre no pronunciaría nunca.

Pensaba en Werner, que me había reclutado y al que yo había vendido, un remordimiento constante durante los últimos meses.

Pensaba en Doreen, en su fuerza, en su confianza. Hacía tiempo que se había marchado, pero aún podía sentirla allí, y me preguntaba qué haría ella.

Pensaba en Nicholas e imaginaba qué se le ocurriría para sobrevivir hasta que partiera el tren que debía llevarnos.

Y pensaba en Trevor, sí. En su arrojo. En su prodigalidad. En el olor que todavía flotaba en la habitación, o quizá solo en mi respiración, y que tenía la esperanza de que nunca se fuera.

Petra Linhart, ¿cuántas veces puedes traicionar? ¿A cuántos hombres? ¿Cuántos ideales?

Peter y Margaret, mientras tanto, dormían y cuchicheaban, cuchicheaban y dormían, sin molestar, encerrados en su rincón como si fuera un mundo paralelo al que no llegaban las miserias del nuestro. ¡Ah, cómo los envidié aquel día! La santa suerte de los cachorros, que no saben del todo lo que les espera, y aguardan serenamente a que los adultos se ocupen de ellos, que los protejan.

Pero no, no era así. Tal vez Peter, todavía pequeño, todavía inocente, pero Margaret no: había visto y sufrido demasiado para ser aún una niña y, al mismo tiempo, aún no era adulta, tal vez no lo sería nunca. Ella era otra cosa: un ser etéreo, habría dicho, si hubiera perdido el sentido del ridículo. Un personaje de cuentos de hadas.

Pensaba en todo esto, dando vueltas con mis piernas y con mi mente, y no tenía en cuenta la luz más allá de los cristales, que declinaba rápidamente, convirtiendo el día en noche, la magia eterna del universo. Estaba distraída. Estaba perdida.

Cuando oí los golpes en la puerta me sobresalté, aferrándome a la mesa para no caerme al suelo, con el corazón en un puño. Mis ojos corrieron hacia los niños: estaban dormidos. Me quedé inmóvil, todos los sentidos alerta, con la esperanza de haber oído mal.

Los golpes se repitieron: tres largos, seguidos de tres cortos, seguidos de otros tres largos. El ritmo acordado con Doreen.

¿Podría ser?

Me llevé un dedo a la nariz, como para recalcar a Peter y Margaret la necesidad de que guardaran silencio, y luego con circunspección, teniendo cuidado de no hacer crujir las tablas del suelo, me acerqué a la puerta.

Esos nueve golpes otra vez.

No, no podía ser.

Entonces oí la voz al otro lado de la madera:

—¿Petra? Petra, abre. Soy yo. —Y una descarga eléctrica me dejó pasmada.

Giré la llave en el ojo de la cerradura, con los dedos entumecidos, y cuando encuadré la figura en el umbral pensé que estaba salvada.

—¿Trevor? ¿Qué haces aquí?

—Déjame entrar —dijo.

Cerré la puerta tras él y lo seguí hasta la ventana, donde a la tenue luz de una lámpara de gas me sonrió. Estaba tan emocionada que tardé en darme cuenta de que mis manos estaban entrelazadas con las suyas.

—Tengo asientos para los tres —dijo Trevor—. En el tren de mañana. Tenéis que prepararos.

—¿Tienes los asientos? ¿Para mí y los niños? ¿Cómo es posible?

Negó con la cabeza, sin dejar de sonreír, como diciendo: *No te lo creerías*, o tal vez: *No puedo decírtelo, pero confía en mí*, y decidí creerle de todos modos, confiar en él incluso sin saberlo.

—Moví algunos hilos. No puedo dejaros aquí después de lo que pasó ayer. Vendréis conmigo mañana por la mañana.

Entonces me miró a los ojos, y su mirada venía de lejos y llegaba más lejos todavía. Una mirada sin fin.

—¿Eres feliz? —se limitó a preguntar.

69

Antes de que le contestara, Trevor me apretó las manos con fuerza y luego me las soltó. A continuación, echó un vistazo a su reloj y luego volvió a mirarme:

—Ahora tengo que pasar por mi hotel. Cerrar las maletas, revisar los documentos, preparar los bocadillos para mañana.

—¿Puedo ayudarte? —Para nosotros, aquello se había convertido en un ritual: antes de cada tren, preparábamos bocadillos y chocolate para cada uno de los niños, como si se fueran de excursión, como si todos fueran nuestros hijos.

—Esta vez no. Hay que vigilar a estos —dijo, señalando con la barbilla a Peter y Margaret—. Además, tú también tendrás que recoger tus cosas en la pensión, ¿verdad?

—Es verdad. No pensaba marcharme tan pronto. Dejaré muchos asuntos sin terminar —le respondí, pensando sobre todo en uno, que me clavó una fina cuchilla entre los omóplatos.

—Así que será mejor que nos turnemos. Yo estaré fuera tres horas, como mucho. Tú descansa, si puedes. Cuando vuelva, irás a prepararlo todo y pasaremos el resto de la noche aquí. Juntos.

Asentí, con el corazón hinchado, y él se marchó sin más dilación, cumplidos ni palabras, como se hace cuando no hay dudas de que volverás a encontrarte con tu compañía al cabo de poco tiempo. Yo, en cambio, tenía muchas dudas. Sobre todo, pensaba en los dos hermanitos que dormían como ángeles en la habitación: en Margaret, que se había ablandado en las últimas horas, pero que nunca me aceptaría del todo; y en Peter, que me aceptaba incluso con excesiva facilidad y me abrazaba con fuerza, llamándome «mamá».

Peter y Petra.

Parecía hecho a propósito. Una broma del destino, o tal vez una señal.

Ante ese pensamiento, me decidí. Aparqué todos los escrúpulos, porque sabía que, si quería marcharme al día siguiente, si quería dejarlo todo para seguir a Trevor a Inglaterra y olvidar a Petra Linhart —renacer una segunda vez—, había algo que debía hacer primero. Cuanto antes, y sin pensármelo dos veces.

Me acerqué a la cama, puse una mano en el hombro de Margaret, que abrió los ojos demasiado deprisa.

Se hacía la dormida. Debe de haberlo oído todo.

—Margaret, levántate. Tenemos que ir a un sitio.

Me miró seria.

—¿Viene Peter también?

—Esta vez no. Hay algo que he de enseñarte. Algo que solo tú puedes ver. Estaremos fuera poco tiempo, no se dará cuenta de nada. Ven.

Y ella, como si ya lo hubiera adivinado todo, asintió dulcemente y me siguió.

70

Con los hombres de Hitler por las calles, salir durante el día era algo impensable; pero también la noche, que en aquel junio tan caluroso llegaba cada vez más tarde, era un momento peligroso. Por ello, tras dejar a Peter en su solitario sueño, dimos una amplia vuelta para llegar a nuestro destino, pasando por los callejones más pequeños y menos transitados, por donde hasta los alemanes preferían no aventurarse. El poder del invasor era indudable y abrumador, pero de vez en cuando se encontraba el cadáver de algún nazi por la calle, o flotando en el Moldava, y nunca había forma de saber quién lo había matado. En Praga corrían rumores sobre un justiciero, un amigo del pueblo que atacaba y desaparecía y volvía para atacar de nuevo, misterioso como el Golem. Los más crédulos llegaban incluso a mencionar el nombre del coloso de arcilla, aunque todo el mundo sabía que el rabino Löw lo había reducido a cenizas hacía mucho tiempo.

Al final, tras haber alargado el recorrido hasta tardar el triple de lo normal, Margaret y yo nos encontramos frente al Klementinum, el gran complejo religioso que ocupaba casi toda la zona entre la plaza del Ayuntamiento y el puente de Carlos. Era un edificio imponente incluso durante el día, con sus altos y sombríos muros, que mantenían alejados a los curiosos y, al mismo tiempo, los incitaba; y por la noche se convertía en una montaña viviente, oscura y temible. Había portales en los tres lados principales: el que se asomaba al puente, el que se abría a la plaza de la Virgen María y el último, que daba a la Karlova; pero los tres resultaban inaccesibles, vigilados de cerca por hombres armados. Solo el lado septentrional estaba lo suficientemente oscuro y desguarnecido como para dejar la más mínima esperanza a quienes pensaran colarse dentro, pero la fachada era lisa y carecía de ventanas. Ningún asidero, ninguna rendija, nada de nada.

Rodeamos el edificio observando las vistas de los patios interiores. Había varias ventanas iluminadas en una especie de cuerpo central. Desde una de ellas se veía una gran librería. ¿Quizá una biblioteca? Luego había una iglesia —como era obvio, sobre el complejo se alzaba un campanario— y otro edificio bajo y alargado que podría ser un dormitorio o un refectorio. ¿Tal vez incluso un hospital? Cuando lo vio, Margaret por fin lo entendió. Se giró para mirarme con aquellos ojos suyos dorados, que nunca volvería a ver tan encendidos, tan brillantes, y me pidió una señal de confirmación. Yo asentí.

Nos detuvimos en una esquina oscura de Seminářská para observar el ajetreo de los transeúntes —parejas jóvenes, algunos sacerdotes ancianos, varias monjas en grupos de tres o cuatro— mientras esperábamos nuestra oportunidad. Durante los meses que estuve en Praga, había hecho algunas amistades, y entre ellas había un padre jesuita que todas las noches, después de terminar su jornada de corvea, salía a dar un paseo por la ciudad en busca de mendigos o vagabundos a los que llevarles comida, unas monedas, el consuelo de la oración. Esa noche contaba con él, con que no cambiara sus costumbres justo en el momento en que lo necesitaba.

Y no las cambió. Llevábamos un cuarto de hora apostadas —sin dejar de pensar ni un instante en el pequeño Peter, que tenía la esperanza de que no se despertara tan pronto, aunque con casi seis años sabría esperar nuestro regreso—, cuando salió por el portal de Karlova la figura alta y delgada de un hombre con sotana. El padre Bastian no llegaba aún a la treintena, y su densa melena negra y la piel glabra del rostro lo demostraban plenamente, pero yo había tenido ocasión de hablar con él varias veces y sabía que había visto muchas cosas, quizá demasiadas, y que conocía el mundo.

Salimos de la penumbra y nos acercamos a él en el callejón. Primero se percató de la presencia de Margaret, luego levantó la mirada hacia mí y, tras un momento de incertidumbre, me reconoció.

—¿Petra? ¿Eres tú? —preguntó, desplazando su atención ora a mí, ora a la niña, buscando un nexo que era incapaz de ver.

—Buenas noches, padre. Sí, soy yo.

—Cuánto tiempo... No nos vemos desde la desaparición de Werner, si no me equivoco.

La herida gimió, pero me apresuré a silenciarla.

—Sí, así es.

—Has sabido qué...

—No, por desgracia no —lo interrumpí—. Pero no estoy aquí para hablar del pasado. Perdone que sea tan maleducada, pero tenemos una emergencia. Una cuestión de vida o muerte.

Mis palabras lo impactaron. Lo vimos fruncir el ceño y disponerse a actuar, fuera lo que fuese.

—¿Qué tipo de emergencia?

—La madre de Margaret —dije señalando a la niña— está muy enferma. Se la llevaron para tratarla y hace semanas que no la vemos. Pero ahora se ha vuelto demasiado peligroso para una niña permanecer en Praga. Antes de dejar la ciudad...

No pude acabar la frase porque mientras hablaba sentí una intuición, una súbita toma de conciencia. Margaret, la madre, el gigante, el bosque: todas esas historias, todos esos cuentos de hadas leídos, relatados, inventados para Peter, y ella no era otra cosa. Ella era aquello: un antiquísimo cuento de hadas, el más antiguo de todos, en carne y hueso.

—¿Cómo se llama tu madre? —preguntó el padre Bastian, dando un paso hacia la niña.

—Charlotte. Charlotte Sedlák —respondió, y a saber cuánto tiempo llevaba sin pronunciar ese nombre.

Silencio de nuevo, mientras a lo lejos, desde el otro lado del río, un autillo lanzaba su estridente canto.

—La conozco —dijo el jesuita con un hilo de voz, y se volvió para mirarme: ahora entendía por qué le había pedido ayuda—. Sé bien quién es.

—Está aquí, ¿verdad? —preguntó Margaret.

El padre Bastian asintió, se volvió para mirar la fachada del complejo:

—Pero no pueden entrar visitantes —dijo.

Un largo suspiro, aquellos ojos tristes de nuevo en la niña. El jesuita estaba angustiado, era evidente. Tentado por un pensamiento al que no quería prestar oídos.

Yo no intervine. Alcé los ojos al cielo tachonado de estrellas, las contemplé con los labios apretados. Sabía que el momento era crucial, y que la batalla en curso se estaba decidiendo en el corazón del joven jesuita. Nosotras solo podíamos guardar silencio. Guardar silencio y esperar.

—De acuerdo —dijo por fin con un tono derrotado que sonaba como una victoria—. Puedo dejaros entrar.

—¿En serio? —preguntó Margaret.

—Pero solo una vez. Y cuando te diga que tenemos que irnos, no pondrás problemas. ¿Te parece bien?

—Me parece bien —se apresuró a responder Margaret. Y le parecía bien, claro que le parecía bien. Era la primera vez en muchos meses que nada podía parecerle mejor.

—Pero ¿cómo vamos a hacerlo? —pregunté con los ojos puestos en los guardias del portal—. ¿No necesitaremos un permiso?

A lo que el padre Bastian sonrió, no como un ayudante, sino como un cómplice, y dijo:

—Confiad en mí. Conozco mi casa.

71

Puertas, escaleras, pasillos, luego más puertas y más escaleras, luego más pasillos, oscuros y silenciosos en su mayor parte, algunos repletos de polvo y telarañas, otros lustrosos y suaves como recién encerados. El joven jesuita se movía por el inmenso laberinto como si lo hubiera dibujado él mismo, y Margaret y yo lo seguíamos confiadas, maravilladas ante lo que entraba por nuestros ojos a cada paso. Allí dentro todo vibraba de historias. Todo era motivo de admiración y de desconcierto, como frente a un arabesco infinitamente detallado donde se encontrase grabado nuestro destino al completo.

Al final, el padre Bastian nos depositó delante de una gran puerta de tres hojas de madera y cristal esmerilado. Una luz temblorosa brillaba del otro lado, pero el cristal era demasiado grueso y opaco para ver lo que ocultaba. Cuando se volvió hacia Margaret y le preguntó: «¿Estás preparada?», ella asintió.

El jesuita asió la manilla de latón, la giró, abrió la puerta.

Nos encontramos en un largo y oscuro dormitorio, con una bóveda de cañón baja y ancha como las de los hospitales, y en las dos paredes, a ambos lados de una especie de nave central, docenas de camas, sin duda alguna no menos de cuarenta, con una mesilla de noche cada dos, una vela cada cuatro. Margaret dio un paso dentro de la nave, sus ojos febriles en busca del rostro amado, pero no reconoció a las mujeres que ocupaban las cuatro primeras camas, ni a las de las cuatro siguientes. Esto la alivió en parte. Las mujeres se parecían todas ellas entre sí —enjutas, demacradas, la piel de cera, el pelo largo esparcido por encima de las almohadas amarillentas— y tenían aspecto de estar sufriendo una misma enfermedad que las iba agostando lenta y dolorosamente. La mayoría de ellas dormía, o al menos mantenía los ojos cerrados, inmóviles como muñecas, pero algunas miraban fijamente al techo por encima de ellas, se diría que sin verlo. Desde luego, no nos prestaron atención, y avanzamos entre las camas hasta que se terminaron.

—Aquí no está —dijo Margaret al final en tono acusador.

—Lo sé —respondió el jesuita, melancólico de nuevo—. Tu madre no está con los pacientes ingresados. Tiene una habitación para ella sola.

Una habitación para ella sola, pensé. Dicho de aquella forma, la cosa sonaba bien, pero ¿podría ser algo bueno? ¿Tal vez estaba menos enferma que las demás? ¿Tal vez estaba ya curada y solo esperaba a recibir el alta?

—Y entonces ¿por qué hemos venido aquí? —preguntó Margaret.

El padre Bastian señaló con la barbilla la puerta que cerraba el vestíbulo por el lado opuesto a la entrada, ante lo cual la niña fue a abrirla. Sin embargo, la puerta no se abrió. Estaba cerrada. Cerrada con llave.

—¿Debería estar aquí dentro? —preguntó inquieta de golpe.

—Sí —respondió el jesuita con una expresión de perplejidad que no presagiaba nada bueno—. Déjame que lo intente. —Y aferró la manilla, intentó girarla. La puerta permaneció cerrada a cal y canto—. Qué raro.

Estaba a punto de intentarlo yo misma cuando una voz femenina atronó a nuestras espaldas:

—¿Quiénes son ustedes?

Me giré de golpe: era una monja. De mediana edad, menuda, con la piel más blanca que su velo, la mirada furiosa de un perro guardián que descubre un zorro en el gallinero.

—¿Quién les ha dejado entrar?

—No se preocupe, hermana —respondió nuestro guía, mientras se daba la vuelta—. Soy yo.

—¿Padre Bastian? ¿Qué hace aquí a estas horas? —Luego, mirándonos a Margaret y a mí—: ¿Y por qué ha traído a esta gente al pabellón?

El sacerdote le sonrió con tristeza. La mejor opción, en ese momento, era decir la verdad, y quizá, pensé, también era la única opción para un eclesiástico. El jesuita respondió—:

—Ha venido a ver a su madre. La paciente que estaba en esta habitación.

¿Estaba?, repitió Margaret, moviendo los labios sin emitir sonido alguno. *¿Estaba?*, sin ser capaz de asumir el significado.

La monja, al oír esas palabras, se enderezó, levantó la cabeza como para mirarnos desde arriba, aunque solo era algo más alta que la niña.

—¿La señora Sedlák? —preguntó.

—¡Sí! Sí, es ella. Mi madre —respondió Margaret con brío.

La monja asintió gravemente, una, dos veces.

—Ya no está ahí. —dijo luego.

—No... —empecé yo.

—La trasladamos abajo.

Abajo.

—Pero ¿se encuentra bien? —preguntó Margaret—. ¿Puedo verla?

La monja suspiró.

—Tú no deberías estar aquí, ¿sabes? Pero ahora ya estás aquí, y tanto da que la veas. Síganme.

Volvimos sobre nuestros pasos, salimos del dormitorio, giramos a la izquierda en el pasillo hasta las escaleras que bajaban al piso de abajo. Allí, otro pasillo nos condujo a un dormitorio similar al primero, aunque con menos camas, y al final del dormitorio, hasta una nueva puerta.

—Está aquí —dijo la monja—. Entren si quieren. Pero se lo advierto. Hoy no es el mejor de sus días.

Margaret no oyó nada de la última frase. Al «entren si quieren» ya había bajado la manilla, al «se lo advierto» ya estaba dentro de la habitación, y allí, en ese momento, ya no tenía oídos para escuchar, sino solo ojos, ojos grandes y hambrientos, ojos esperanzados y, al mismo tiempo, desesperados, ojos para ella. Para su madre, a la que por fin volvía a encontrar, aunque muy cambiada.

Si las mujeres del primer dormitorio nos habían parecido marchitas, casi esqueléticas, y su tez nada saludable, y sus miradas demasiado perdidas, la vista de su madre nos hizo añorarlas. En la única cama que ocupaba la pequeña habitación —más un nicho que una habitación, sin ninguna ventana, sin ningún tragaluz en lo alto de la pared— no yacía una mujer, sino su caparazón marchito, como el que dejan tras de sí los insectos cuando mudan. Una exuvia. Un despojo. Los ojos estaban tan hundidos en sus órbitas que eran como canicas en un agujero; la piel, tan fina que dejaba ver todas las venas y los capilares que había por debajo. Charlotte Sedlák estaba tan demacrada que bajo las mejillas se podían contar los dientes, y el cuello era tan grueso como sus muñecas, y sus muñecas tan delgadas como dedos.

Horrorizada, incluso más que asustada, Margaret se llevó las manos a los ojos y rompió a llorar. Se volvió hacia mí, que la acogí con un largo abrazo.

—No estaba así la semana pasada —murmuró el padre Bastian para sí mismo.

La monja, fuera de la habitación, debió de oírlo.

—Ha tenido una recaída estos últimos días. No come nada desde el martes, y hace tres días que no bebe.

—Pero ¿qué dice el doctor Marek?

La monja no contestó, y fue peor que si lo hubiera hecho.

Margaret siguió llorando entre mis brazos, lloró largo rato, pero cuando el padre Bastian dijo: «Tenemos que irnos», ella se despegó de mí decidida, se secó los ojos con las muñecas.

—Yo me quedo aquí —declaró.

—No puedes —respondió él—. Y me lo prometiste, ¿te acuerdas?

Pero ella no lo escuchó. Se acercó a la cama, se arrodilló junto a su madre, que mantenía los ojos cerrados como si durmiera.

—Mamá. Mamá, ¿me oyes?

—No puede oírte, hija mía —dijo la monja, entrando en la habitación y poniéndole las manos sobre los hombros—. Lleva muchos días sin reaccionar. Difícilmente se recuperará.

Margaret se sacudió las manos de encima.

—¡Mamá! ¡Soy yo, Margaret!

La madre no dio señal alguna de percibir su presencia.

—Tenemos que irnos —insistió el padre Bastian.

Me acerqué a Margaret para ayudarla, pero sin convicción. El espectáculo era tan terrible que me robaba todas las energías.

—Mamá, si puedes oírme, haz algo. Lo que sea. Mueve la cabeza, las manos, los ojos. Soy yo, tu hija. He venido a recogerte —añadió la niña con una desesperación adulta en la voz.

—Vamos, Margaret. Despídete de ella y ven —insistió el jesuita—. Aquí ya no puedes hacer nada más.

—¡Se equivocan!

—Se está muriendo —dijo la monja con desarmante dulzura—. Ahora va camino del Señor. Dentro de poco cogerá sus dedos y se dejará llevar.

—¡No!

—Sí. He visto a muchas, ¿sabes? Tienes que creerme. Ya es bastante milagro que haya sobrevivido hasta ahora. Quizá lo haya hecho porque sabía que ibas a venir —añadió la monja, arrodillándose a su vez y poniéndole a Margaret una mano sobre el pelo—. Tu madre quería que te despidieras de ella, tiene que ser así. Hazlo, hija mía. Dile adiós. Deja que se marche.

—No se está muriendo —protestó Margaret, aunque ahora ya débilmente—. No puede hacerme esto —dijo, y abatió la cabeza sobre la cama.

Entonces, la mano de su madre, que hasta ese momento había permanecido inmóvil sobre la sábana, se deslizó fuera del lecho y recayó sobre el hombro de la niña, rozándole la cara en una especie de caricia —una caricia tan ausente que hasta Margaret la comprendió, la comprendió de un modo definitivo—. Cuando las lágrimas volvieron a llenarle los ojos, ya no eran lágrimas de dolor, sino lágrimas de pesar. Ya eran de luto.

—Tenemos que marcharnos —dije, y esta vez Margaret no se opuso.

La monja se levantó y retrocedió para que el padre Bastian pudiera ocupar su lugar, agacharse y levantar a la niña por los hombros. Le concedieron el tiempo justo para un último beso a esa cáscara apagada que había sido su amor más grande, y luego una despedida: «Adiós, mamá. Nos vemos en el otro lado», y nos marchamos, lejos de la habitación, lejos del dormitorio, lejos del Klementinum, lejos de allí.

72

Para mi alivio, cuando regresamos al estudio, Peter seguía dormido en la misma posición en la que lo habíamos dejado casi dos horas antes. Ni siquiera debía de haberse despertado, y así no tuvo que presenciar las lágrimas de su hermana, que, tras haberse detenido durante el trayecto, habían vuelto a fluir abundantes —abundantes y silenciosas— en la intimidad de la habitación.

Me quedé con ella todo el tiempo necesario, sentada a su lado, con una mano en su espalda. Sentía los sollozos de la niña en mis propias venas, y yo seguía pensando en su madre, y en mi hijo, y en el dolor de las pérdidas, que es uno y universal.

Cuando Margaret por fin se hubo calmado, le propuse como pasatiempo que nos preparáramos para el día siguiente. Ella me miró sin comprender, así que saqué de un cajón las tijeras que había llevado conmigo cuando alquilé el apartamento.

—Tu amigo con un solo ojo —le expliqué—. Tenemos miedo de que se presente en la estación o en la frontera, mañana por la mañana, por lo que hay que reducir las posibilidades de que te reconozca.

A Margaret no le hizo mucha gracia cortarse el pelo —a su madre siempre le había gustado largo, pensaba que estaba traicionándola al cortárselo precisamente aquella noche—, pero el resultado final no le disgustó, sobre todo después de que yo se lo tiñera de oscuro. Al final, ya no parecía ella y, para ser sinceros, ni siquiera parecía *una ella*: la imagen en el espejo era la de un Peter mayor, un varón hecho y derecho. Con un sombrero en la cabeza podría haber pasado por uno de los muchachos de la calle Pál, de la novela de Molnár —a ser posible, no Nemecsek, le dije en broma— y nadie habría adivinado que en realidad era una chica. Nadie habría reconocido en ella a la Niña de la Sal.

Comprobamos el efecto con Trevor cuando regresó hacia medianoche. La sorpresa en su rostro fue la confirmación que necesitábamos.

—¿Todo bien mientras estuve fuera? —nos preguntó, y Margaret y yo intercambiamos una mirada antes de asentir. No era necesario informarle de la visita al Klementinum. Sería un secreto entre nosotras dos.

—Ahora me toca salir a mí —le dije a Trevor—. Recogeré mis cosas y volveré. No tardaré mucho, ya lo verás. Si tengo que dejarlo todo atrás, mejor será dejarlo *todo* atrás.

—Ve tranquila —contestó, tal vez molesto por mi «sí»: ¿habría estado replanteándomelo?—. Ya me ocupo yo de los niños.

Pero no me lo había replanteado. Al contrario. Lo había pensado una y otra vez, se podría decir que la idea de marcharme con él y con los niños había sido el sonido de fondo y continuo de aquellas horas, y cada vez que me había preguntado «¿De verdad quieres hacerlo?», la respuesta había sido un claro sí.

Sí: quería marcharme de Praga.

Sí: quería acompañar a Peter y Margaret a Londres.

Sí: quería huir con Trevor, dondequiera que nos pudiera llevar el futuro.

Y sí: quería renacer, convertirme en otra mujer, dejar a mis espaldas todo lo que había sido y había hecho hasta entonces. Nadie sabría nada de mi pasado en cuanto estuviera en Inglaterra. Iba a cambiar de nombre. Iba a encontrar un trabajo. Me dedicaría en cuerpo y alma a los niños. Tal vez incluso los criaría. Iba a redimirme.

«Sí», me dije mil veces, durante todo el camino de vuelta a mi pensión. «Sí», volví a repetirme frente a la puerta de mi habitación.

Luego la abrí, entré, y ese «sí» se convirtió en un «no».

73

—Petra —dijo el hombre de gris sentado en la butaca junto a mi cama—. Por fin.

Me quedé petrificada en el umbral de la habitación, como si un campo de fuerzas me impidiera mover un músculo.

—¿Herr Krause?

Mi contacto con la Gestapo esbozó una mueca que podía ser cualquier cosa: diversión, indiferencia, satisfacción, aburrimiento.

—Hace tiempo que no tenemos noticias tuyas.

Justo esa noche. Justo a un paso del adiós.

—Hablamos de que había que mantener un perfil bajo —le respondí, parada aún en la puerta.

—Una cosa es mantener un perfil bajo, Petra. Otra cosa es esconderse bajo tierra. Entra. Cierra la puerta.

Obedecí de forma mecánica mientras intentaba imaginar por qué motivo Krause se encontraba allí. Tal vez quería más nombres, y yo los tenía —recordé con un fogonazo de esperanza—, tenía las listas que Doreen me había confiado el 15 de marzo y que nunca había destruido.

—No estoy aquí para leerte la cartilla —dijo Krause—. Ni tampoco para liquidarte si es lo que temes. No hay problemas entre nosotros, y en el pasado has demostrado ser un activo fiable. Solo quería comprobar que estabas bien —dijo con el tono monótono de su voz que hacía que toda la escena fuera surrealista, como una comedia mal representada.

—Estoy bien —le respondí, dando dos pasos hacia el interior y cerrando la puerta tras de mí. Solo entonces me di cuenta del olor que flotaba en la habitación. Un tufo a tabaco, vago pero persistente. Y sabía que Krause no fumaba.

—Me alegro. Cuando un activo desaparece, suele ser porque le ha pasado algo o porque se ha arrepentido de haber colaborado. Si dices que estás bien, solo nos queda el arrepentimiento. ¿Estás arrepentida, Petra?

Sí, claro que estoy arrepentida, pensé. *Y hasta qué punto estoy arrepentida*, pero no podía responder así.

—No, claro que no. He cumplido con mi deber como patriota. Por Pavel —añadí con el tono más convincente que pude.

Krause asintió.

—Muy bien. Eso es lo que quería oírte decir. Así pues —añadió poniéndose en pie y acercándose a mí—, como patriota, y por Pavel, podrías hacer algo más. Por última vez, si así lo deseas. La más importante.

Se había acercado demasiado, se hallaba a menos de un metro de mí, y de repente me di cuenta de que me encontraba a solas con un hombre en la habitación de un hotel. Sentí que el estómago se me cerraba y que la frente se me empapaba de sudor.

—¿Qué quieres de mí, Krause?

Se quedó dubitativo un momento, luego se rio, esta vez con ganas, mientras del cuarto de baño cerrado que había a mi derecha llegaba un ruido seco, como de un objeto al caer al suelo.

—Petra, ¿qué te has imaginado? Eres una mujer hermosa, sí, pero mis gustos son... diferentes.

Volví los ojos hacia la puerta del lavabo y por fin me fijé en el fino resplandor de luz en su base. Krause y yo no estábamos solos. Había alguien más con nosotros en la habitación. E incluso antes de verlo, supe quién era.

—El favor que debes a tu patria es más sencillo, menos comprometido —prosiguió mi contacto mientras se abría la puerta del cuarto de baño—. Hay un amigo que está buscando a una persona. Una niña. Ambos sabemos de quién se trata, y ambos sabemos que tienes información sobre el tema. ¿No es así?

No respondí. No habría podido responder ni en mil años, paralizada por el terror como un conejo ante un lobo. Mientras buscaba fuerzas para reaccionar, para moverme, tal vez para huir, salió del lavabo un hombre gigantesco, con la cabeza rapada y un parche en el ojo, un parche con una esvástica.

—Señorita Linhart —dijo Vodnik mientras entraba en la habitación—. Es un verdadero placer.

74

—Yo no sé nada —respondí cuando me recuperé de la impresión—. No sé nada de la niña. Se lo juro.

—Ay, Petra —dijo Krause, volviendo a sentarse en la butaca—. Ahora me decepcionas.

—Ayer por la tarde —me presionó Vodnik, tomando en sus manos las riendas de la conversación—, en el bosque que hay a los pies del monasterio de Strahov, mis hombres se toparon con una mujer que era idéntica a usted. Estaba con un niño pequeño, de unos cinco años, y no había ni rastro de la niña a la que yo busco. Pero los monjes, cuando preguntamos con más insistencia, me revelaron que, en efecto, había una niña y que había estado viviendo en aquella cueva las últimas dos semanas. Con usted —añadió el gigante, señalándome con un dedo enguantado— y con su hermanito.

Era Vodnik quien olía a tabaco. Ahora que se había acercado a mí, el olor a humo rancio se me subió a la cabeza, agudo e impactante.

—Creo —continuó el nazi— que tiene usted la intención de llevarse a esa niña y a su hermano al extranjero. Creo que de alguna manera los pondrán en las listas de niños que se marchan. Creo que han encontrado una forma de conseguir algunas plazas más, no registradas, y que pronto las aprovecharán. Mañana hay un tren, y hay otros previstos para julio y agosto. Y aquí —concluyó, acercándose a un paso de mí, poniéndome una pesada mano en mi antebrazo—, necesito su ayuda. Usted sabe con certeza cuándo está prevista la salida y con qué identidades viajarán los niños. Dígamelo todo y me aseguraré de que no haya consecuencias desagradables. Excepto, obviamente, para la niña.

Las náuseas por el tabaco, por la mano, por la trampa de Vodnik se apoderaron de mí de golpe. A duras penas pude evitar caer de rodillas y vomitar sobre la moqueta todo lo que tenía en el cuerpo.

—¿No te encuentras bien? —preguntó Krause desde su butaca, en modo alguno preocupado.

Negué con la cabeza. Intenté recobrarme. Encontrar una solución. Una vía de escape.

—Dígame cómo puedo interceptar a la Niña de la Sal y no molestaré a los demás. Dejaré que el tren salga sin problemas. No enviaré a nadie a la frontera para detenerlo y registrarlo —dijo Vodnik con un brillo en los ojos—. No detendré a Chadwick, aunque tengo autoridad para hacerlo; ni al hermano de la niña, a quien sé que usted tiene afecto. Deme esa información, Petra, y partirán juntos hacia Londres, libres para llevar una nueva vida lejos de aquí.

Una vía de escape, seguía pensando, y, de pronto, la encontré. A mi derecha, unos metros más allá, sin nada que me impidiera llegar hasta ella, estaba la ventana abierta, imaginé que para dejar salir el humo de Vodnik. Mi habitación estaba en la sexta planta. No sobreviviría. No debería tomar ninguna decisión.

Pero mis pensamientos debían de ser transparentes aquella noche. Todavía me lo estaba planteando cuando Vodnik dio la vuelta a mi alrededor, se acercó a la ventana y la cerró.

—No es difícil, Petra —dijo Krause con tono desapasionado, como si estuviéramos hablando de la lista de platos de un menú en vez de la vida y la muerte—. Entréganos a la niña, o perderás a Chadwick y al crío.

—Tiene usted que elegir —concluyó Vodnik, sacando de un bolsillo una pitillera de plata, y después se puso a fumar en la habitación cerrada.

75

Aquella noche Margaret durmió profundamente. Solo una pesadilla la atormentó cuando estaba a punto de despertarse: un bosque nevado, ella con una capucha roja, caminando entre árboles negros como el carbón, un aquelarre de monjes reunidos en torno a una hoguera y, en la hoguera, el rostro de su madre. Sin embargo, al despertar, la inquietante imagen se había desvanecido, dando paso al frenesí de la partida: lavarse, vestirse, cerrar la maleta de cartón con sus escasas pertenencias, porque Trevor las había recuperado todas, incluidos los libros de fábulas.

Luego bajamos a la calle, donde pensaba llamar a un taxi, pero Trevor había conseguido un automóvil y, cuando nos montamos en él, Margaret olvidó por un instante quién era, embriagada por la novedad. Atravesar el gueto, las calles del centro y, al final, la plaza de Wenceslao, sabiendo que nunca más volvería a verlos, no fue tan triste como pensaba, mientras que Peter se entusiasmó con la estatua ecuestre del *condottiero*, que no había visto nunca antes, y se quedó impresionado con la gran cúpula del Museo Nacional. Para él, ir a Inglaterra no era una fuga, no era una tragedia ni tampoco una derrota: era una aventura. A saber si aún pensaba en su madre. A saber si se acordaría de ella cuando fuera mayor. Ese pensamiento me atenazó como una mordaza, pero negué con la cabeza para sacármelo de encima —para sacármelos todos de encima—. Vivir solo en el presente. Hacer lo que debía hacer.

Cuando avistamos la estación, la calle frente a la entrada estaba tan congestionada que Trevor decidió bajar cincuenta metros antes: le pidió al conductor que estacionara, recogió todas nuestras maletas —nada, algo bien escaso, si uno pensaba en los muchos meses que habíamos pasado en Praga— y con Peter de la mano se encaminó hacia el gran edificio de mármol.

Margaret no había entrado nunca en su interior, por eso no estaba preparada para la magnificencia del vestíbulo, con su enorme bóveda pintada al fresco y sus arañas de cristal del tamaño de pianos. La luz del día, unida a la de las bombillas eléctricas, incendiaba las decoraciones de las paredes, transformándolas en una deslumbrante procesión. Si no hubiéramos tenido prisa por llegar al andén, podríamos habernos quedado allí una hora estudiando los escudos reales que coronaban la bóveda y las estatuas colocadas en los nichos inferiores, pero el reloj en el centro de la entrada nos empujó a seguir hacia delante con su fría advertencia: media hora para la salida. Nuestro tiempo en tierras de Bohemia estaba contado, y corría el doble de rápido que de costumbre, como si el cristal del reloj de arena se hubiera resquebrajado y la arena se derramara por las grietas.

Luego llegamos hasta la puerta acristalada que daba a los andenes, la abrimos y a nuestro alrededor el tiempo se detuvo.

Pocas veces en mi vida había visto una escena como aquella. Cientos de hombres, mujeres y niños con ropas ligeras se agolpaban en el primer andén bajo un cielo de acero y de cristal, hablando entre ellos, abrazándose, jugando, bromeando como si quienes emprendían un viaje hacia lo desconocido no fueran ellos, sino otros. Nadie lloraba, aparte de algunos niños a los que llevaban en brazos, y por más que mirase a mi alrededor no distinguía caras tristes, melancólicas o angustiadas. Era posible ver en la tensión de los ojos y la tirantez de los rasgos que las madres, sobre todo, hacían esfuerzos por parecer serenas, pero esos esfuerzos daban resultado y los niños cacareaban excitados, con los ojos brillantes de expectación.

Trevor miró a su alrededor buscando a alguien. Al no encontrarlo, sacó los billetes y nos los repartió.

—Yo me quedaré con Peter y tú con Margaret, ¿de acuerdo?

Otra vez esa mordaza en el pecho. Otra vez pensar en otra cosa, en pasos concretos, en pasos necesarios.

Asentí.

—Ven, Margaret —le dije, y cogí nuestros dos billetes. Encima de ellos ponía «Vagón n.º 4», por lo que nos encaminamos hacia la mitad del tren, esquivando las maletas dejadas en el suelo entre familia y familia. Algunas estaban cerradas con cuerdas, otras con correas o cinturones de cuero. Muchas eran nuevas, sin señales de viajes anteriores; otras llevaban adhesivos descoloridos con nombres de ciudades extranjeras —Múnich, Berlín, Viena, Poznan—. Con cada maleta que superábamos, levantaba la vista hacia la familia correspondiente, y era divertido ver cómo el objeto reflejaba a sus dueños, más o menos elegantes, más o menos altivos.

Entonces ocurrió algo que nunca he sido capaz de explicarme. Sucedió allí, en ese momento, como si Praga, después de tanta insistencia, hubiera decidido mostrarme su magia, ante la que yo siempre había estado ciega. Ocurrió cuando estábamos a punto de separarnos, como un mensaje o una señal: al pasar junto a una pareja de padres entrados en años, el padre erguido, de pie, torpe; la madre arrodillada con las manos sobre los hombros de su hijo; yo lo miré, miré a aquel niño de unos diez años, pálido y menudo, con la mirada gacha sobre sus zapatos relucientes, y vi algo más: vi al hombre en que un día se convertiría. Un violinista, rodeado de toda una orquesta pendiente de su arco —un primer violín—, a la espera de que empezara a tocar. Fue un fogonazo solamente, luego el hombre volvió a ser un niño, pero yo lo había visto, estaba segura de ello: había visto su futuro, y era un futuro feliz.

Un escalofrío me recorrió la espalda. Margaret seguía avanzando hacia el vagón número 4 y yo iba por detrás de ella, mirando de vez en cuando a Trevor y Peter, que avanzaban hacia el vagón 7. Entonces, cuando estaba a un metro de la familia siguiente, volvió a producirse ese fogonazo, y la niña morena que aferraba en su mano una muñeca calva se convirtió por un momento en una mujer, una mujer hecha y derecha, vestida con una bata blanca, un estetoscopio al cuello. También tenía una placa sobre el pecho que decía «Doctora Famke-Millar», un apellido muy extraño, desde luego no checoslovaco. Sus ojos, me percaté, eran duros pero luminosos.

¿Qué estaba pasando? ¿Era el calor lo que me producía esas visiones? ¿Era la tensión? No lo sabía y, aparte de un ligero mareo, me sentía bien, incluso demasiado bien, dadas aquellas circunstancias.

Después de la niña con la muñeca, vi a otra que apretaba un libro contra su pecho mientras su madre y una mujer más joven, tal vez una tía, le contaban algo sonriendo. Aquella niña, a mis ojos, era una anciana, en un futuro lejanísimo, sentada delante de una multitud de personas que escuchaban embelesadas su historia. «Que no vuelva a ocurrir nunca más», decía en un momento dado, y los aplausos de todo el mundo la envolvían, un momento antes de regresar a la estación de Praga.

Luego dos hermanos, fuertemente abrazados, vestidos igual, el pelo corto como el de Margaret: se convertirían en electricistas, de mayores; los vi subidos a una torre contra un cielo azulísimo, mientras trabajaban y silbaban y se hacían reír el uno al otro.

Luego un chiquillo con muletas, sentado sobre su maleta: su padre lo miraba sin hablar, lo miraba y asentía, y quién sabe si él también veía al adulto que yo veía, un sacerdote grueso y rubicundo que dirigía un coro de niños en una catedral gótica.

Yo los observaba y me sorprendía —quizá estaba soñando aún, quizá me encontraba en la cama de mi estudio, y dentro de poco Trevor me despertaría, el tren nos esperaba—, pero eran imágenes tan reales las que veía su-perpuestas a los niños en el andén...

Cuando un hombre se detuvo a la altura de nuestro vagón, yo estaba tan distraída con mi nuevo poder que me tropecé con él, y mi poder, en un instante, desapareció. Ni siquiera tuve tiempo de ver el futuro de Peter, parado junto a Trevor unos treinta metros más adelante. Ni siquiera tuve tiempo de buscar el de Margaret.

76

—Ya estamos —dije, y del bolsillo exterior de mi bolso saqué un cartoncito grueso con un cordel. Se lo di a Margaret, le indiqué que se lo colgara del cuello.

Ella lo miró.

—121 —leyó.

—Tu número. Como en la lista. Si nos paran para comprobarlo, es más rápido así.

—¿Y ellos? —preguntó, señalando a los demás niños del andén.

—Algunos ya los tienen, pero al resto se los distribuiremos una vez a bordo. Vosotros tenéis un trato especial —le dije, guiñándole un ojo.

Entonces el tren resopló, liberando vapor de sus ruedas de hierro, y yo adopté una actitud más resuelta.

—Subamos. Falta poco. Demos un buen ejemplo. —Y me subí al estribo.

Margaret me acercó la maleta, pero antes de seguirme miró a su alrededor una vez más, y fue entonces cuando se dio cuenta. Fue entonces cuando lo vislumbró, y yo había sido una tonta al no hacer que subiera ella primero. ¿O tal vez lo había hecho a propósito, sin querer, en contra de mis propios intereses?

En el andén, a varios vagones de distancia, rodeado por la multitud de padres e hijos que empezaban a separarse, se alzaba alto y ancho un hombre uniformado al que Margaret habría reconocido entre cien, entre mil, entre un millón.

El gigante.

Vi cómo el rostro de la niña se helaba y, cuando me di la vuelta, yo también pude ver a Vodnik; el corazón empezó a palpitarme en el pecho como si fuera un martillo industrial, generando chispas que encendieron cada una de mis fibras, desde las puntas de mi pelo hasta las yemas de mis dedos.

—¿Margaret? —la llamé desde el estribo.

Pero la niña no contestó, porque el gigante estaba allí, había venido de verdad y estaba buscándola. Se encontraba allí por ella, y antes de que Margaret pudiera volver en sí, girarse, aplastarse contra el tren para no llamar la atención, la vio de lejos. En teoría, no debería haber sido así, no sabía lo de su pelo corto y el tinte; con todo, a pesar de la distancia, la vio.

La vio y sonrió.

77

A pocos metros de Margaret, delante de nuestro vagón, había una familia: un padre y una madre que sujetaban con fuerza a una niña de unos diez años, mientras que una segunda, un poco más pequeña y con el rostro desfigurado por las llagas, permanecía un poco apartada, con los ojos llenos de lágrimas. Las hermanas Kerenyi. Las recordaba bien. Y la que estaba abrazada llevaba un número al cuello. La que se encontraba algo apartada, en cambio, no.

Margaret comprendió la situación, captó al instante cuál era su camino.

El gigante, allí abajo, se iba abriendo paso entre la multitud, avanzaba lentamente sin quitarle los ojos de encima, pero aún le quedaba un minuto. Tal vez dos.

—¡Margaret! —la llamé, casi suplicando, pero a esas alturas el engranaje se había puesto en marcha, y yo estaba lejos, remota, no tenía ni voz ni voto al respecto. Solo podía ser testigo de las consecuencias de mi elección.

Con dos pasos, Margaret llegó a la altura de la niña que estaba apartada, le puso el billete en la mano y le colgó el número 121 alrededor del cuello. Ni siquiera le dio tiempo a comprender o a reaccionar, a darle las gracias o a protestar.

—Vete. Y ya está —le dijo, luego salió corriendo hacia el vagón número 7.

De un brinco se subió a bordo. Trevor estaba distraído, se encontraba de espaldas en el pasillo, hablando con una mujer. Peter, en su compartimento, estaba arrodillado en el asiento junto a la ventanilla, observando absorto la enorme extensión de vigas de acero que cerraba la estación como una tapa.

—Peter —le dijo Margaret, acercándose a él con el corazón latiendo desbocado, como si quisiera salírsele del pecho—. Peter, escucha. —Le cogió la barbilla entre los dedos y lo giró hacia ella—. Yo no voy.

Una nube se adensó sobre la frente del niño.

—Tranquilo. Pronto me reuniré con vosotros. Con el próximo tren.

—¿Por qué no vienes ahora? —protestó el pequeño.

—Tengo que hacer una cosa —dijo Margaret, contando en su interior el tiempo que le quedaba—. He de encontrar a mamá. Así podré llevarla conmigo.

—¿A mamá? —preguntó Peter perplejo.

Ni siquiera la recuerda.

—No te preocupes —lo tranquilizó Margaret de nuevo, luchando contra la pesadumbre; luego abrazó a su hermanito, lo abrazó con fuerza, casi hasta triturarlo—. Ya está. Te he dejado mi huella. Consérvala bien. Volveré a por ella.

El niño asintió con confianza.

—Te quiero, Margo.

—Y yo te quiero a ti. Muchísimo. Para siempre.

Se levantó con dificultad, tambaleándose por la adrenalina, luego lo miró por última vez y le dijo:

—Nos vemos en el otro lado.

En ese instante llegaron ruidos sordos desde el andén, pasos pesados, un grito de protesta:

—¡Eh! Pero ¿qué hace? —Y Margaret se dio cuenta de que su tiempo se había terminado. Rápida como un ratón, salió del compartimento, se bajó de un salto del tren sin dejar que Trevor la viera. Había calculado bien: el gigante seguía en el vagón número 5, ella tenía muchos metros de ventaja.

—¡Alto ahí! —gritó el alemán cuando la vio, y apartó de un empujón a una mujer que estaba despidiéndose del tren con un pañuelo.

Margaret le sonrió como él le había sonreído antes, luego se dio la vuelta y echó a correr hacia el vestíbulo, con toda la energía que tenía en su cuerpo.

—¡Alto ahí! —gritó de nuevo el gigante con voz atronadora, y se dispuso a seguirla, pero la multitud que lo rodeaba se compactó, obstaculizándolo durante unos largos y fatales segundos.

Entonces yo me aproveché de ello: recuperando por fin el control de mis piernas, salté del estribo y perseguí a Margaret hasta fuera de la estación. Cuando llegué a la calle, ella ya la había cruzado y había llegado a los jardines de enfrente. Me detuve a observarla, con la esperanza formando un nudo en la garganta mientras el tren, en el primer andén, emitía un largo silbido.

Al oír ese sonido, la niña se permitió detenerse y se dio la vuelta, pero yo sabía que no me estaba mirando a mí: miraba algún punto más allá, más allá de la piedra de la fachada, más allá del vestíbulo ornamentado, más allá de las puertas que llevaban a los andenes. Estaba mirando a su hermano, que se marchaba para Londres, hacia un futuro que ella no podía ver, pero sí, tal vez, imaginar. Un hogar seguro. Una nación en paz. Una vida por vivir.

Entonces el gigante apareció por la entrada de la estación, a unos diez metros de mí, y dirigió una mirada furiosa a su alrededor: a derecha, a izquierda, a la calle, a los jardines. Parecía a punto de estallar, de empuñar su pistola y disparar a todo y a todos, pero no se movió, porque no sabía hacia dónde mirar. No podía ver a la Niña de la Sal, porque ella era hábil escondiéndose y el tren ya había silbado por segunda vez, ya nadie lo detendría.

Entonces Margaret inspiró, miró al cielo, dejó que el sol le depositara una caricia sobre la frente. Luego sonrió, se dio la vuelta y, sin pensárselo más, se adentró en el laberinto familiar de la ciudad.

Epílogo

Ahora ya es un hombre mayor, cargado de años y experiencias, pero se sienta en primera fila un poco incómodo, porque se esperaba cualquier cosa de la vida que le queda, excepto esto: ser invitado a un estudio de televisión para asistir a un programa sobre él, sobre su pasado, sobre lo que hizo cincuenta años antes, cuando en gran medida era otro hombre.

Hacía tiempo que no pensaba en aquella historia, en aquel puñado de días frenéticos vividos en Praga mientras el país se preparaba para la invasión. Quizá creía que todo el mundo había olvidado su papel, como el de Trevor, como el de Doreen, y consideraba que era lo correcto. Algunas cosas las haces porque tienes que hacerlas. Algunas cosas las haces porque puedes, y luego ya no vuelves a hablar de ellas.

Pero entonces va la presentadora, en el escenario, saca su lista y lee algunos nombres, explicando al público de la sala y a los espectadores en casa lo que significan: niños en peligro, salvados casi de milagro, apenas un mes antes de la guerra. Y quien los salvó, concluye, fue él.

Un escalofrío lo estremece al oír esas palabras, sus ojos empiezan a humedecerse, pero no tiene intención alguna de conmoverse, no allí, en primera fila, no delante de las cámaras de televisión.

Luego, la presentadora lee otro nombre, «Vera Gissing», y añade:

—Hoy está aquí sentada entre nosotros.

Esto le produce otro escalofrío, más fuerte, y cuando la desconocida que está a su lado se vuelve, lo abraza, le sonríe con infinito afecto, cuando le dice: «Gracias, gracias, gracias, gracias», sus ojos se empañan debido a las lágrimas. Tiene que pasarse los dedos por detrás de los cristales para no llorar, e incluso entonces apenas puede resistirse.

Y todavía no ha terminado. Rodeada de luz como un ángel portador de su mensaje, la presentadora pregunta al público:

—¿Hay alguien más, en esta sala, que le deba la vida a Nicholas Winton?

Entonces todos, en el público, se ponen de pie al mismo tiempo: decenas de personas con el pelo gris y blanco comienzan a aplaudir en su dirección.

Él se queda sin palabras. Mira a su alrededor incrédulo, anonadado. ¿Es posible que todas esas mujeres...? ¿Que todos esos hombres...?

Vuelve a secarse los párpados, luego se levanta lentamente y se gira para mirar a sus niños de cincuenta años antes, convertidos ya en adultos.

¿De verdad sois vosotros?

¿De verdad estáis aquí?

De golpe, en su corazón se reaviva una esperanza y, aunque haya pasado medio siglo, no le sorprende encontrarla tan viva, tan urgente: debía de haberse escondido en su interior, inmóvil y a la espera, exactamente como *ella* sabía hacer.

Los aplausos continúan, caen pesadamente sobre sus frágiles hombros. Ahora está rodeado de rostros, de manos, de lágrimas, sonrisas, palabras, silencios, pero para él todo está borroso. Desplazando su mirada ahora aquí, ahora allí, no deja de estudiar ni un instante a las mujeres presentes —¿eres tú?, ¿o tal vez eres tú?—, hasta que su esperanza vuelve a desvanecerse.

Sentada en mi sillón, a menos de veinte metros de distancia, veo cómo la luz de sus ojos se apaga lentamente, cómo su mandíbula y sus pómulos se cierran en una mueca de decepción. Muchos lo tomarán por emoción, pero yo conozco el auténtico motivo. Sé en quién está pensando, qué rostro busca entre la multitud, qué nombre que ha aflorado de nuevo en su mente tiene la esperanza de poder pronunciar después de tantos años. Y por eso yo estoy aquí.

Llamé por teléfono para reservar una plaza en la sala en cuanto supe lo del programa. Roger, mi marido, a quien nunca le confesé toda la historia, estaba viendo las noticias de la noche cuando oyó mencionar Checoslovaquia, los niños, los trenes.

—¡Margaret! —me gritó desde el salón—. ¡Margaret, ven! ¡Están hablando de Praga!

Así que corrí a ver, y allí estabas, en la pantalla, envejecido pero sin cambios, después de casi medio siglo. Nicholas. Todavía reconocible, todavía tú, mientras que yo ya no soy la misma desde hace tanto tiempo: todo lo relacionado con aquellos días relegado al desván, encerrado bajo llave, enterrado.

—¿Margo? —continuó mi marido—. ¿Tú conocías a este señor? ¡Salvó a más de seiscientos niños! Estuvo en Praga en el 39, como tú. ¿No existe la posibilidad de que te cruzaras con él?

Entonces le sonreí —la sonrisa más convincente que podía, en la confusión de aquel momento— y le contesté que no, que nunca me había cruzado contigo. Le mentí, algo que se hace incluso con demasiada frecuencia entre marido y mujer, luego volví a la cocina para calmarme con una copa de jerez.

Y ahora podría levantarme de la butaca, recorrer los veinte metros que nos separan, acercarme a ti para presentarme. ¿Sabrías ver más allá de las arrugas, Nicholas? ¿Más allá de las canas, más allá de la anciana en que me he convertido? ¿Recordarías aún mi nombre, mi nombre de antaño, que nadie ha pronunciado desde hace tanto tiempo?

Petra Linhart.

La mujer que traicionó.

Sé a quién estás buscando entre el gentío. Sé qué cara no has olvidado, pero también sé que no la encontrarás aquí entre nosotros esta noche, y todo por mi culpa. Por la elección que hice aquella mañana de hace cincuenta años. Por mi doble juego, que en aquel entonces llamaba patriotismo.

Intenté reunirme con los demás antes que contigo. Quería hablar, explicar, justificar, pero Doreen se negó a recibirme, y a Trevor lo encontré demasiado tarde. Ahora ambos están muertos. Solo el pequeño Peter, que vive en Mánchester con sus hijos y nietos, me dijo por teléfono que estaba dispuesto a reunirse conmigo, pero que no sabía nada de mí —no recordaba nada de la cueva, del bosque, solo vagamente a su hermana—, así que renuncié. ¿De qué serviría hablarle ahora de la familia que perdió, revelarle mi responsabilidad?

En cuanto a Margaret, la Niña de la Sal, la persona más valiente que he conocido, está perdida, perdida para siempre, tragada por el gran remolino de la Historia. Después de la guerra regresé a Praga para intentar localizarla, pero tanto ella como su madre se habían desvanecido en la nada, y no encontré sus nombres en ningún documento, en ninguna lista. No tengo ni idea de lo que le sucedió después de aquel día en la estación. Sin embargo, hace unos años, el cartero llamó a mi puerta y me entregó un paquete de papel marrón, cuidadosamente envuelto. El sello era alemán. No había remitente. Tardé un rato en abrirlo y, cuando por fin lo logré, me sentí a punto del desmayo: dentro, envuelta en capas y más capas de periódicos berlineses, había una bolsita de tela azul con un puñado de sal en su interior.

Solo había una persona en el mundo que podría habérmelo enviado, solo una, y, si lo recibí, ¿quiere eso decir que sigue viva? ¿Quiere eso decir que me ha perdonado?

Yo no sé si existe un perdón, Nicholas, pero por eso hoy estoy aquí. Para hablar contigo. Para decirte quién soy.

Para confesar lo que hice e intentar explicarte por qué. Para entregarte este último regalo de Margaret y devolverte la parte de la historia que quizá no conozcas, antes de que desaparezca conmigo.

Tengo que levantarme. Estoy a punto de hacerlo. Dentro de un momento me levantaré, recorreré la distancia que nos separa y diré: «Hola, Nicky. ¿Te acuerdas de mí? ¿Te acuerdas de Margaret?».

Entonces, si la emoción y el miedo me lo permiten, te contaré toda la historia, desde el principio hasta el final. Te la confiaré como tiempo atrás te habría confiado a mi hijo si hubiera tenido la posibilidad de nacer, si hubiera estado en peligro como aquellos a los que salvaste. Y a cambio no te pediré nada más. Solo que me escuches.

Tengo que levantarme.

Estoy a punto de hacerlo.

Dentro de un momento, sí.

Un momento más y lo haré.

Nota histórica

Tras el Pacto de Múnich, que en septiembre de 1938 regaló a Hitler la región checoslovaca de los Sudetes, y más aún después de la Noche de los Cristales Rotos del 9 de noviembre, cuando la furia antisemita del Tercer Reich se reveló al mundo entero, para muchos quedó claro que el destino de los judíos y de los disidentes de Europa Central pendía de un hilo. A pesar de ello, el Reino Unido fue el único país que abrió sus fronteras a los refugiados, mientras asociaciones humanitarias y ciudadanos particulares asumían la tarea de organizar las expatriaciones, empezando por los menores de edad. Fue así como, entre finales de 1938 y principios de 1940, la Operación Kindertransport puso a salvo a través del canal de la Mancha a casi diez mil menores no acompañados procedentes de Alemania, Austria, Polonia y Checoslovaquia.

En Praga les tocó a tres voluntarios británicos —Doreen Warriner, Nicholas Winton y Trevor Chadwick— organizar por iniciativa propia las expatriaciones. Tras varios intentos en avión, reunieron ocho trenes de niños que, entre marzo y agosto de 1939, partieron de la estación Wilson de Praga, cruzaron Alemania, se embarcaron en Holanda hacia el este de Inglaterra y desde allí llegaron a la estación londinense de Liverpool Street, donde fueron recibidos por cientos de familias de acogida; en muchos casos, sus familias definitivas.

Ni Warriner ni Chadwick hablaron nunca por propia iniciativa de aquellos seiscientos sesenta y nueve niños rescatados de forma tan rocambolesca, hasta el punto de que sus propias familias ignoraban la historia. Nicholas Winton se refirió a ello durante una campaña política a principios de los años cincuenta, pero no fue hasta 1988 cuando su esposa Grete, al encontrar en el desván unas maletas con documentos antiguos, sacó a la luz el asunto. El «Schindler británico» pudo así recibir los merecidos honores y reunirse después de medio siglo con las mujeres y hombres que había salvado siendo pequeños (los «niños de Winton», como se llaman entre ellos). Falleció el 1 de julio de 2015, a los ciento seis años, rodeado del afecto universal.

Un último convoy —el más considerable— tendría que haber partido de Praga el 1 de septiembre de 1939, pero, a las 4.48 horas de ese mismo día, un acorazado alemán que se encontraba en el puerto de Gdansk abrió fuego contra la base polaca de Westerplatte, marcando el comienzo de la Segunda Guerra Mundial. El último tren de Winton fue anulado cuando ya estaba en la vía, listo para su partida. Las huellas de los doscientos cincuenta niños que iban a bordo, judíos en su mayoría, se perdieron para siempre.

Nota del autor

La primera vez que oí hablar de Nicholas Winton fue durante el gran confinamiento de principios de 2020, y su historia me fascinó hasta el punto de llevarme a estudiar todo lo que existía sobre el tema —para mi sorpresa, muy poco—. Solo más tarde descubrí la existencia de Doreen Warriner y Trevor Chadwick, y entonces mi investigación tomó otro rumbo. Si Nicholas Winton fue ignorado durante medio siglo antes de recibir la atención y los honores que merecía, en la actualidad Doreen y Trevor permanecen aún enterrados en los archivos de la Historia, recordados tan solo por sus descendientes en biografías que resultan difíciles de encontrar. Sin embargo, no fue Winton quien puso en marcha la maquinaria que pondría a salvo a miles de refugiados, como tampoco fue él quien organizó concretamente los trenes que salían de Praga cargados de niños, luchando contra el reloj, los contratiempos y la Gestapo. En modo alguno se puede infravalorar lo que el joven corredor de bolsa londinense puso en marcha durante las tres semanas que pasó en Checoslovaquia entre finales de 1938 y principios de 1939, pero ocultar el esfuerzo y los riesgos que enfrentaron sus compañeros al permanecer en la ciudad mucho después de la llegada de Hitler sería imperdonable.

Ahora que los tres ángeles de Praga se reúnen en esta novela, mi conciencia de narrador está en paz. Si al cerrar el libro al lector le entran ganas de saber más cosas, si va a la biblioteca o a internet a buscar más detalles para entender mejor quién hizo qué, cómo y por qué, entonces podrá decirse que mi tarea ha concluido. Descubrir, iluminar, difundir, celebrar: este es, al fin y al cabo, el sentido de la literatura.

Pero hay una última cosa que decir, la más importante: los trenes de Winton fueron una respuesta extraordinaria a una emergencia ordinaria, que no ha terminado. Hoy nos conmueve pensar en los niños de Praga, a quienes sus propias familias enviaron a lo desconocido. Pensamos en los cientos que se salvaron, imaginamos a los miles que se tragó el olvido, y nos decimos: «Nunca más». Sin embargo, mientras escribía esta novela, en enero de 2022, desde la frontera entre Polonia y Bielorrusia y desde el Afganistán de los talibanes nos llegaban imágenes insoportables de niños hambrientos, abandonados, encarcelados, asesinados. Luego estalló la guerra en Ucrania en toda su locura y los trenes volvieron a llenarse una vez más de inocentes que huían, como si el pasado nunca hubiera tenido lugar.

El mal sigue vivo, más cerca de nosotros de lo que creemos, y tal vez sea cierto que somos impotentes ante él, como afirman los sacerdotes de la *realpolitik*. Tal vez es así como funciona el mundo desde siempre, tal vez es así como seguirá funcionando después de nosotros. Algo, sin embargo, podemos hacer —y si podemos, entonces debemos hacerlo—. Existen organizaciones que llevan ayuda, alivio, luz a los niños olvidados en la oscuridad. Una de las más importantes, Save the Children, fundada hace más de un siglo, desempeñó un papel muy destacado ya en la Operación Kindertransport y hoy sigue desarrollando su labor en todo el mundo. Otra, Emergency, fundada por el difunto Gino Strada, presta asistencia médica allí donde se necesita, sin cálculos políticos ni distinciones de ideas. Contribuir económicamente con estas organizaciones es una forma concreta de empezar a ayudar, de intentar poner un poco de orden en el inmenso caos del mundo.

A Nicholas Winton le gustaba repetir que «si algo no es imposible, entonces debe de haber una forma de hacerlo».

Intentemos empezar desde aquí.

Fuentes

Chadwick, William R., *The Rescue of the Praga Refugees 1938-39*, Troubador, 2010.

Emanuel, Muriel y Vera Gissing, *Nicholas Winton and the Rescued Generation*, Vallentine Mitchell, 2002.

Gershon, Karen (ed.), *We Came as Children. A Collective Autobiography of Refugees*, Victor Gollancz, 1966 [los testimonios al principio de cada parte están tomados de este libro].

Harris, Mark Jonathan y Deborah Oppenheimer, *Into the Arms of Strangers. Stories of the Kindertransport*, Bloomsbury, 2000.

Mináč, Matej, *Nicholas Winton's Lottery of Life*, American Friends of the Czech Republic, 2007.

—, *Nicky's Family*, 2011 [documental].

Smith, Edward Abel, *Active Goodness. The True Story of How Trevor Chadwick, Doreen Warriner and Nicholas Winton Rescued Thousands from the Nazis*, Kwill Books, 2017.

Warriner, Doreen, «Winter in Prague», *SEER*, vol. 62, n.º 2, 1984.

Warriner, Henry, *Doreen Warriner's War. Refugees from Prague, Food for Egypt, Starvation in Belgrade*, Book Guild, 2019.

Winton, Barbara, *If It's Not Impossible... The Life of Sir Nicholas Winton*, Trovador, 2014.

Agradecimientos

A Francesca Canovi: la mejor, certificada.

A Stefano Mauri, por quien empezó todo.

A Alessio Batella y Afrodite Balbi, guardianes del arcoíris.

A Vincenza Menichelli, Fiorella Bertani, Angela Pacillo, Giuliana Lasorte, Simona Ori, Eugenia Leonardi, Martina Leonardi, Tea Ranno y Nicoletta Saporito, lectoras ideales.

A Alessia y Renato Massimi, siempre en mi rincón.

A Sara Vallefuoco, Andrea Galla, Salvatore Lecce y Cataldo Cazzato, siempre a mi lado.

A Gianni Canovi, dueño del castillo, y a Silver, espíritu guía.

A Elena Varvello y Lorenza Ghinelli, *magistrae*.

A Luca D'Andrea, *king of cool*.

A Giuseppe Strazzeri y Fabrizio Cocco, por su guía.

A Antonio Moro y Jessica Tini, por sus atenciones.

A Raffaella Roncato, Diana Volonté y Ernesto Fanfani, por el entusiasmo.

A Cristina Foschini, por la amistad, y a toda Via Gherardini, por su acogida.

A los que, de verdad, cuando había que elegir, eligieron y se arriesgaron.

Y finalmente a Saul y Nial, hombres *in fieri*. Que vuestro futuro no se parezca nunca a este pasado.

Este libro se terminó
de imprimir en
Sabadell, Barcelona,
en el mes de
octubre de 2023